당신과 함께 있는 느낌

당신과 함께 있는 느낌

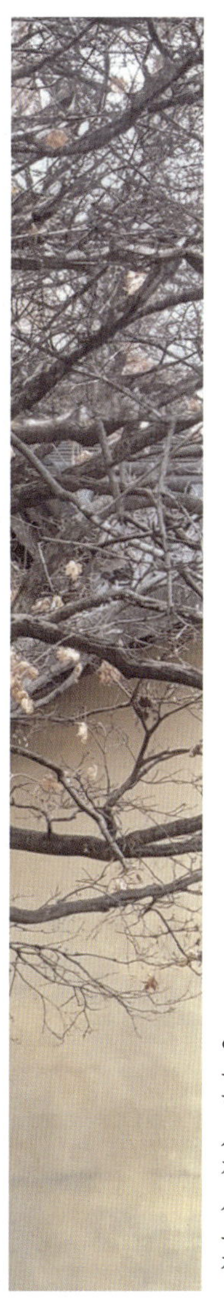

당신과 함께 있는 느낌

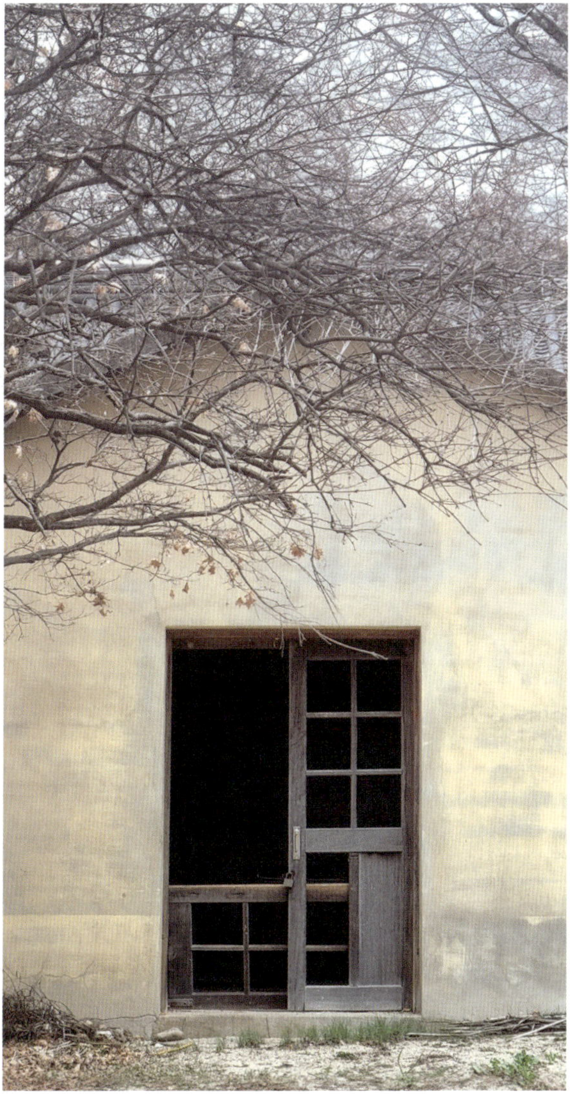

이윤학 사진 산문집

오늘산책

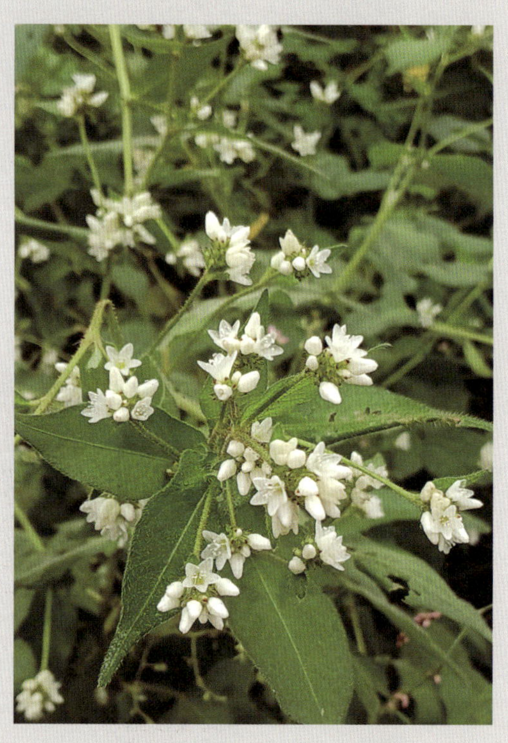

무리 지어 핀 고마리꽃 냇가를 따라 이어졌다. 알람 시계가 멈춤 상태로 물에 잠겨 있었다. 어느 순간 시간이 멈췄는데, 나는 사람들과 떨어져 여기까지 온 게 아니었을까. 이끼 긴 돌과 물풀과 물고기와 물의 흐름에 일그러지면서 빛나는 시곗바늘을 바라보았다. 거꾸로 가는 시계가 있다면 어떨까. 거꾸로 가는 시간에 편입해 살아갈 수 있다면? 함께 있는 그것만으로도 즐거워 웃음 짓던 순간으로 거슬러 가고 싶었다. 그때의 당신과 함께 있는 느낌으로 혼자 있어도 웃을 수 있었다. 당신의 웃음으로 내가 웃었던 것처럼 내 웃음으로 당신도 얼떨결에 고마리 꽃다발을 받아 든 사람처럼 웃었으면 좋겠다.

이 책에는 시집 한 권 분량의 시들, 시를 쓰려고 애저녁에 찍어둔 사진과 어울리는 산문들, 몇 편의 엽편소설까지 들었다. 산촌으로 들어와 사람을 만나지 않고 연락하지 않고 살아온 날이 많았다. 하지만 외롭기는커녕 행복한 나날이었다. 이제는 이름도 가물거려진 당신과 함께 있는 느낌 때문이었다. 오늘은 길쭉한 잔디를 깎고 마당 귀퉁이 벤치에 앉았다. 중천에 다다른 반달을 바라보는데 풀냄새가 진동했다. 그때는 땀샘으로도 숨 쉬는 것 같았다. 지금 당신에게도 향기로운 풀 냄새와 미소가 머물기를 바랐다.

차
례

작가의 말 —5

°1

페주유소 —13

부들 —14

먼 곳 —16

자색 감자 —20

긴 머리카락 —23

돌 —24

잠결의 말 —29

오줌 뉘는 풍경 —31

호수의 한 점 섬에서 —32

면 마스크 —38

슬픈 사람, 그 봄에 멀리 갔어요 —42

한 줄의 시 —45

옹이 —48

라일락 —50

저녁의 밀물 —52

인격들 —53

바지락칼국숫집 —57

어쿠스틱 기타 —58

우물 자리 —61

수레국화 —62

°2

백매화 __67

낮은 집 __68

흰 쌀밥 __70

바통터치 __73

수매미 __77

기다려본다 __78

컨베이어벨트 __80

웃는 사람 얼굴 __82

다중 인격체 __84

송진 __87

열매들 꽃을 물고 __88

개양귀비 __90

배막 __92

봉숭아 씨방 __95

진공관 __98

엄동嚴冬 __100

까만 콩 __102

지금은 없는 바꿈이 씨 __104

인생 총량의 법칙 __111

백합의 구애 __114

°3

혹시라도 __118

토끼탕 __120

밤의 배 __123

귀가 __124

봄눈 __126

울타리 __128

버틴다 __130

입김 __132

화살나무 __134

입동立冬 __137

숨 __138

대한大寒 __140

하늘못 __142

해루질 악어 집게 __145

토끼귀선인장 __146

입춘立春 __149

미리내 __150

수수밭이 보이는 창문 __152

향신료 __154

목장 __156

°4

장대의 정신 —161

뱅어포 —162

흰 소국小菊 —164

졸음쉼터 —166

마침표 —168

다비식茶毘式 —170

탱자 효소 —173

붉은사슴뿔버섯 —174

파랫국 먹는 저녁 —176

봄날 저녁볕 —178

소나기의 급습 —181

뱃머리 슈퍼 —185

복사꽃 —186

찔레꽃 —189

접속接續 —190

굴뚝 연기 —193

안개비 커튼 —194

손수레 —196

키 —198

철공소 —201

°5

애플 청포도 —204

빗소리 —206

국도변 편의점 —209

말벌 집 —210

열대야 —213

붉은 게딱지 —214

선택의 폭 —216

목련 필 무렵 —218

말목 —220

이별 —224

아주까리 —227

초여름 밤 —228

마른오징어 눈깔 —230

사과당근주스 —233

먼바다의 푸름 —234

막잔 —236

우체통 옆 덩굴장미 —238

개구리밥 —241

늦봄 —242

분홍낮달맞이 —244

°6

만보기 —248

녹슨 종탑의 사라진 종과 줄 —250

목감牧甘 —252

옥상의 벤치 —255

저녁의 가면 —256

북방의 하늘 —258

담배꽃밭 —262

교정과 반영의 연속 —264

캠핑 가스난로 —267

가시 —268

태백 —270

봄 상추밭으로 —271

수목원 근처 —275

등 —276

포옹 —279

12월, 어느 저녁 —280

점 —282

꽃다지 —285

혼밥 —286

숨2 —287

°7

노르웨이숲 고양이 —291

해감 —294

검은 칠이 벗겨진 대문 —298

쥐색 콤비 —300

사랑해요 —306

마가리 —308

우리는 언제 한 몸이었지 —310

채송화 —313

처서處暑 —314

오래된 물 조루 —316

반딧불이 —318

슬쩍 —320

수퇘지 씨 —322

킨츠기金継ぎ —325

화성의 푸른 노을 —326

김 모시기씨 —328

연습 없이 살기 —333

상강霜降 —334

비둘기묘 —336

박주가리 —339

°1

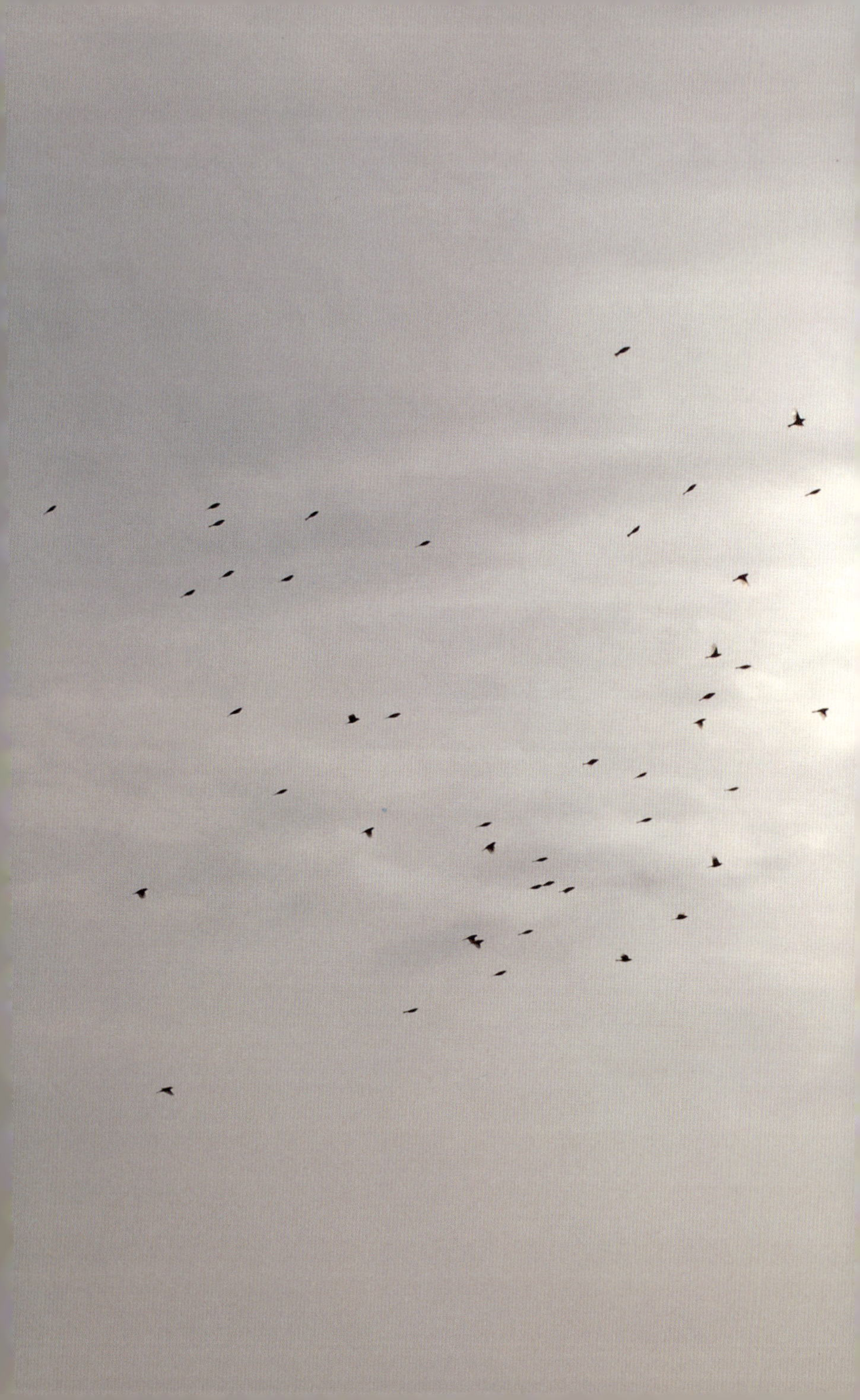

폐주유소

간장불고기 굽는 냄새가 풍겨왔다. 붉은 포장을 펴고 고무래질을 해서 널어놓은 햇벼 골을 타고 낮게 바람이 불었다. 아름드리 벚나무 삐뚜름한 구도로를 따라 당신을 마중 나갔다. 전화기를 놔두고 나온 걸 알아챈 순간, 집에 아무도 없다는 게 잠깐 서글펐다. 오지 않는 당신을 배웅하고 돌아오는 길이었다. 햇벼를 추슬러 포장을 덮고, 끝물이지 싶은 태양초 포장을 처마 밑으로 끌어들이는 절름발이 여인의 백발을 멀찍이 바라보았다. 얼마 전까지 조릿대로 안 재래종 생강이 여태 텃밭에 심겨 있고 어미만 없으면 당분간 발바리인 걸 안 들켜도 됐을 강아지 일곱 마리가 어미 뒤를 따라 폐주유소 마당을 거다녔다. 방금 불 붙였지 싶은 담배 타 들어간 필터만 남았다.

부들

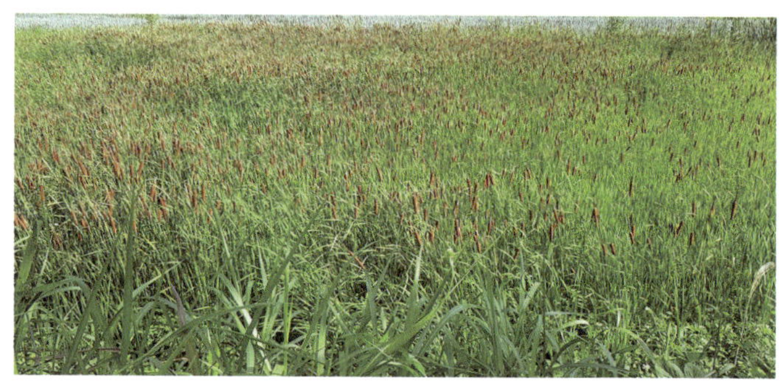

    빵빵하게 살이 붙고 눈이 안 보일 정도로 털이 자란 유기견이 수렁논 길가에 앉았다. 지난봄 돌미나리를 뜯으러 온 중년 여자 셋이 다녀간 뒤로 유기견이 남았다. 눈곱과 눈물이 범벅돼 눈가의 털이 엉겨 붙었다. 갈림길의 초입으로 차가 지나갈 때면 슬그머니 일어나려다 멈추기를 반복했다. 몇 집 안 남은 산촌으로 차가 들어올 때면 축 처진 꼬리로 바닥을 쓸었다.

유일한 희망은 주인을 다시 만나는 거였다. 하염없이 그가 돌아오길 기다리는 거였다. 근처의 개집으로 슬금슬금 다가가 사료를 싹쓸이한 개는, 개 주인의 호통과 돌팔매질을 피해 내달렸다. 제자리로 돌아온 개는 눈의 힘을 빼고 개울로 내려갔다. 흐르는 물을 폭풍 흡입했다. 버드나무 그늘에 들어 눈을 감고 귀를 세웠다. 땡볕을 받은 부들이 자랐다. 늦가을이면 꽃집을 운영한다는 중년 부부가 부들 대를 꺾으러 올 것이다. 유기견은 허투루 짖지 않았다.

먼 곳

　4월 중순이면 어김없이 한 쌍의 제비가 찾아와 둥지 지을 터를 탐색한다. 기존의 둥지를 수리하기도 한다. 어딜 쏘다니는지 날이 저물면 찾아와 잠을 자고 날이 밝으면 나간다. 현관문 오른편 전깃줄에 앉아 잠을 자는데 꼭 반 뼘 이상은 떨어져 있다. 어떤 날은 서로 다른 방향으로 앉아 자기도 한다. 확인할 방법은 없지만, 제비는 한번 연을 맺으면 평생 부부로 사는지도 모른다. 수명은 보통 4~5년이라는데, 제비 한 쌍이 찾아온 지도 벌써 그쯤은 된 것 같다. 둥지를 지으려다 말고 예전 둥지도 수리하다가는 그만둔다. 제비 부부는 딩크족인가? 짝짓기하고 어딘가에 알을 낳고 부화한다면 이리로 와서 잘 리 없는데, 그리 생각하는 것도 무리가 아니다.

　플래시로 비춰보지만, 생김새가 거의 비슷한 제비의 특징을 잡아낼 수는 없다. 가까이 다가가자, 어둠 속으로 날아간다. 다음 날 밤에 보니 그 자리에 돌아와 있다. 자세히 살피려고 뒤꼍의 CCTV 카메라를 옮겨 달았다. 며칠을 살펴봐도 특징을 잡아내기 쉽지 않았다. 전깃줄을 쥐고 자면서도 제비는 움직였다.

둘의 거리를 좁히고 벌리고 돌아앉기도 했다. 꽁지를 살짝 들어올리고는, 똥을 갈겼다.

어느 날 밤부터 제비는 한 마리였다. 한 마리가 잘못된 거로 생각하니 남은 제비가 처량해 보였다. 사별을 경험 못 한 내가 어찌 그 아픔 근처에라도 얼씬거릴 수 있겠나 싶었다. 사별과 이혼은 차원이 다른 거였다. 내 아픔은 엄살을 부리면 쌍스러워지는 하수의 것이었다. 이주일여 주방의 식탁 의자에 올라가 고정 창을 통해 바라보는 혼자된 제비의 모습은 가슴을 아리게 하였다.

2박 3일 고향에 다녀온 저물 무렵이었다. 짐을 풀고 먼 곳을 바라보았다. 본때 없는 십자가 느낌의 전봇대 멀리에 달이 떠 있었다. 혼자 남은 어머니 생전의 아버지 이야기를 하고는 먼 곳을 바라보았다. 너희 아버지 죽어라 일만 하다 갔으니 좋은 옷 입고 구경이나 다니며 편히 살겠다.

짐을 풀고 먼 곳을 바라보았다.

본때 없는 십자가 느낌의 전봇대 멀리에

달이 떠 있었다.

2인용 탁자에서 밥을 먹다보면 뜬금없이 목이 막힐 때가 있다. 더는 밥을 못 먹겠었어 커피를 내려서는 식탁 의자에 올라가 고정 창밖을 바라보았다. 혼자 남은 제비를 보면 어느 정도 위로가 되었던 게 사실이다. 어찌 된 일인지 한 쌍의 제비가 전깃줄에 나란히 앉았다. 벌써 재혼을 한 것인가? 아니면 비슷한 처지의 친구를 데려온 것인가? 영문은 모르겠으나 외로워 보이지 않으니 다행이었다.

며칠이 지난 어느 날 밤 전깃줄에 혼자 앉은 제비를 보았다. 잠은 혼자 자야 개운하게 잘 수 있는 거야. 날이 밝으면 또 무리지어 먹이 사냥해야 할 텐데… 캄캄해지면 혼자되어 간섭받지 않는 게 최고야. 지긋지긋한 잔소리에서 벗어난 너의 자유는 조금 외로워 보일 뿐이야.

자색 감자

　　장마 구름 아래서 자색 감자를 캤다. 어여쁜 꽃을 딴 지 한 달여 지나 손톱을 깎았다. 손수레를 밀고 돌아오는 길이었다. 밭뙈기 풀숲에서 짤막 두툼한 뱀을 밟고는 중심을 잃고 말았다. 벗겨진 슬리퍼를 꿰신을 새도 없이 벌떡 일어나 내달렸다. 독사에게 물리면 며칠간 골수를 핀셋으로 뜯어내는 고통이 이어진다 들었다. 다시 독사에게 물렸을 땐 차라리 제초제를 먹고 죽고 싶었다고 말한 남자는 눈을 질끈 감고 고개를 내둘러 저었다.

　　한참을 겁에 질려 내달린 나는 통증이 없다는 것에 안심하고 뜀박질을 멈췄다. 그러고는 조심스레 발목 주위를 살폈다. 뱀에게 물린 자국은 보이지 않았다. 내 반응속도가 뱀보다 조금 빨라 물리지 않았나. 내가 운 좋게 머리를 밟았나. 하여간 나는 운이 좋은 사람이었다. 불현듯 자색 감자가 실린 손수레 근처 내 발목을 물지 못한 뱀이 궁금해졌다. 뱀은 이미 죽은 상태였다. 누군가가 먼저 발견해 죽여서는 내가 다니는 길목에 던져놓은 것이었다. 뱀을 죽여 던져놓은 사람이 나를 지켜봤다면 얼마나 배꼽 빠지게 웃었을까. CCTV를 돌려보지 않아도 그가 누구인지 집어낼 수 있었다. 죽인 뱀을 막대기에 걸쳐들고 온 사람은 내가 뱀을 밟고 넘어지고 질겁하여 줄행랑치는 모습을 방충망 뒤에서 지켜보고는 웃느라 배가 당기고 눈물이 쏙 빠졌을 것. TV 보고 웃을 일밖에 없는 장기 홀몸노인에게 배를 움켜쥐게 하고 방바닥을 뒹굴게 하고 이후로도 가끔 나를 볼 때면 실실 웃음 짓게 했다는 것. 그에게도 자색 감자 한 광주리 얼떨결에 나눠준 셈이었다.

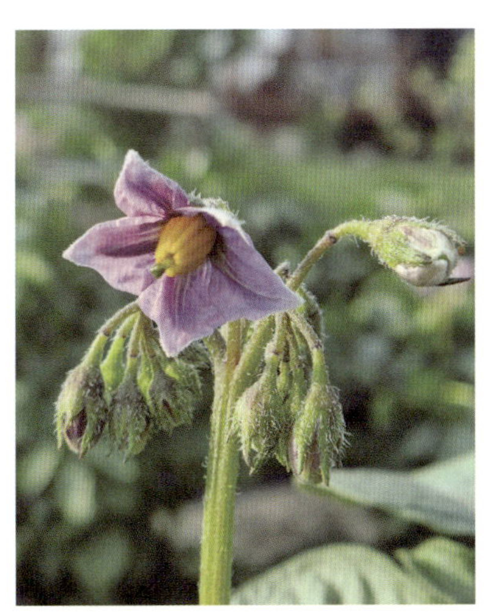

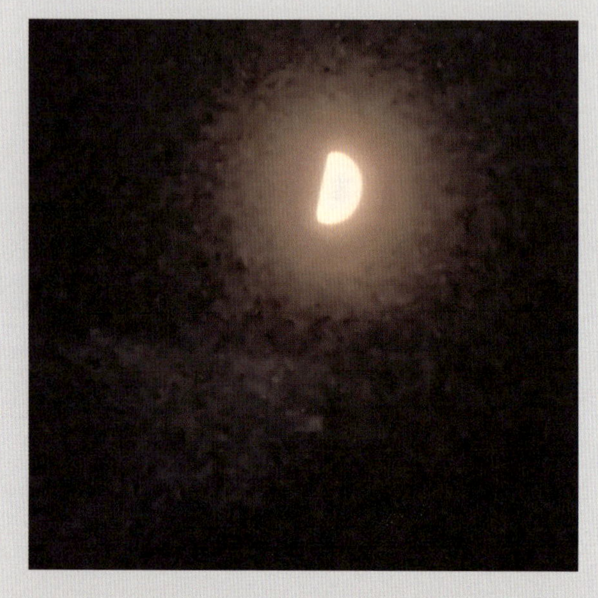

긴 머리카락

　방바닥을 물걸레질하면서 내가 어질러놓은 것을 떠올렸다. 그걸 누군가가 영원히 치워줄 줄 알았다. 내가 엎질러놓은 얼룩들. 누군가가 깨끗이 닦아줄 줄 알았다. 아니었다. 그런 게 아니었다. 나는 누구였을까. 나다운 게 무엇이었을까. 또 너다운 게 무엇이었을까. 우리가 바란 게 무엇이었을까. 이런 게 아니었다는 생각이 방바닥 밑 모래 알갱이처럼 장판을 밀고 올라왔다. 수없이 쓸고 닦여 희어진 자잘하고 촘촘한 장판의 돌기에 두 손을 짚고 흐느꼈다. 심장 뛰는 소리, 그런 징검다리를 밟고 너에게로 가고 싶은 날이 많았다. 내가 떨어뜨린 부스러기들 쓸어주고 닦아주던 너는 없어졌다. 내 짧은 머리카락만 바닥에 어지럽게 떨어졌다. 아무렇게나 벗어 던진 옷가지들. 팔과 다리를 펴 옷걸이에 걸어주던 너. 이제는 긴 머리카락에 코를 박고 숨 쉴 수 없게 되었다는 것. 너에게 100% 집중할 수 없게 되었다는 것. 긴 머리카락을 이어 붙이면 이제라도 너 있는 데까지 몇 발짝은 다가갈 수 있겠다는 것.

돌

대추나무에 걸어둔 시래기 바스러지는 소리만 낼 뿐이었다. 긴 댕기 머리 막내 고모는 할아버지 피를 물려받아 보통내기가 아니었다. 몸치장하는 데 많은 시간을 보냈고 수틀리면 그대로 들이받았다. 키도 훤칠하고 얼굴도 예쁘장했다. 동네 청년들 애간장을 녹이기에 충분했다. 할아버지 오랜 방랑벽에 살림살이 풍비박산 나고 오막살이 하기에 이르렀다. 수숫대를 엮어 울타리를 두른 남서향의 오두막은 작은 방이 세 칸이었다. 안방을 거쳐 들어가는 골방에서 부모님은 나와 여동생 둘을 만들었다. 대식구가 게딱지 같은 오두막에서 복작거렸다. 여전히 성질만큼은 불같은 할아버지 고심 끝에 처가의 머슴으로 들어갔다. 아버지 여전히 금광에 다녔다. 새벽에 출근해 느지막이 대취해 돌아오곤 하였다. 경사진 바깥마당 가 대추나무에 걸린 시래기 바스러지는 소리만 낼 뿐이었다. 할아버지 일찍 돌아와 바깥마당에 서서 벌거숭이 겨울산을 둘러볼 뿐이었다. 어머니와 막내 고모가 제대로 기싸움한 날이었다. 어머니 동그랗게 사려둔 새끼줄 들고 산으로 올라갔다 하였다. 며느리가 집을 나간 줄로 안 할아버지 부랴부랴 집으로 돌아온 이른 저녁이었다. 땅거미

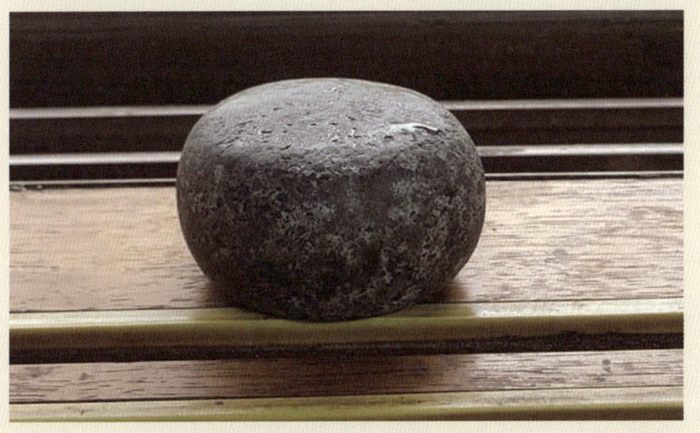

가 몰려오고 검불이 날렸다. 할아버지의 기어드는 목소리 들려오고 있었다. 애야, 어서 돌아오기만 해라. 할머니와 막내 고모를 산으로 올려보낸 할아버지 바깥마당에 어머니 수색 임시지휘소를 차린 셈이었다. 어둑해지고 어머니 점점 집 나간 게 확실해지고 있었다. 내가 잘못했다. 내가 잘못 살았다. 할아버지 북해도(홋카이도) 탄광으로 징용 가서 걸린 진폐증塵肺症 중얼거림 겨울바람이 잽싸게 채갔다. 울타리 마른 수숫대 마른 수숫잎 손가락 욱여넣은 스산한 휘파람 불었다. 나뭇짐 머리에 인 어머니 오두막집 뒷산을 내려오고 있었다. 할아버지 담뱃불 내던지고 부리나케 며느리에게로 달렸다. 애야, 이렇게 추운 날 네가 왜 점드락* 나무하러 다니는 것이냐. 앞으롤랑 나무는 내가 해올 텡게 널랑은 집안 살림만 전담하거라. 집 밖으로 나올 생각은 애당초 하지 말거라. 며느리 두 손 잡아 쥔 할아버지 꺽꺽 숨넘어가는 소리 들려오고 있었다.

사랑방 아궁이에 불을 지핀 어머니, 반 웃는 얼굴로 말했다. 너희 할아버지 옴마가 집 나간 줄 알고 시껍했었지. 그때 너희 할아버지 속으로 우는 걸 처음 보았다. 그 담부턴 너희 할아버지 옴마한테 월매나 잘해줬다고. 옴마가 집에 없으면 당장 큰일 난 줄 알았다. 솔가리와 삭정이를 태운 불이 생나무에 옮겨 붙었다. 생나무 절단면에서 수증기가 뿜어져 나오고 머금었던 수분이 생즙이 되어 밀려 나왔다. 마른 입안에서 침을 끌어모아 뱉어내는 것처럼 자잘한 거품들 확대되려다 말라붙거나 타버리거나 쪼그라들어 응축되는 꼴을 지켜보았다.

위채 주방과 아래채 부뚜막을 오가는 돌이 있었다. 밀양 박씨 할머니가 영월 엄씨 어머니에게 물려준 것이었다. 마늘을 다질 때 쓰는 도구였다. 거무죽죽한 돌은 한 손에 쏙 들어가 쥐어지곤 했다.

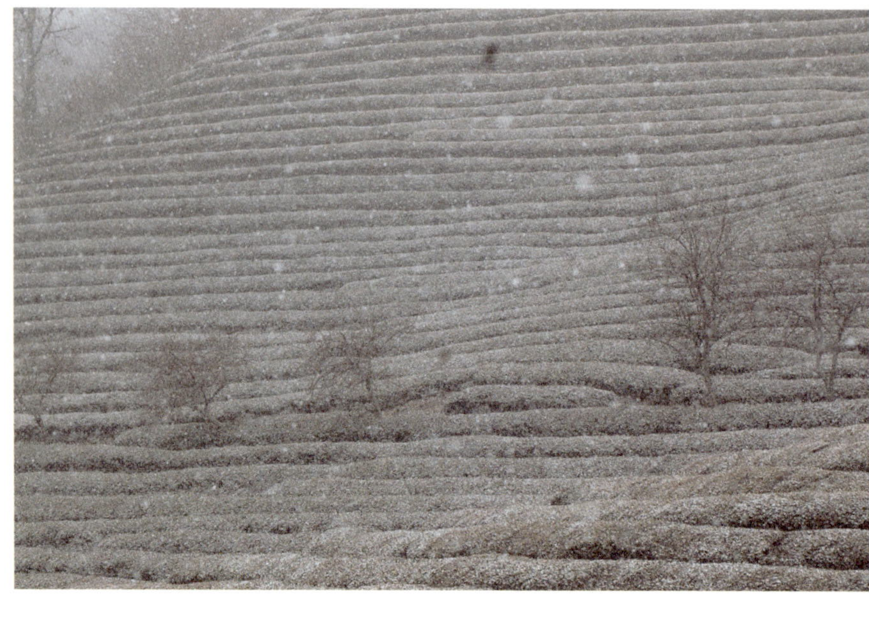

잠결의 말

가구도 안 닿는 소리. 누가 말도 안 되는 소리를 할 때, 아버지가 잠깐 핏대를 세우고 던지는 말이었다. 정확히 무슨 뜻인지 몰랐다. 다음에 물어봐야지 미루고 미루다 아예 기회를 놓치고 말았다. 아버지 말고는, 그 말을 쓰는 사람이 없었다. 10대에는 가구家口로, 이후엔 가구街衢로 이해했다. 하지만 정확히 알아들을 수 없는 방언을 많이 쓰는 아버지였다. 아버지가 가구도 안 닿는 소리라고 말할 때, 어머니가 시집올 때 가져온 장롱과 살던 동네와 술 먹고 헤맨 길이 번갈아 떠올랐다. 그때마다 아버지도 나도 외톨이가 되었다. 아버지 첫 제사를 모시고 잠든 내 곁에 웹툰을 하는 아들이 앉았다. 아들은 웃으며 넌지시 내게 물었다. 아빠, 가구도 안 닿는 소리를 연발하시던데 그게 무슨 말이에요? 아버지가 또 꿈에 나온 모양이었다. 아버지가 50대 때 그려온 영정 그림이, 거실의 제상에 올라 벽에 걸쳐져 있었다. 아버지는 여전히 입을 다물었다. 세상에 없는 양복을 입고 여전히 행복한 얼굴이었다.

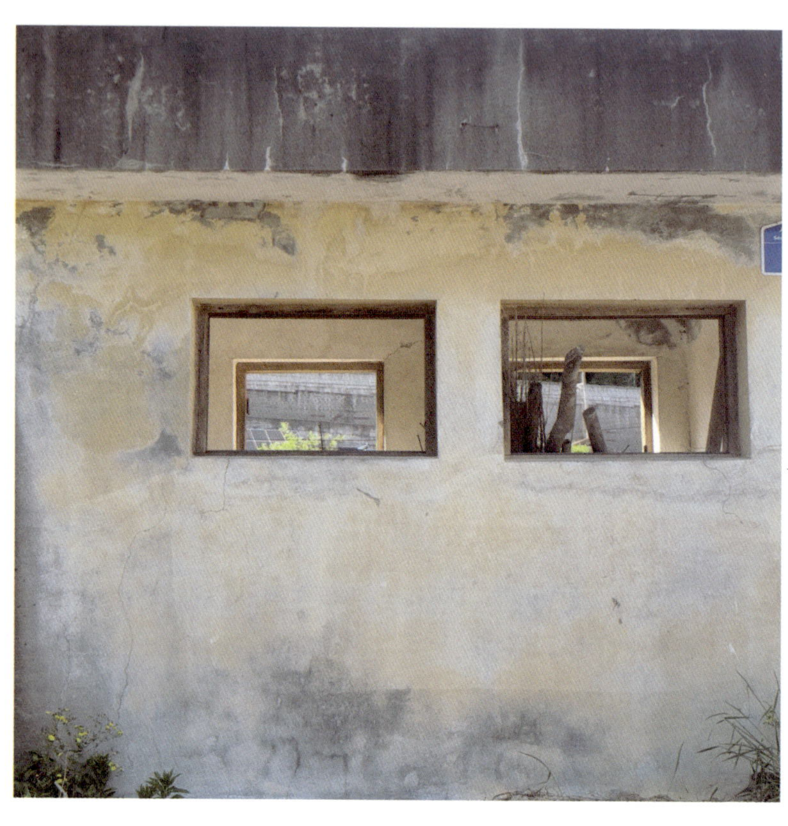

오줌 뉘는 풍경

　친정에 맡긴 아이를 보러 온 엄마 택시에서 내려 농로를 걸었다. 동산 솔숲에서 떠오른 달을 볼 염치가 없었다. 직립한 그림자를 따라 걷는 동안 자갈을 헤치고 흐르는 도랑물 소리 거슬러 올랐다. 다리를 꼬고 칭얼대는 아이 엉덩이를 까고 흐르는 물소리를 주입해 오줌을 뉘던 엄마였다. 쭈그려 앉아 태양을 보던 엄마였다. 짧은 꽁지머리 바닥을 향해 벌린 엄마의 입은 벙어리였다. 실눈을 뜬 엄마의 습지로 달빛이 스며들었다. 떨어지지 않으려는 아이의 안기는 울음. 비포장 농로 밖 긴 도랑에 뭉쳐 달린 고마리꽃 피었다.

호수의 한 점 섬에서

올해는 묵정밭을 조금 일구어 참깨와 들깨를 심었다. 그동안 농군의 아들로 살면서 오며 가며 지켜봤을 뿐 직접 심어 가꾸는 일에 겁을 내었다. 내가 심고 가꾸면 곡식 꼴이 나지 않을 것만 같아서였다. 십여 년 동안 전원으로 이사해 살면서 텃밭에 이것저것 심어보았다. 심어놓고 가꾸는 일은 늘 뒷전이었다. 이를테면 무관심농법이었다. 고구마를 심어놓으면 몇 번이고 멧돼지가 찾아와 파헤치고 옥수수를 심어놓으면 고라니가 와서 알뜰하게 발라먹었다. 꽃을 보기 위해 심은 참깨를 거두지 않았더니 비둘기가 몰려와 죄다 쪼아 먹었다. 어느 날 콩밭에 가 보았더니 고라니가 드러누워 거만하게 콩깍지를 까 드시고 있었다. 묵정밭을 군데군데 일구어 이것저것 심어놓고 꽃을 보기 위해 산책을 하였다. 전원으로 이사해 살아온 십여 년 동안 꽃을 보기 위해 산에서 옮겨온 도라지를 봄이 오면 옮겨심기하였다. 어느새 도라지 알뿌리는 괴물이 되어 있었다. 해마다 옮겨심지 않으면 썩어 문드러지는 도라지 알뿌리를 살려 꽃을 보기 위해 계속 척박한 땅을 찾아다녔다.

올해는 참깨와 들깨를 베고 말려 털었다. 그러고는 참깨와 들깨 두 되씩을 기름 짜는 집에 가져가 기름을 짜 왔다. 그동안 얻어먹고만 살았는데 스스로 먹을 걸 해결한 기쁨을 얻었다. 어느덧 사십일 년 줄기차게 마셔온 술을 끊어낸 지 삼 년을 넘어섰다. 그동안 시집 열한 권을 내고 장편 동화와 산문집도 여러 권 펴냈다. 책을 받아본 어떤 사람이 전화해서 "너는 맨날 술만 마시는데 글은 언제 쓰냐?"라고 물었다. 나는 언제 글을 쓴 것인가? 내게 묻고 있었다. 나는 글을 쓴 적이 없었다. 그렇다고 내가 아무것도 하지 않은 것은 아니었다. 나는 단지 머리를 짜내 글을 쓰지 않은 것뿐이었다. 그동안 꽃을 보기 위해 곡식과 화초와 나무를 심었을 뿐이다.

열여섯 고등학교 입학 무렵부터 줄기차게 술을 마시면서 사십일 년을 살았다. 그동안 주위 사람들에게 크나큰 상처를 주었다. 오래전 술자리에서의 일이었다. 어느 출판사의 모임 자리에서였다. 술을 안 마시고 멀뚱멀뚱 앉아 있는 나를 사람들이 힐끔거렸다. 술 취한 모습만 보아온 그들 중 한 분이 말하였다. "이 형, 오늘 술 안 마신 모습 처음 보는데… 너무 낯설어요. 어디 아파요?" 나도 내가 낯설어서 한참 만에 그에게 대답했다. "오

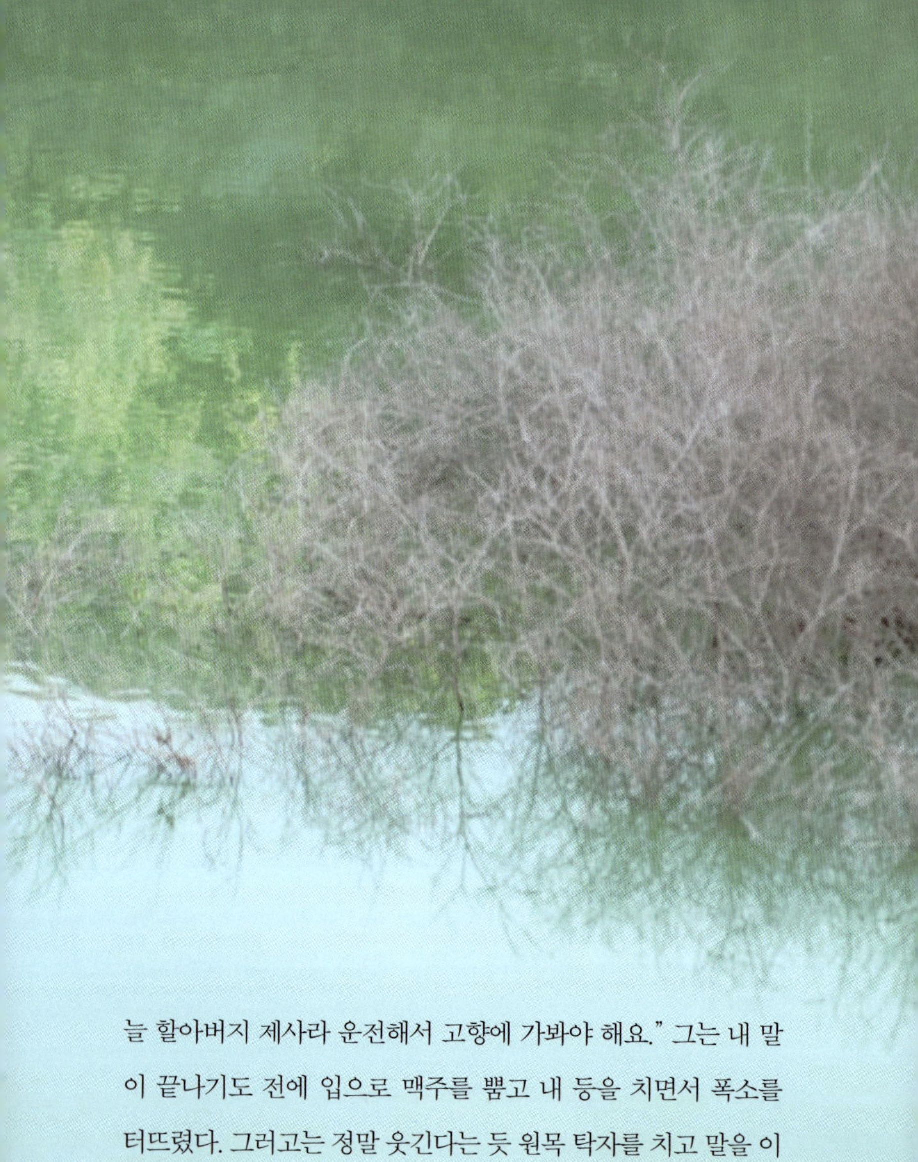

늘 할아버지 제사라 운전해서 고향에 가봐야 해요." 그는 내 말
이 끝나기도 전에 입으로 맥주를 뿜고 내 등을 치면서 폭소를
터뜨렸다. 그러고는 정말 웃긴다는 듯 원목 탁자를 치고 말을 이
었다. "이 형, 오늘 어디 아파요? 이 형이 운전을 한다고요? 아니

말이 되는 소릴 해야 믿죠. 맨날 촉촉이 젖어 있는데… 언제 운
전면허 딸 시간은 있었고요?” 그곳에 모인 사람들 모두 박장대
소를 하였다. 그만 헛소리 집어치우고 하던 대로 하라고 난리
였다. 앞자리 어떤 분이 거들었다. “이 형이 술 안 마시고 앉아

있으니 불안해 술이 안 넘어갑니다. 언제 터질지 모르는 시한 폭탄 같아 조마조마하니 장난 그만 치고…." 그분은 맥주를 따라 내 앞에 잔을 디밀었다. 나는 출발할 시간이 되었다고 일어나 인사를 하였다. 몇 명이 2층 술집 창을 열고 내가 길가에 주차해둔 차에 타는 모양을 지켜보았다. 나는 차창을 내리고 그들에게 손을 흔들고는, 큰소리쳤다. "다음 주에 죽었어!" 나는 가만히 있는데 수많은 날이 허겁지겁 스쳐 지나간 느낌이었다. 가끔은 전혀 다른 시공時空이 한데 어우러져 한 편의 시, 한 단락의 산문을 옮길 수 있었다. 술을 덜 마셔야 비척비척 오르내릴 수 있는 경사진 길을 걸었다. 폭음 다음 날 새벽 찾게 되는 냉수가 미지근한 물로 바뀌었지만, 원초적인 갈증을 해소할 방법은 없었다. 어느 날 갑자기 술을 끊기에 이르렀다. 온갖 핑계를 만들어 술을 마신 지난날과의 연결고리를 끊어낼 작정이었다.

금주 시작과 함께 짓기 시작한 움막을 거의 완성했다. 주춧돌을 앉히고 기둥을 세우고 골격을 짜고 지붕을 올렸다. 몇 년 전 집수리할 때 쓰고 남은 건축자재를 이용해 벽과 지붕의 단열을 하고 창문 셋과 출입문을 혼자 달았다. 바닥에 강화마루를 깔고 지붕재인 아스팔트 싱글로 외벽을 치고 둘러보았다. 될 성싶지 않던 움막 완공! 혼자 힘으로 어찌어찌하다 보니 얼추 완공을 목전에 두었다. 배선을 끝낸 전기를 연결하면 움막에 불이 들어올 것이다. 벽을 뚫고 무시동 히터의 송풍관을 연결하면 그곳에서 겨울도 거뜬히 날 수 있을 것이다. 알라딘 석유난로의 운모 창을 통해 푸른 불꽃 푸른 새싹을 보게 될 것이다. 이제는 천천히 희망을 담아 노래를 부를 때가 다가온 것이다.

면 마스크

벗논에 농약 살포가 끝나갈 때면 어머니는 노란 농약 줄을 나에게 떠넘기곤 집으로 잰걸음을 옮겼다. 우의雨衣를 입고 면 마스크를 낀 아버지가 농약통을 살피라는 손짓을 보냈다. 농약통에 농약이 얼마나 남았나 확인하라는 거였다. 경운기 짐칸에 실린 농약통을 기울여야 할 때가 되었다는 신호였다. 나는 동네 건달모양 마지못해 농약통을 향해 느린 걸음을 옮겼다. 농약의 분사량이 줄어들자, 아버지는 독촉하는 손짓을 연방 보내왔다. 뭐라 말하는지 정확히 들리지는 않았다. 아버지의 면 마스크에 달라붙은 하얀 농약 물방울이 보였다. 방독면을 껴야 하는데 진폐증塵肺症을 앓는 아버지는 숨이 가빠 그리하지 못했다. 하는 수 없이 빨아 쓰는 면 마스크를 끼고 있었다. 방향을 틀기 위해 줄을 타 넘을 때면 하늘로 향한 분사기 구멍에서 농약의 고운 입자가 칠점사(까치독사) 꼬리 치는 소리를 내면서 뿜어져 나갔다. 그때 잠깐이었지만, 무지개가 그려졌다 걷히고는 하였다. 경운기 짐칸에 올라선 나는 얼마 남지 않은 농약통을 기울였다. 그러고는 슬렁슬렁 농약통을 흔들어 젓는 시늉을 하였다.

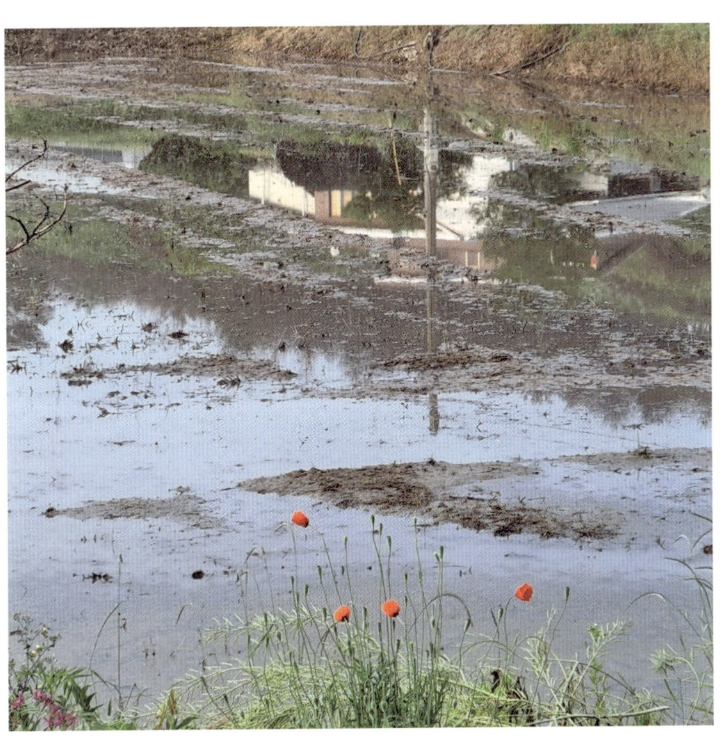

서해로 기우는 햇빛이 달려와 수크령 꽃마다 비단을 입히고 오늘 밤 장독에 숨긴 패물 들고 내빼자 꼬이는 동네 건달의 알딸딸하게 취기 오른 낯짝 같았다. 왜바지 차림의 어머니가 잔금이 자글자글한 스테인리스 쟁반에 흑설탕 물이 찰랑찰랑 담긴 스테인리스 국그릇을 받쳐 들고 걸어왔다. 아버지는 농약 줄을 사리고 나는 경운기 짐칸에서 농약 줄을 감았다. 내가 농약 줄을 다 감기 전에 어머니는 흑설탕 물이 담긴 그릇을 아버지에게 전달했다. 내가 농약 줄을 다 감아들이기 전에 아버지는 흑설탕 물을 벌컥벌컥 비웠다. 몇 방울 남은 흑설탕 물을 농로에 털어냈다. 입맛을 몇 번 다신 아버지가 경운기 시동을 걸고 나는 짐칸에서 뛰어내렸다. 어머니 손에 들린 흑설탕 물이 담겼던 그릇과 마지막 흑설탕 물이 떨어진 농로를 번갈아 바라보았다. 아버지에게 줄 흑설탕 물을 타오기 전에 어머니도 한 모음은 마셨을 거라 넘겨짚은 나는, 원망을 감추는 데 한참 걸렸다. 농로에 떨어진 흑설탕 물 몇 방울에 개미가 꼬이는 저녁이었다. 어머니는 흑설탕 봉지를 어디에 감춰뒀다 농약을 치는 날 꺼내는 것일까. 흑설탕에는 정말 농약 해독 성분이 약간은 들어 있기나 한 걸까. 그런 믿음도 어디까지나 미신에 지나지 않는 게 아닐까. 나는 아버지가 끼었던 색이 발한 파란 면 마스크 줄 하나를 오른손 새끼손가락에 걸었다.

아버지가 돌아가시고 대문간 못에 걸린 면 마스크들을 보게 되었다. 사름방* 아궁이 앞에서 고양이를 안아 들고 웃는 아버지 얼굴이 떠올랐다. 최선을 다해 숨을 몰아쉰 진폐증 환자, 농사꾼 아버지, 면 마스크에 끼었던 희고 고운 안개의 미립자 눈앞에 어른거렸다.

아버지가 50여 년 농사지은 써레질 끝낸 무논에 하늘과 주위 풍경이 얼비쳤다. 쓰다듬을 게 많은 봄바람이 무논을 지나고 있었다. 기침을 멈춘 농사꾼 아버지 전생의 설렘이 이어졌다.

* 사랑방

슬픈 사람, 그 봄에 멀리 갔어요

그는 허우대만 멀쩡한 사람이라 했다. 부녀자들의 쑥덕거림을 마음에 담아두지 않았다. 술만 안 마시면… 그놈의 술이 그가 가진 장점을 다 갉아 먹고도 남음이 있다고 하였다. 그는 항상 취해 있었지만, 웃는 낯으로 활보했다. 깽판을 쳐서 주위 사람을 못살게 구는 흔한 주정뱅이는 아니었다.

어느 날 장화를 신고 나타난 그는 모내기를 도우러 온 걸 까먹고 부뚜막에 앉아 됫병 소주를 글라스에 따라 마셨다. 안주는 종재기*에 담긴 불티 재와 먼지 후추를 뿌려놓은 것 같은 굵은소금이었다. 그는 서글서글 웃는 낯으로 이집 저집 돌아다니며 술을 얻어 마셨다. 비계가 많이 붙은 돼지 수육을 내놨는데 어쩐 일인지 눈길도 주지 않았다. 보다 못한 안주인이 굵은소금 종재기를 뒤로 감추자, 살강**의 국숫발을 한 줌 빼내 앞니로 짧게 끊어 먹으며 웃는 낯이었다.

술이 공기고 밥이고 물이고 세상천지의 웃음을 불러들이는 명약이었다. 꽃 피고 제비 돌아와 지저귀고 있었다. 누구 뒤치다꺼리할 일 없는 그는 소주병 옆구리에 끼고 국숫발 흰 바통 쥐고 조팝나무 울타리 한낮의 지상권 움막으로 스며들었다.

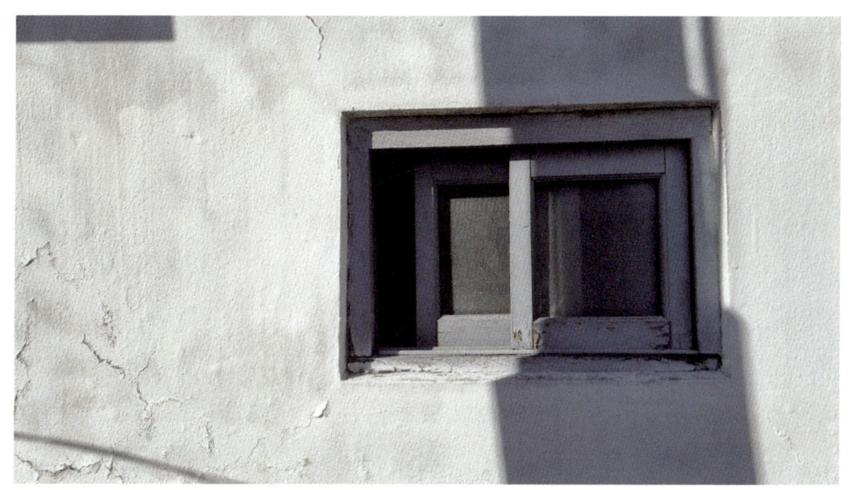

* 종지
** 부뚜막 위 선반

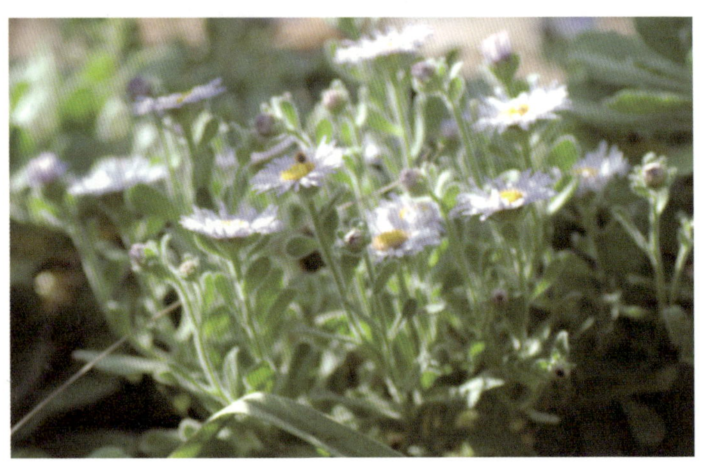

한 줄의 시

새벽 두 시에 일어나 가을 빗소리 들었다. 아침 먹고 빗줄기 가늘어진 잠깐 우산 쓰고 담배 사러 나갔다. 마침, 골목에서 나오는 그와 맞닥뜨렸다. 흠칫 놀란 그가 급히 돌아서서 허둥지둥 핸드폰을 꺼내 들었다. 가끔 나와 마주칠 때면 그가 하는 행동거지라 그러려니 여기고 편의점으로 향했다. 거의 기어들어가는 목소리가 들려왔다. 반가워요… 그간 잘 지내셨어요…. 그는 나와 마주치면 기함해 허둥지둥 핸드폰을 꺼내 전화 받는 연기를 시연하곤 했다. 그동안 상대할 가치가 없어 투명인간 취급했다. 왜 나를 볼 때마다 변함없이 저렇게 반응할까 궁금해하지 않았다.

그와의 악연은 거의 30년 전으로 거슬러 올라간다. 문청文青이라던 그는 하루에 몇 편씩 습작시를 써서 나를 찾았다. 어느 날 육교를 바라보며 그가 말했었다. 부잣집 고명딸인 부인과 결혼하기 위해 저기서 떨어져 죽는다고 거짓말했어요. 그의 신혼집에 끌려가서 차를 마신 적이 있는데 그가 장롱 위를 턱짓하고는 말했다. 저 위에 싸이나가 있어요. 부인이 이혼을 종용할 때마다 싸이나를 꺼내 먹고 죽는다고 협박하거든요. 그는 의자

위로 올라가더니 싸이나 봉지를 꺼내와 열어 보였다. 그 후로
는 그가 꺼림칙해져 거리를 두기 시작했다. 이런저런 핑계를
대며 만나주지 않자, 그는 몇몇 출판사와 이름깨나 있는 위 세
대 시인들에게 전화를 돌렸다. 나에게 돈만 쥐여주면 그곳에서
시집을 낼 수 있는 게 사실이냐. 내가 선생님 시를 허접쓰레기
라고 하더라. 그딴 것들은 술 먹고 자빠져 발가락으로 끄적거
려도 하루에 한 권 분량은 쓰겠다더라. 한동안 소문에 시달렸
고 몇 분의 제자로부터 항의 전화까지 받았다.

점심을 먹고 잠깐 잠이 들었다. 오랜만에 꿈을 꾸었는데 공동
묘지를 쏘다니고 있었다. 투명해진 무덤 안에⋯ 나를 보면 기
함해 핸드폰을 꺼내 드는 작자가 버젓이 누워 있었다. 아무리
전화를 걸어도 아무도 받지 않는지 그의 표정은 점점 어두워졌
다. 꼬락서니 더는 보고 싶지 않아 돌아서려는데⋯ 그의 무덤
앞 묘비가 보였다. 막 피어난 해국海菊을 헤쳐 묘비명을 보았다.

바로 일어나 메모장에 옮겨 적었다. 공동묘지에서 본 묘비명
이었다. 잠깐 그가 멋진 사람으로 둔갑했다. 묘비명이 멋져 까
딱하다 그를 용서할 뻔했다.

그동안 나는 한없이 옹졸한 사람이었다. 그걸 스스로 인정하지 않으려 버티고 버텼다. 나의 옹졸함을 인정하는 순간, 내가 끌어안고 살아온 모든 게 무용지물이 되는 줄 알았다. 해변의 묘비엔 한 줄의 시가 쓰여 있었다.

당신을 만나 참으로 많이 웃고 떠들었습니다.

옹이

　밤을 새우고 낮잠을 조금 잤다. 목수 친구가 한 서른 번은 전동 대패질을 했지 싶은 토종 소나무 판재를 비늘살(루바)로 만들어 벽을 두른 방에서 말이다. 풍경 소리에 낮잠이 깨고 알았다. 처음 보는 개가 옆에 와서 나를 지켜보았다. 언젠가 집에서 키운 개가 아닌가 눈여겨보았다. 개를 쓰다듬다 꼬리가 없다는 걸 한참 만에 알아차렸다. 개는 나이테에서 나와 나이테로 돌아갔다. 일그러진 두 눈과 납작한 코는 임시로 옹이를 빌려 쓰는 것이었다.

　아버지가 돌아가시고 1년여 생사를 넘나드는 꿈을 자주 꾸었다. 곁에 머무는 느낌은 확실한데 형체를 드러내지 못하는 아버지 옹이 같은 입을 쭈뼛거리기만 할 뿐이었다. 이승의 말을 잃어버린 것이었다. 벌써 저승의 말에 익숙해진 것이었다. 잠에서 깨어나면 스탠드를 켜놓고 물끄러미 마주 앉아 옹이를 바라보곤 하였다.

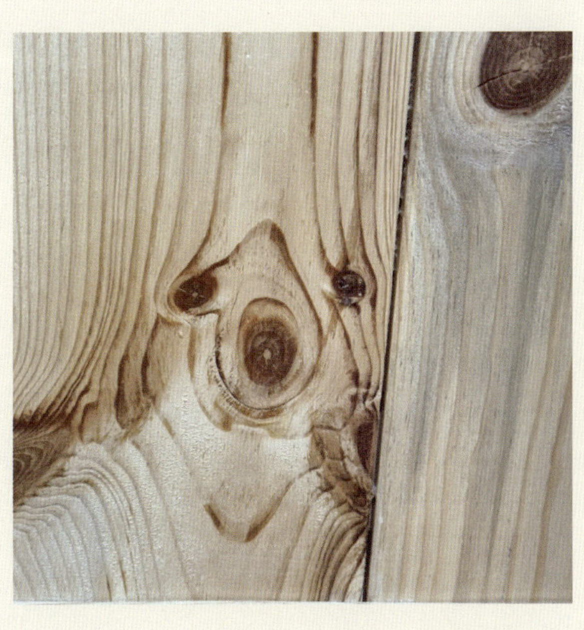

라일락

　단독주택 2층으로 올라가는 철제계단의 커브, 몸통 굵은 라일락에서 꽃이 올라왔다. 그녀는 철제계단 난간 손잡이를 잡고 또 울먹였다. 그녀의 숨결마다 라일락의 자잘한 향수병이 마개를 따고 달려드는 것인데 본인만 눈치채지 못한 상태가 지속됐다.

　그녀가 집을 나간 뒤 몇 년간 남자는 그녀의 귀가를 기다렸다. 그사이 개들은 개비改備되고 새로운 개들이 아는 사람 기척에 벼락같이 덤프트럭 자갈을 부리는 소리로 철제계단을 뛰어 내려갔다. 그녀가 그랬던 것처럼, 그도 철제계단 난간 손잡이를 잡고 라일락 앞에서 울먹였다. 오랫동안 돌림병이 돌았다. 그리하여 꽃 핀 라일락 그림자엔 쇠가 벗겨진 철제난간 손잡이가 빛나고, 벌들이 봄날 한낮 반벙어리 혼잣말하였다.

　"허파 뒤집히는 소리 고만해라."

　어디선가 그녀 목소리 들려왔다. 뒤이어 철 대문 걷어차는 소리 이어졌다. 봄날 한낮 잠깐 되돌림 꿈이었다.

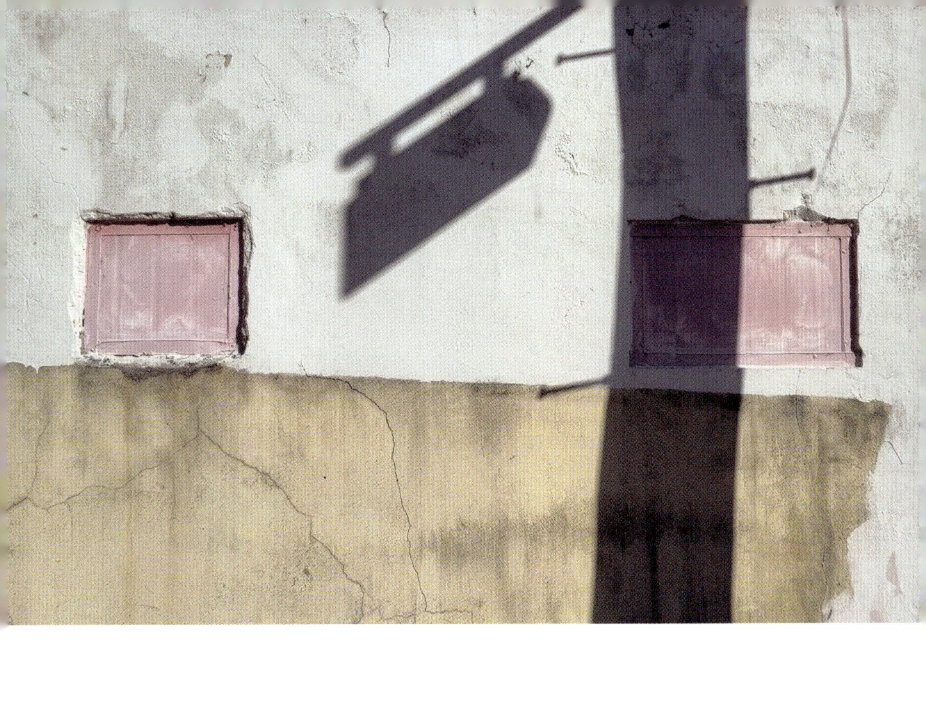

저녁의 밀물

　말을 심하게 더듬는 남자가 찾아와 끈질기게 나를 설득했다. 그는 입이 작아 말이 잘 터져 나오지 않는 사람이었다. 손 안 대고 입을 크게 벌리고는, 고개를 수도 없이 끄덕거렸다. 어떤 날에는 등산화 발로 폐석이 깔린 마당을 다지면서 말을 꺼내려고 애썼다. 언젠가는 엄지와 검지의 지문을 살살 문지르면서 부드럽게 말을 꺼내기 위해 애를 태웠다. 그가 가뭄의 연못에서 양동이 가득 길어온 대물 가물치를 탐내고 있었다. 그가 기른 수탉과 가물치를 맞바꾼 저녁, 아무래도 안 되겠다 싶어, 사람으로 치면 팔순이 넘은 늙수그레한 수탉을 안고 그의 집을 찾아갔다. 그는 벌써 마당가에 솥을 걸고 가물치를 고고 있었다. 기미가 자꾸 끼는 아내를 위해 눈물 콧물을 짜내고 있었다. 내 방문에 소스라친 그가 방금 알을 낳는 암탉처럼 알아들을 수 없는 소리를 내질렀다.

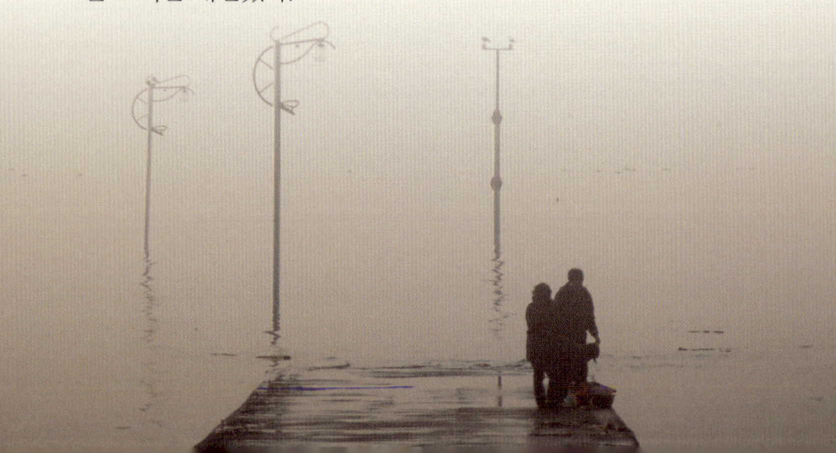

인격들

어떤 분께 전화를 걸어 예의 바르게 물어보았다. 제가 인격장애 소설을 쓰고 있는데 몇 가지 물어볼 게 있어 늦은 시간에 결례를 무릅쓰고 전화했어요. 그분은 20대부터 인격 문제로 주치의를 두고 처방받은 약을 먹고 있었다. 떠들썩한 사람들 목소리가 들려왔다. 물으나마나 또 술집인 모양이었다. 내가 상황 설명을 해가며 묻기 시작하자 그는 지금 바쁘니 간단명료하게 물으라 핀잔을 주었다. 옆에서 그만 전화 끊고 술잔 돌리라는 고성이 들렸다. 다급해진 그가 다그치듯 말했다. 야, 대체 인격이 몇 갠데 그래! 나도 덩달아 급해져 대답했다. 네. 일곱 갭니다. 야이, 씨발아, 인격이 열 개도 안 되는 걸 왜 나한테 묻고 지랄이야. 나 바쁜 사람이야. 인격이 열 개 넘거든 그때 전화해! 나 바빠. 그만 끊어.

근처에 살던 어떤 분은 50평 남짓한 자기네 집 정원수의 단풍잎을 마구 흔들어 떨구어냈다. 나무를 흔드는 꼴이 하도 웃겨서 입을 조금 벌리고 한참을 지켜보았다. 노구에서 어떻게 저런 힘을 분출해내는지 경외감마저 들었다. 대체 저분은 인격이 몇 개인지 종잡을 수가 없었다.

언젠가 오후 한 시에서 두 시 사이였다. 벤치에서 돋보기를 끼고 핸드폰 주식 앱을 들여다보는 그에게 다가가 물었다. 요즘 재미 좋아요? 내가 넌지시 묻자 비로소 그의 얼굴에 화색이 돌았다. 방금 *** 종목에 몰방했는데 기본으로 오연속 상한가는 갈 것 같아요. 그는 회심의 미소를 지었다. 주식장이 끝나고 인터넷 검색을 해보니 정말이지 *** 주가가 거의 상한가 근처까지 폭등해 있었다. 진작 들어왔어야 했는데⋯ 오늘은 7% 언저리밖에 못 먹었어요, 라고 말한 그의 상기된 얼굴이 떠올랐다.

그가 왜 주식장이 끝난 뒤 자기네 집 정원수의 단풍잎을 억지로 싹 다 털어냈는지 인터넷 검색을 통해 알 수 있었다. 작전주 *** 종목이 하한가 근처까지 폭락해 있었다. 내일은 더 떨어질지도 모르는데⋯ 어떤 인격들이 나오게 될지 약간 궁금한 것이 사실이었다. 500주를 산다는 게 0 하나를 더 눌러 5,000주나 0 두 개를 더 눌러 50,000주를 샀다면⋯ 근래 보기 드문 인격들이 총망라 대거 긴급 출동할 수 있겠단 생각을 잠시 해보았다. 투매가 일어나 급박한 나머지 매도 버튼을 누른다는 게

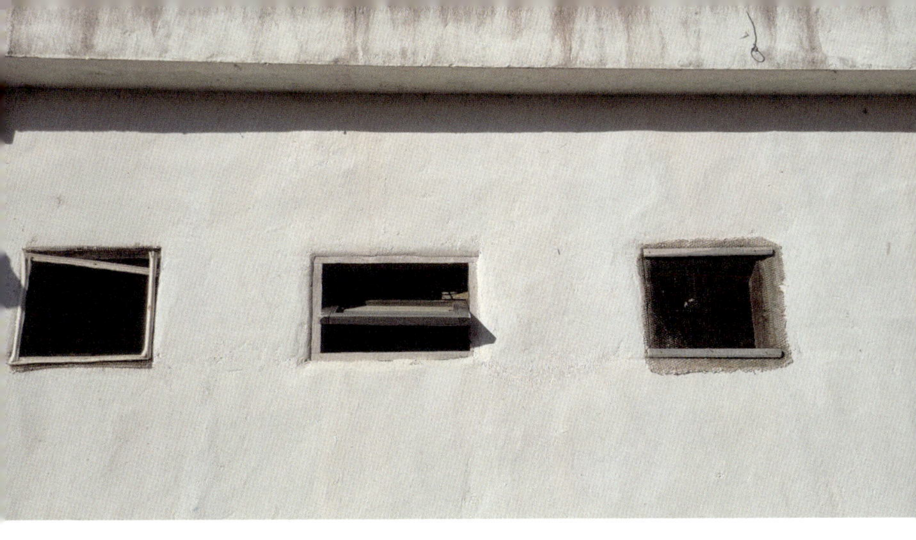

매수 버튼을 눌렀다고 하였다. 폭락한 주가에 매수한 주식 때문에 고통에 찬 괴물이 된 그가 잘 가꾼 정원의 하늘을 향해 입을 벌리고 부르르 떨었다. 빚을 내 손실을 만회하려고 했지만, 급기야 반대매매를 당해 빚더미에 올라타고 말았다. 잘 가꾼 집을 급매로 처분하는 수밖에 없었다. 그는 같은 동네에 반지하 전세를 얻어 이사했다. 다시는, 주식을 않겠다 말한 그가 핸드폰을 뒤로 감추고 멋쩍게 사람 좋은 웃음을 지어 보였다. 눈알이 쇠구슬이 된 개가 남의 집 담장 밑에 된똥 깔기는 게 보였다.

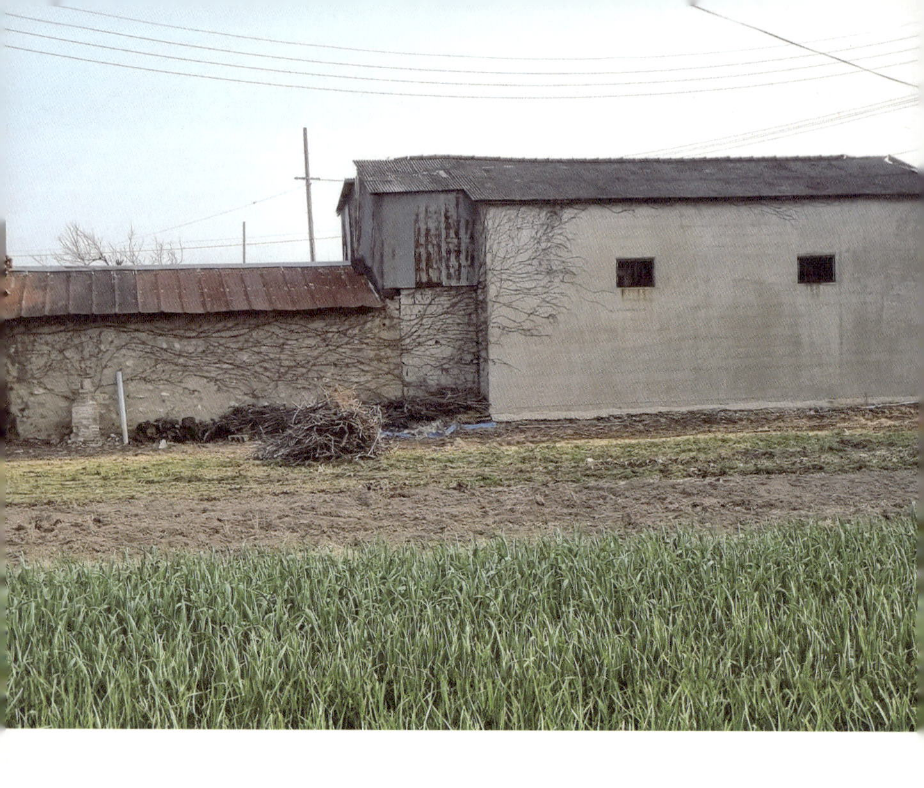

바지락칼국숫집

　　나이 차가 제법 나는 부부와 부인의 언니가 동업하는 내륙 깊숙한 바지락칼국숫집에 갔다. 마른 남자의 허리둘레쯤 되는 벚나무들 폐석 깔린 주차장과 마늘밭의 경계에 늘어서 있었다. **산 도립공원서 장사하다 외딴곳으로 옮긴 지 1년쯤 됐어요. 이제 슬슬 자리 잡아가나 봐요. 마음이 떠난 전 주인이 내놓은 고깃집을 인수해 바지락칼국숫집을 시작했어요. 일주일에 두세 번 광역시 새벽시장에 다녀와요. 점심 장사를 마친 남자가 주차장 귀퉁이 전선 드럼 팔레트 테이블에 머루 효소 유리잔을 올렸다. 오른 귀에 걸어둔 슬림 담배를 빼 물었다. 남자의 곱슬 구레나룻에 흰 털이 여럿 보였다. 오래된 웃음이 많은 남자였다. 술을 끊어낸 지 몇 달 됐다는 내 말에 믿음이 안 간다는 눈짓을 보내왔다. 전처와 왜 헤어졌냐 묻지 않는 게 서로에 대한 예의였다. 미루어 짐작해도 될 일이 쌔고 쌨다. 이 근방에서 마늘 농사 잘 짓는다는 사람의 마늘밭과 방앗간을 개조한 농자재창고를 보았다. 머루 효소 몇 모금을 마셨다. 술기운이 만개했다. 풋내에서 매운맛이 드는 마늘밭의 푸름이 이어졌다.

어쿠스틱 기타

암막 커튼의 안감은 누비이불에 엎질러진 포도주색
봄의 노을은 사과밭 농막에 다니러 온 취기 올라온
옛사람의 얼굴.

여기 왜 왔는지 모르겠어,
젖은 사과잎 비틀고 앉아
오른 검지를 세워 콧등을 문질렀다.

통기타 가방을 둘러멘 그림자
통창 앞으로 다가가 꺾여
돌아앉았다.

삭아 내린 소각로 타다 남은
바이크 형체 옆에 색 바랜
조화 꽃다발 놓여 있었다.

전기 끊긴 농막의 접이식 철제침대

귀퉁이에 엉덩이 걸치고 앉은 그가
다리를 고쳐 꼬았다.

농막의 벽지 붉은 줄 원고지 칸마다
푸른 잉크로 눌러쓴 습작 시,
그는 눈을 감았다 뜨고는 하였다.
「당신과 함께 있는 느낌」
즉흥곡 연주를 이어갔다.

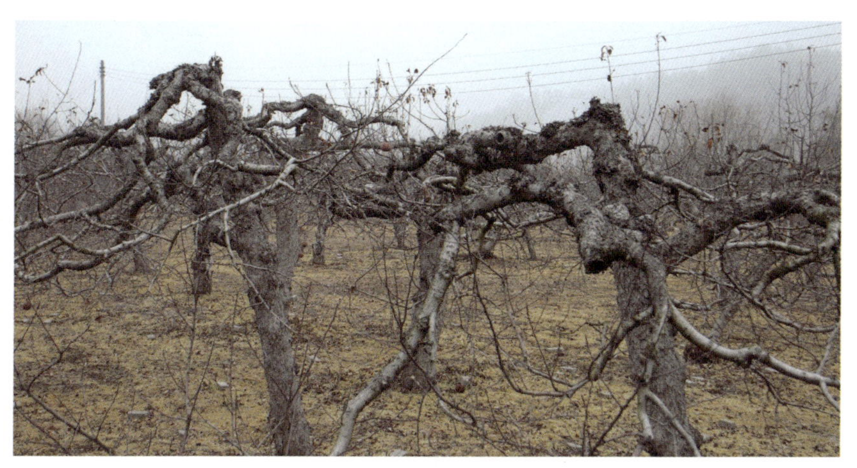

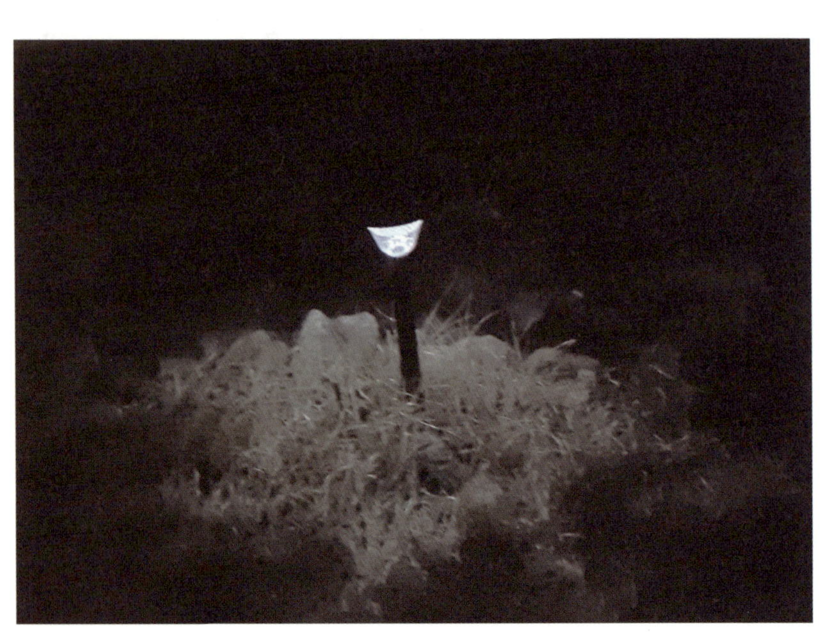

우물 자리

　서로 다른 세계를 사는 사람들이 같은 공간 같은 시간을 어떻게 나누고 어떻게 퍼즐을 맞춰 풍경을 만드는지, 펜션 증축 공사를 끝낸 목수들의 회식 자리를 2층 창문을 통해 지켜보았다. 과거는 현재와 한 몸을 쓰니, 기억도 오감도 무의식마저도 한 몸을 통해 작동하고 느낌을 공유하니, 고라니의 자지러지는 울음도 염소 방목장의 암내를 맡은 서열이 낮은 숫염소의 기괴한 울부짖음도 까마귀의 기어들어가는 쉿소리 날갯짓도 잣 껍데기를 태운 농막의 푸른 연기도 이제 막 밤으로 편입한 달빛도 자세히 봐야 보이는 암염소의 짧은 입김도 현재의 것이지만, 변방을 떠돌다 겨우 순간에 진입한 것. 오늘 밤에도 혼자 남은 돌집의 100세 가까운 할머니는, 이빨 자국 선명한 순금 예물 반지를 엄지에 끼우고 돌릴 것이다. 그곳에서 우물물이 솟아나고, 보조개가 피어나고, 어지간히 김이 올라온다.

수레국화

　파란색 꽃을 좋아하는 사람이 있었다. 세상의 꽃은 무슨 색이
라도 어색한데 파란색은 의외라는 사람이 있었다. 하늘을 받아
안은 호수가 있었다. 하늘을 품에 들여놓은 호수가 있었다. 호
수 기슭으로 급경사진 언덕에 수레국화 피어 있었다. 의외의
색을 띠는 것에 끌리는 시간이 있었다. 까만색 공기청정기에서
바람이 시작되었다. 파란색 꽃에 홀려 그곳까지 따라간 적이
있었다.

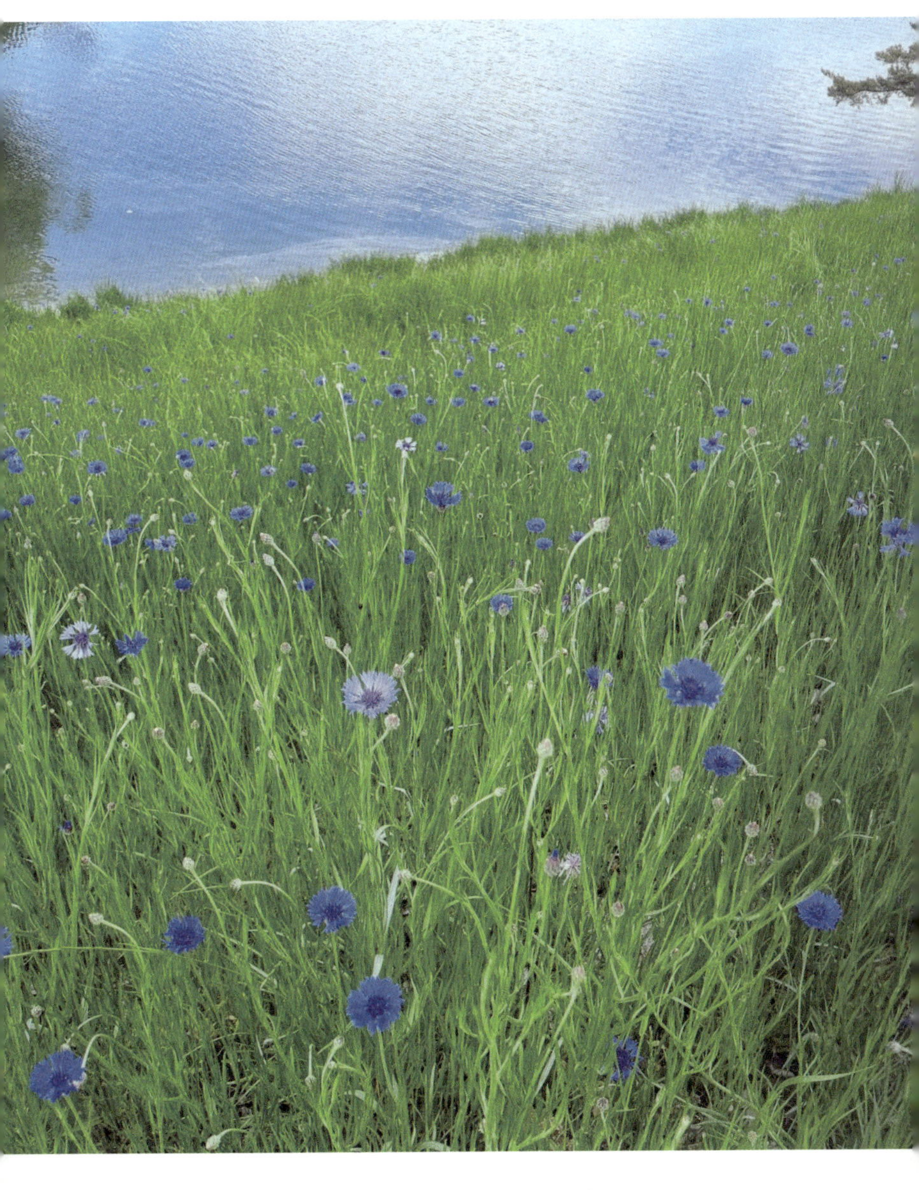

°2

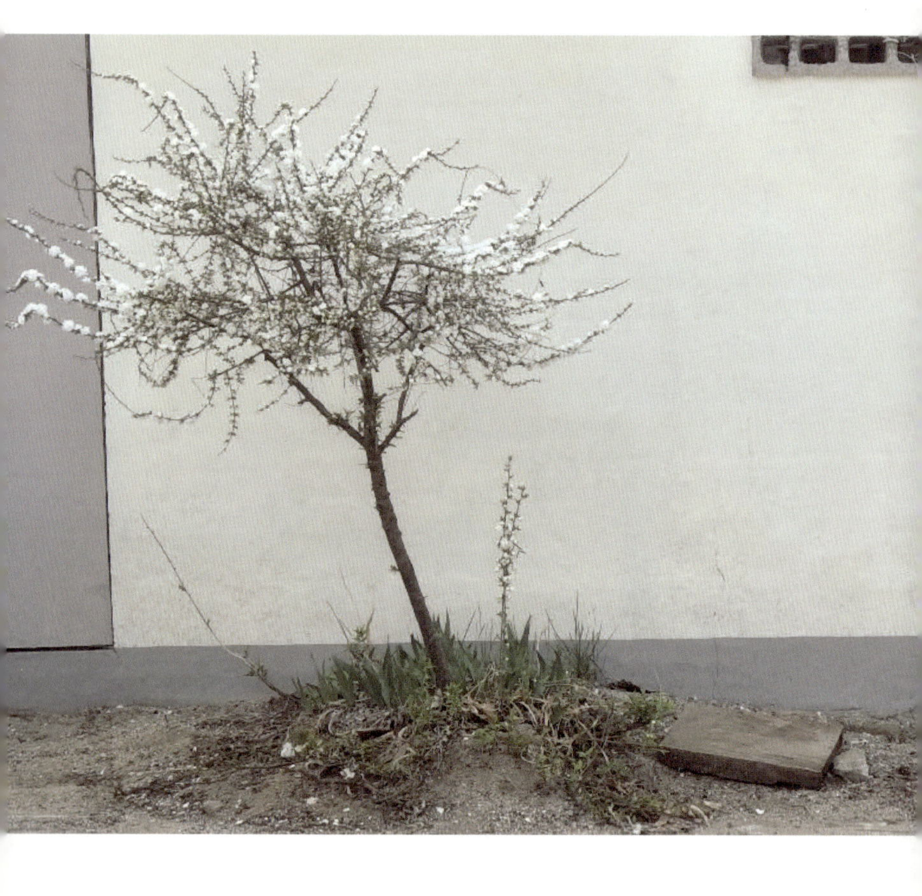

백매화

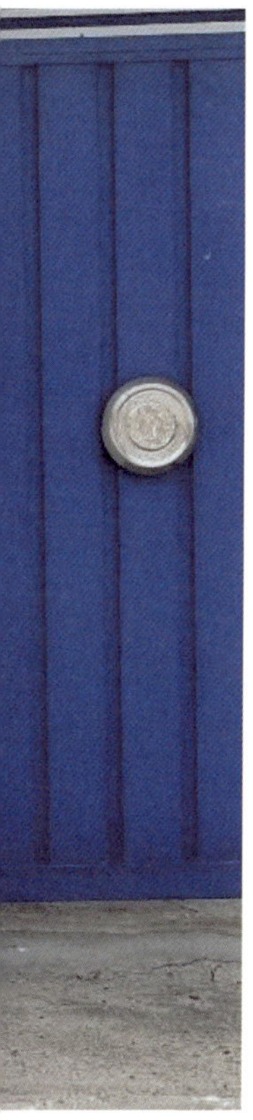

젖먹이를 업고 식당일 나가는 미망인. 파란 대문 시댁 앞에서 중얼거렸다.

당신은 여전히 창백한 얼굴이군요. 당신은 그곳에서 벌써 새장가 갔는지 더는 꿈에 나를 보러 오지 않는군요. 하지만 나는 하나도 섭섭하지 않아요. 힘들 때면 등에 업힌 우리 아이의 체온이 나를 위로하고 있거든요. 당신은 그곳에서 행복하세요. 당신의 기일이면 이곳을 다녀가는 당신을 만나러 올게요. 나는 당신을 볼 수 없지만, 당신은 우리를 보고 있겠지요. 이제는 당신의 잃어버린 말과 웃음을 아이가 대신하기 시작했어요.

눈을 비벼 뜬 미망인 핸드폰 화면을 들여다보았다. 그녀는 입술에 침을 둘러 발랐다. 생전의 남편과 얘기하는 그녀의 나지막한 목소리, 웃는 소리, 파란 대문집 문간방에서 들렸다.

낮은 집

흰 여름 수국이 피었다. 떨어진 함석 대문 옆이었다. 경운기에 고정된 양수기에서 붉은 줄의 호스 두 가닥 늘어졌다. 거동이 불편해진 할머니는 마루에 나와 흰죽을 먹었다. 할아버지가 곁에 앉아 흰죽의 표면을 희어진 나무 숟가락으로 걷어 떠먹였다. 더러 종지의 간장도 찍어 먹었다. 입맛을 다시는 할아버지를 보기 위해 그녀는 눈을 비벼 뜨고는 하였다.

한길에서 낮은 집으로 연결된 농로가에 옥수수와 사탕수수가 심겼다. 블록벽돌 담 밑에 걸린 양은솥에서 수탉을 삶는 김이 올랐다. 할아버지는 바가지로 물을 퍼서 경운기 냉각수 통에 부었다. 그러고는 담배 필터를 씹어 물고 경운기 시동을 걸었다.

낮은 집 둘레의 참깨밭에 설치된 스프링클러 우물물을 분사했다. 두 손을 치켜든 아이들 참깨밭 고랑을 내달렸다. 참깨꽃이 떨어진다고 소리쳐도 소용없는 일이었다. 노란 꾀꼬리 아들 내외가 묻힌 야산 참나무 가지에 달린 둥지로 먹이를 물어 날랐다. 마루기둥을 끌어안을 힘도 없어진 할머니 이마를 대고 깜박깜박 졸았다. 뻐꾸기 울면서 날았다.

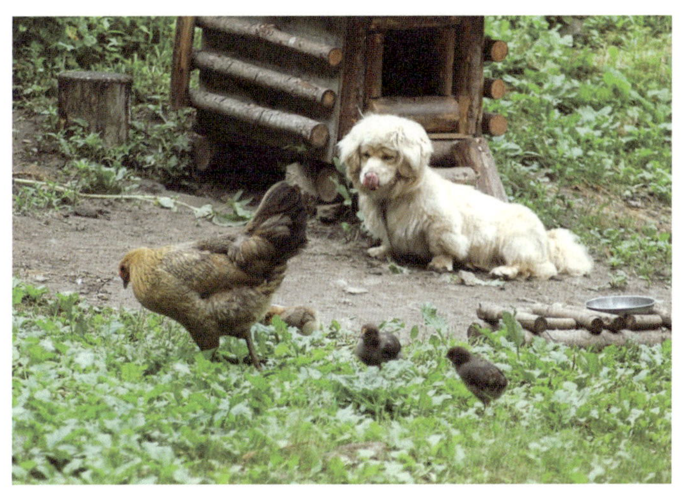

옥수수와 사탕수수의 터널 안으로 흰 여름 수국이 치아처럼 드러났다. 아이들 웃고 떠드는 소리 뒤꼍을 돌아 나와 참깨밭 고랑으로 이어졌다.

흰 쌀밥

"젖먹이를 둘러업고/쌀뜨물을 받아 안은 새댁/새벽마다 어딜 다녀오나 궁금했다." 지지난해 봄에 쓴 시 「집 근처 수목장」 1연이다. 새벽마다 쌀뜨물을 받아 들고 엄마 무덤 설중매에게 가는 새댁을 지켜보았다. 오래전 일인데 오늘 정원의 설중매 열매를 보니 그녀가 다시 떠올랐다. 겨울에 나도 쌀뜨물을 받아 들고 얼마간 설중매에게 가보았다. 1월에 돌아가신 아버지 흰 쌀밥만 고집했다. 잡곡을 넣으면 다 골라냈다.

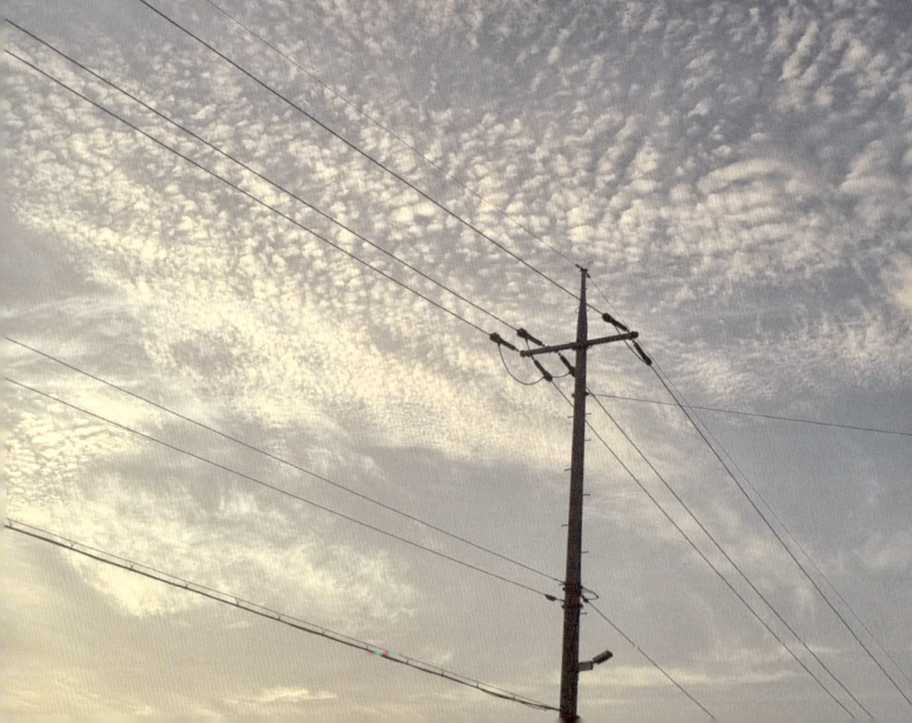

아버지가 마지막으로 농사지은 쌀을 정미해 가져오는 길이었다. 승용차 안전띠를 맸는데 자꾸 경고음이 들렸다. 조수석에 올려둔 20kg 쌀자루가 원인이었다. 조수석 쌀자루에 안전띠 매주었다. 눈앞이 흐려져 와이퍼를 작동시켰다. 넷째 고모가 말씀하셨다. 너희 아버지 당뇨 있는데 왜 지금껏 흰 쌀밥만 고집하겠냐. 흰 쌀밥 먹은 기억이 별로 없기 때문이야. 뭐라 하지 마라. 못 먹은 만큼 채우려는 것이다.

오늘 저녁에는 아버지가 마지막으로 농사지은 쌀을 덜어내 흰 쌀밥을 지어 혼자 먹을 생각을 했다.

올해도 농사 최고로 잘됐네. 고생 많았구먼. 추석에 고향 내려온 사람들 벼농사 칭송할 때, 아버지 어쩌지 못하는 해맑은 웃음 보았다. 붉게 꽈진 햇살 내려와 비스듬히 곁에 머물렀다. 가시랭이와 털이 빽빽한 수크령 이삭 훑어 하늘에 뿌려대면서 날아다니는 어린 동생들 뒤를 메리와 해피와 베스와 워리가 따라붙었다.

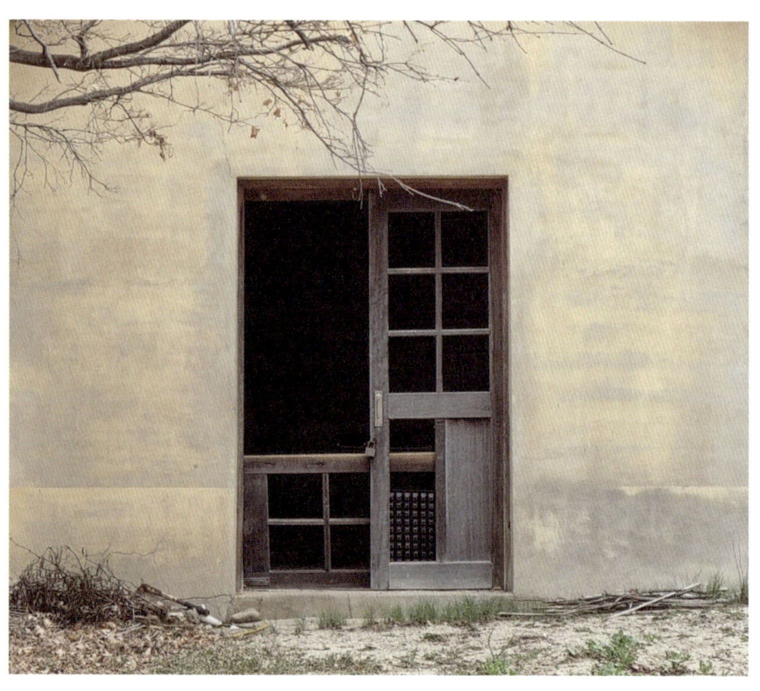

바통터치

올 마지막 장미를 찍어두었다. 핸드폰은 3년이 지나자 버벅거리기 시작했다. 삐삐와 핸드폰을 정확히 몇 개나 잃어버렸는지 알 수 없었다. 120에서 130개 사이쯤 되지 싶었다. 예전엔 핸드폰이 두 개였는데 같은 날 두 개를 동시에 잃어버린 적도 있었다. 오전에 개통해 밤에 잃어버린 적도 있었다. 하지만 10년 전쯤부터 잃어버림이 없었다. 책상 서랍에 핸드폰 다섯 개가 붙어 있었다. 외관상 멀쩡한 지난날 핸드폰을 보고 있자니 내가 조금 자랑스러워지기까지 하였다. 가끔 충전 선을 연결해 전원을 켜보았다. 몇 안 되는 사람의 전화번호와 화소 낮은 사진을 넘겨보았다. 예전 핸드폰은 망각한 날들을 현재의 영역에 편입시키는 가교 역할을 해주었다.

이전 핸드폰을 켜면 화성 어디가 고향인 사람 생각이 스쳤다. 화서역 근처에서 살던 그 사람 삐삐 번호가 지금껏 내 핸드폰에 저장되어 있었다. 사범대학에 다니던 사람이었다. 몇 번이고 화서역을 지나친 적이 있었다. 그 사람 아직도 화서역에서 내리는가.

015로 시작되는 삐삐 번호로 전화를 걸어보고 싶지만, 번번이 그만두고 말았다. 없는 번호 확인 멘트가 나올까 싶어서였다. 내가 늙어가는 사이 그 사람은 대학 4학년 봄에 머물러 있었다. 그러고 보니 나는 핸드폰 번호를 바꾼 적이 없었다. 국어교사로는 살지 않을 것이다. 단호하게 말하던 사람이다. 홍대 근처에서 만나 술을 마신 우리는 택시를 타고 어딘가로 이동하고 있었다. 술의 힘을 빌려 그이의 무릎을 베고 누워 노래를 불렀다. 눈 덮인 겨울산 무작정 기어오르는 노래였다. 내 더벅머리를 쓰다듬던 손길이 되살아났다. 차창 밖 불빛을 바라보았다. 몇억 광년 거슬러 올라가면, 그이의 동공 끝에서 생성되는 눈송이와 겨우 만날 수 있을 것 같았다.

어느새 주정뱅이에서 벗어난 지 4년째가 되었다. 술의 힘을 빌려 울고 싶을 때가 더러 있었다. 그이는 나에게 삐삐 번호를 남겨두었다. 그걸로 릴레이 바통터치를 해주고 트랙을 벗어난 지 오래였다.

1호선 전철을 타고 화서역에 내린 적이 있었다. 아파트 불빛에 포위당한 채 하늘을 보고 걸었다. 그 사람 이름 떠오르지 않았다. 졸업 앨범을 보러 과 사무실에 방문할 수도 교수에게 물어볼 수도 없었다. 확대해 찍히는 눈송이 흐릿한 밤이었다.

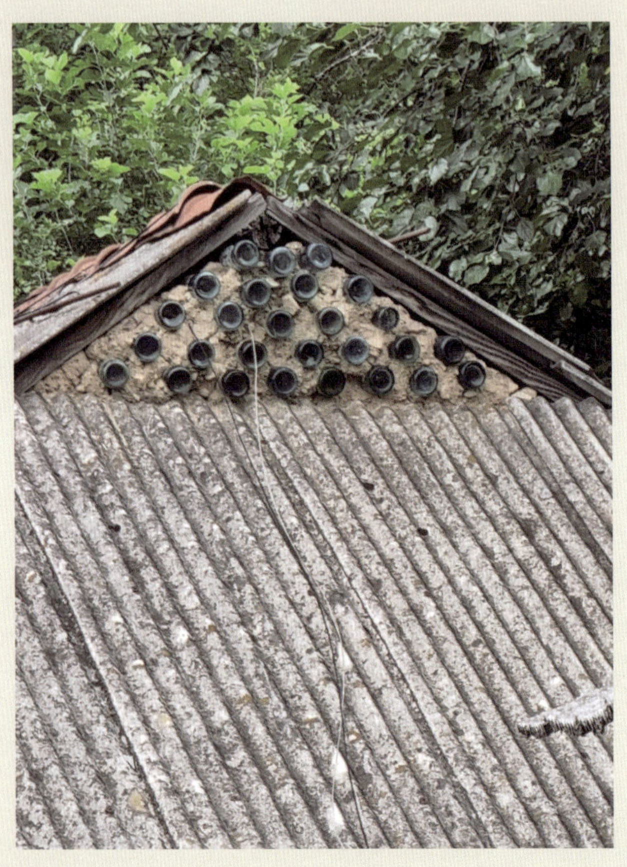

수매미

감나무 아래 평퍼짐한 돌이 있었다. 물 적신 수건을 목에 두른 남자가 들깨 모종 한 판을 드문드문, 후닥닥 심고는, 감나무 아래 놔둔 배낭을 열어 소주병과 들기름과 다시멸치를 넣고 볶은 묵은지가 담긴 유리그릇과 종이컵과 나무젓가락을 평퍼짐한 돌에 꺼내놓았다. 그러고는 주위를 둘러보았다. 마땅한 경쟁자가 없는 걸 확인한 남자, 소주병 흔들어 토네이도를 만들었다.

기다려본다

　자물쇠가 채워져 있다. 외출한 그녀는 돌아오지 않는다. 그래서 봄날에 그녀의 자취방 앞에서 기다려본다. 자물쇠가 없었다면 나는 그녀가 자취하던 저 합판 문을 망설인 끝에 열어보았을 것이다. 문을 열고 부엌을 두리번거려보았을 것이다. 그러고는 부엌으로 들어가 어두운 방문을 두드려보았을 것이다. 그녀를 기다리며 자물쇠를 만지작거린다. 그녀에게도 나에게도 열쇠 구멍까지 녹이 슨 자물쇠로 잠가놓은 잃어버린 마음의 공간이 있을 것이다. 언젠가 잃어버린 열쇠를 아주 잊어버린 뒤에 남겨진 마음의 공간. 자물쇠가 채워지지 않았다면 나만큼이나 늙어버린 그녀가 오래된 문을 열고 나올지도 몰랐다. 흰머리가 더 많은 그녀가 허리를 구부리고 나올 수도 있겠다. 만약 그리된다면 나는 잽싸게 등을 돌리고 공터를 향해 걸어가지 싶었다. 그녀 또한 공터에 주차해둔 자신의 차에게로 향하게 된다면. 우리는 공터에서 잠깐 마주칠 수도 있겠다. 그러나 나는 지금, 그 옛날 당인리 화력발전소 근처 합판공장에서 일할 때 맡은 접착제 냄새 다 빠진 합판 문짝을 바라보고 있다.

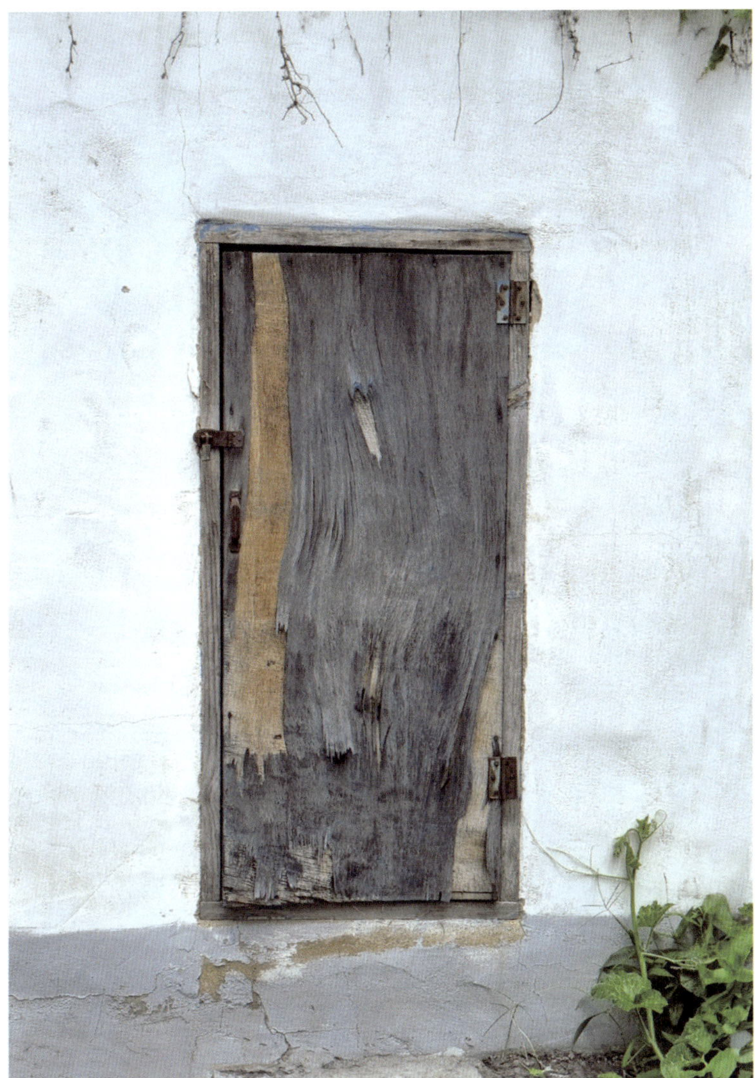

컨베이어벨트

건식 욕실 타일의 누레진 줄눈을 다시 그렸다. 건조 끝난 이불 베개 홑청, 남방, 인견 속옷 누더기를 두 마리 고양이가 할퀸 레자 소파로 옮겼다. 물때가 낀 타일 얼룩 한 부분에 꽂혔다. 초기 섬망 증상 공포가 찾아왔다. 동쪽 하늘과 돌을 까먹은 산맥 접경에 포장을 쳤다. 천장의 칠이 말려 떨어지는 베니어판을 들어올렸다. 수렁배미 위뜸 검은 배습지에 버려진 하우스 폴대 구부러진 문자들은 태음력의 날들을 추측으로 해독하려 들었다. 파라핀 왁스 소재 티라이트캔들 불꽃이 휘고 끄름이 날렸다. 반만년 전 어느 해름으로 직통하려다 기고만장 니체의 독설을 씨불였다. 부들이 씨앗을 날리기 시작한 수렁배미 논을 허파 뒤집히는 소리 요란한 수렁배미 논을 전정가위 든 채 헤드랜턴 켜고 돌고 돌았다. 모든 것들은 오고 가고 또 온다.* 멧돼지가 진흙 목욕을 한 웅덩이에 맞춰진 달은 살얼음 안에 안장된 지 오래였다. 삼선 전깃줄이 위축되어 당겨지는 속울음을 얇게 펴 말리고 얼려 순은을 만들었다. 툇마루 썬버너에 쩌둔 코펠 안 호박 고구마를 통째로 으깨는 그의 손이 움찔거렸다. 공황장애 증상 전신 전기충격 공포를 잠시 떨쳐낸 그는 냉담자

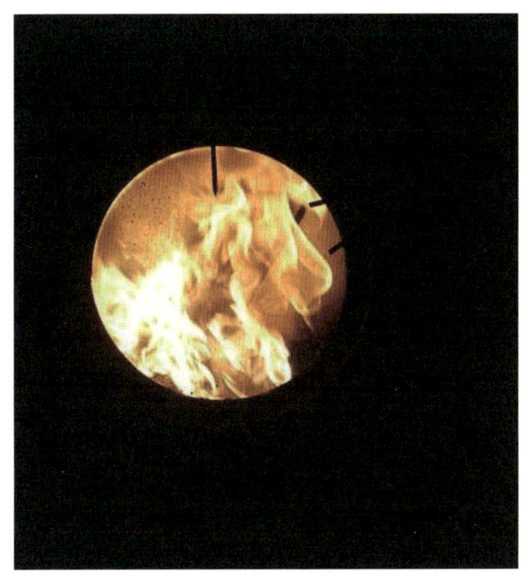

_{冷淡者}였다. 이제는 없는 홍시를 빠는 감나무 꼭지와도 소통했다. 으깨진 호박 고구마를 퍼먹기 전 별의 씨앗을 뿌리는 야간 비행 여객기 불빛을 상상했다. 잠깐 눈을 감고 성호_{聖號}를 긋고 할렐루야를 외치는 며칠 배곯은 그의 입에도 으깬 호박 고구마 김말이 욱여넣었다.

*카프카

웃는 사람 얼굴

며칠 백합이 만발하여 머리가 어질어질했다. 한 그루씩 피고 지면 좋으련만 비 오고 난 아침나절엔 밤샘술을 마신 주정뱅이들 몰려와 단체로 소피를 보았는지 지린내가 요동쳤다. 저녁에 돌아와보니 눈이 맵고 머리가 빙빙 돌았다.

아까워 낫으로 싹 쳐낼 수도 없는데 난감했다. 아까운 향기 사라지기 전에 포집해 액체나 기체로 만들어 병에 넣어 아껴서 맡고 싶은데 방법을 몰랐다. 혼자 술 마시다 보고 싶어 전화를 걸었다. 막걸리 사 들고 백 리 길 상상으로 걸어가다 주정뱅이가

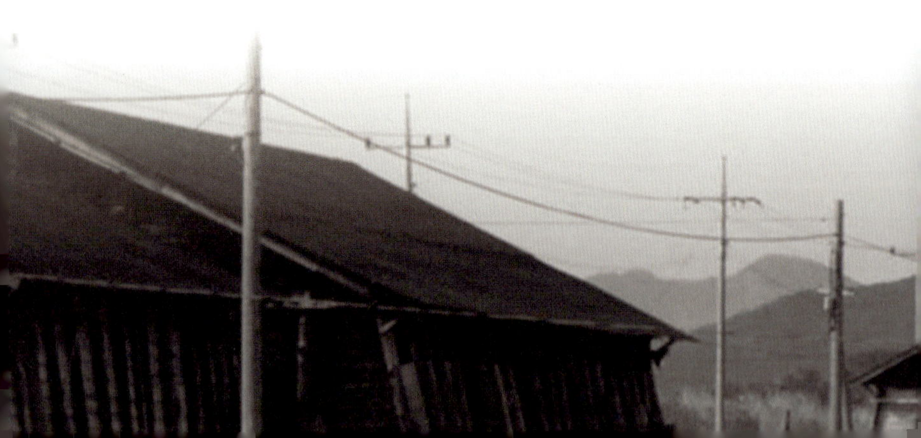

되고는 하였다. 전화로 노래를 불러주던 그 친구 소식이 없었다. 어느새 해름이 창고벽 봉숭아 화장을 지우고 떠났다.

종종 만취 상태로 영상통화를 걸어오던 사람도 요즘은 잠잠했다. 이를 다 뽑고 틀니를 한 지도 십 년이 훌쩍 넘었는데, 잇몸 염증이 생겨 치과에 간다는 사람도 한동안 무소식이었다. 가진 게 없어 그동안 시무룩했는데 임플란트 하나 없이 사는 게 자랑이 될 줄 몰랐다며 웃는 사람 얼굴을 그렸다.

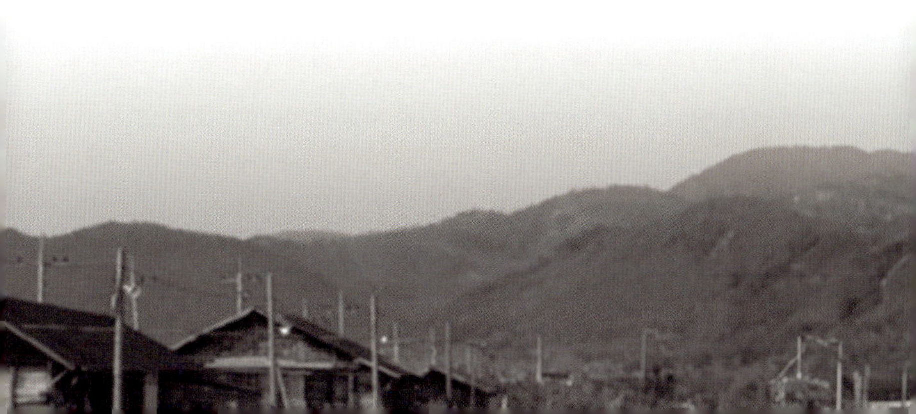

다중 인격체

불을 켜둔 채 잠들었다. 비닐봉지에 가둔 바람이 쭉 빠지는 느낌이었다. 왜 어지러운가 했더니 온종일 소설 교정 보기 위해 돋보기를 끼었다. 그러고도 모자라 돋보기를 낀 채 잠들었다. 잠에서 깨어나 마주친 미송의 터진 옹이가 눈을 부라려 뜨고 있었다. 내 잠자는 꼴을 다 지켜보고 있었다. 모니터 앞에 앉아 글을 고치면서 뭐라 씨불였는지. 무의식 중에 나온 잠결의 말은 더더욱 가관일 것인데 좀체 기억나지 않았다.

술 마시고 깽판 치는 사람의 행태를 찍어뒀다, 술 깰 시간에 맞춰 동영상 파일을 전송한 적이 있다. 네가 이걸 보고도 다시 술을 먹을 수 있나 지켜보겠다, 는 심산에서였다. 그는 점차 자신을 용서해가고 있었다. 얼마 지나지 않아 충격에서 완전히 비껴난 얼굴이었다. 그도 자신에게는 누구보다 관대한 인간이니 술잔을 높이 들고 다시 더한 마귀가 될 수 있었다.

한여름 밤이었다. 서해상의 섬 해수욕장에 간 어떤 사람은 어여쁜 애인과 대낮부터 술잔 주고받았다. 그가 술이 깼을 때는 해변에 빼곡히 들어선 텐트들이 걷힌 뒤였다. 마귀가 붙은 그 사람은 밤새 괴성을 지르며 해수욕장 가득 발짝을 찍었다. 마지막 텐트를 걷던 남자가 웃으며 말했다. 살다 살다 당신같이 센 놈은 처음 보았다. 울 수도 그렇다고 웃을 수도 없는 노릇이었다. 점잖고 수줍고 예의 바른 인간이 돌변하면 어떻게 되는지 그만이 모르는 눈치였다. 그래야만 자신의 과오를 깡그리 헛소리로 뭉개고, 다시 유쾌한 인간으로 살아갈 수 있었다.

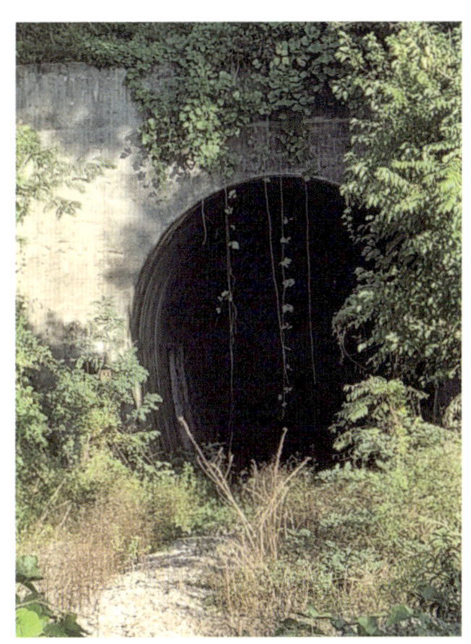

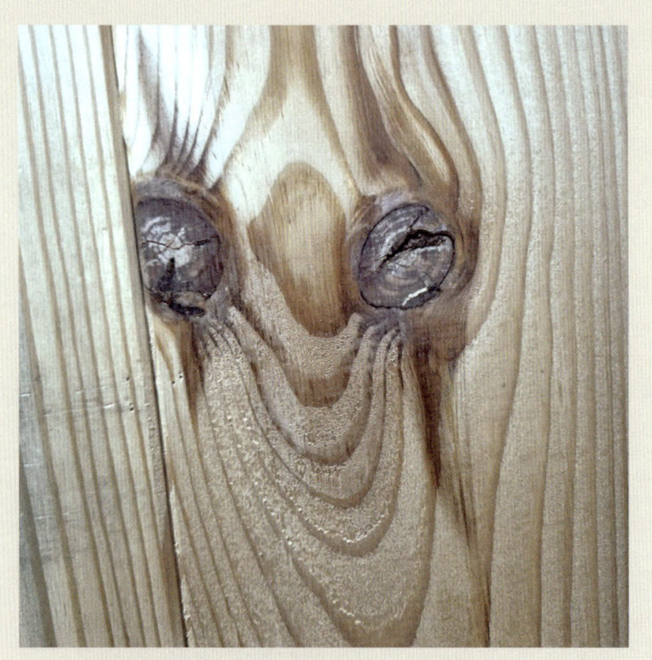

송진

　얼마 전에 마흔 살이 된 제자 아이와 다시 연락이 닿았다. 고1이던 그 아이 담배 피우다 걸려 대걸레로 운동장을 닦던 모습 떠올랐다. 그 아이 열여섯이던 나이가 마흔이 되었는데 내 마음의 연령은 여즉 삼십 대 중반이라는 게 믿을 수 없었다. 벚꽃잎 하염없이 떨어지는 봄날, 나는 낡은 지프 운전석에 앉아 네 번째 시집 『아픈 곳에 자꾸 손이 간다』 원고를 들여다보았다. 흩날리는 벚꽃잎들 다시 그 자리에 가서 붙을 날 있다고 억지를 부렸다. 대걸레로 운동장을 닦던 아이들이 시원하게 수돗물을 틀어놓았다. 양동이에 대걸레를 헹궈 빨던 아이들이 운동장에 물을 흘리며 지나갔다. 그 물방울들 내 몸으로 스며들 것 같았다. 잠깐 낮잠을 자다 일어났다. 송진이 굳어 생긴 개의 왼눈과 맞닥뜨렸다. 기억으로 남은 먼눈의 날이라 그만 덮어도 되겠는가. 가려진 눈은 어쩔 수 없고, 그간 아껴둔 여분의 눈을 뜨고 이제 좀 달리 살아도 되겠는가.

열매들 꽃을 물고

소설을 쓰다 우연찮게 시 한 편(서부-사철나무 열매)을 건졌다. 사기꾼에 주정뱅이인 남자 목소리가 들렸다. 물려받은 재산을 홀랑 탕진하자 아무도 만나주지 않는 남자였다. 첫사랑 여자가 살던 불탄 집터에 컨테이너를 놓고 살았다. "톡 까놓고 얘기해서… 톡 까놓고 얘기해서…." 그 남자가 입버릇처럼 달고 살던 말이다. 남자를 기다리다 시집간 여자… 이혼하고 친정에 돌아와 한동안 살았다. 남자를 기다리다 지친 여자는 자신을 좋아하는 노령의 재력가에게 재가했다. 고주망태로 취해 돌아온 그는 희어진 평상의 장판에 뒤비져 잠들곤 했다. 간혹 불탄 여자의 친정집이 원상 복구되었다. 고택의 들창을 밀어 머리에 인 여자 고주망태가 되어 지나가는 남자를 향해 울화통 터져 냅다 쏘아붙였다. "오빠, 언제 정신 차리고 살래." 불거진 열매들 발랑 까져 꽃을 물고 있었다.

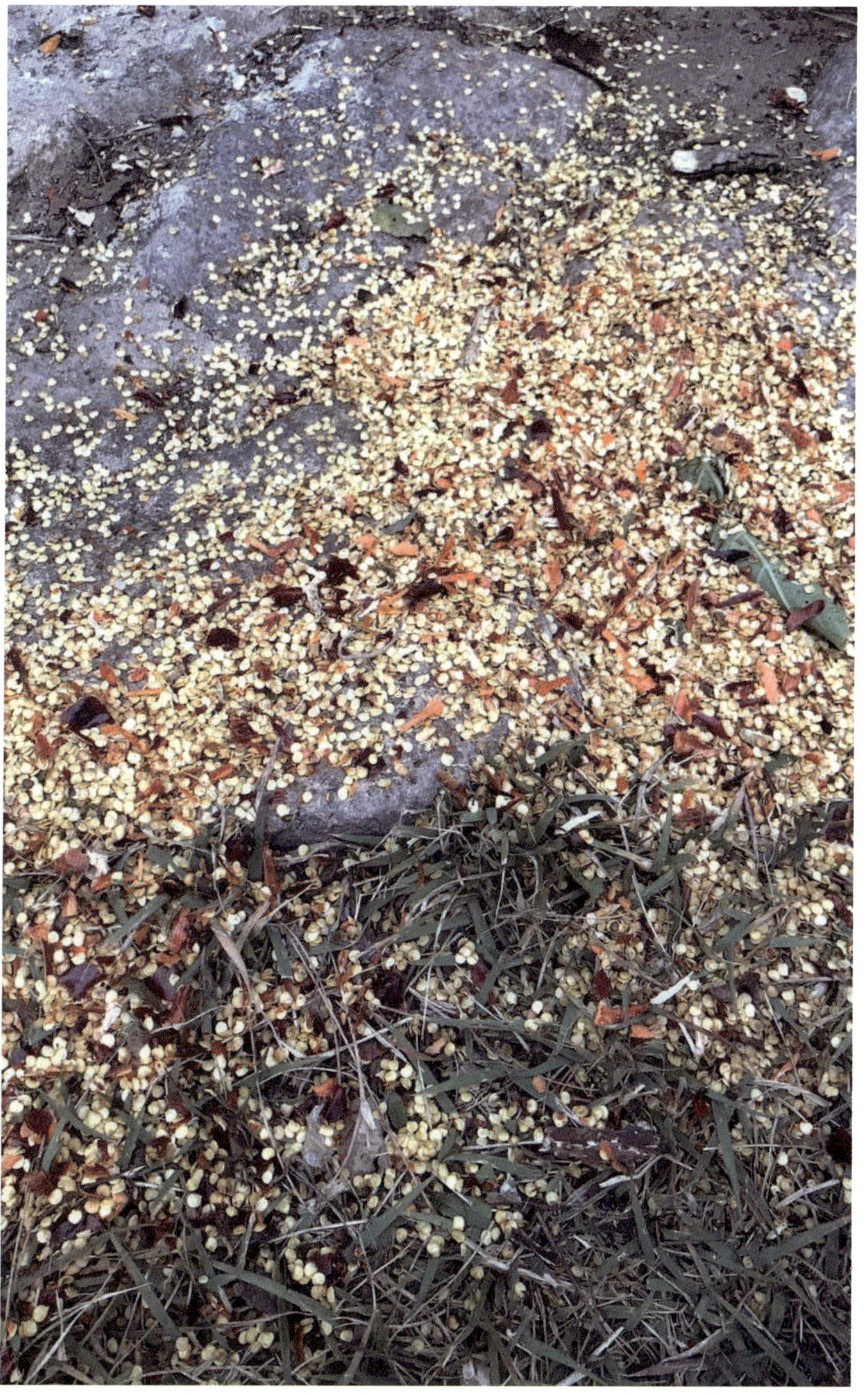

개양귀비

며칠 비가 와서 땅이 질척거렸다. 정원의 잡초가 쑥쑥 잘 뽑혀 몇 시간 오리걸음을 걸었다. 오리를 키우던 옛날 아버지가 지금의 나보다 훨씬 젊었을 때 비 오는 날이면 오리들이 갈긴 물똥을 치우는 어머니의 혼잣소리를 들을 수 있었다. 삽을 들고 안마당과 바깥마당을 돌아다니며 오리가 갈긴 물똥을 일일이 떠서 내다버리는 어머니. 울타리에 삽이 보여 그동안 봐둔 떠돌이 괭이가 싸지른 똥을 치우게 되었다. 괭이 똥을 개울에 버리고 삽을 씻고 돌아오는 길에 뼈다귀만 남은 무자치* 사체를 보았다. 또 근처 사는 노인네가 무자치를 죽여 남의 밭에 던져놓고 놀라기를 바란 모양이었다. 이번에는 CCTV를 돌려보고 누구 짓인지를 확인했다. 줄자를 가져가 무자치 사체 길이를 재는 척 연기하고 싶었지만, 노인네는 택시를 대절해 외출하고 없었다.

아침나절의 일이었다. 대문 근처에 핀 개양귀비를 보고 있는데 어디선가 노인네가 삽을 들고 나타나더니 두리번거렸다. 꽃을 보고 있는 나를 보지 못한 노인네가 개양귀비를 삽으로 깊게 떠서는 자기네 집 화단으로 가져가 심었다. 개양귀비 떠나

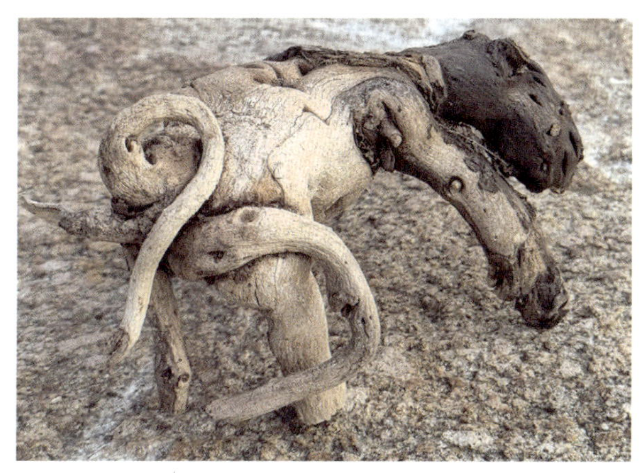

간 웅덩이에 빗물이 채워지고 노인네는 마루에 삽을 걸쳐놓고
마른 걸레질을 하고 앉았다. 개양귀비를 보던 노인은 갑자기
주먹을 불끈 쥐고는 반동에 맞춰 군가 '전선을 간다'를 부르기
시작했다. 내게 총만 쥐어지면 빨갱이 새끼들 죄다 쏴 죽이겠
다. 핏대를 세우던 재작년 봄 노인네 목소리가 재생되었다.

* 물뱀

배막

　배 과수원 철조망이 들렸다. 얇은 밑창만 남은 운동화. 울타리 탱자 뿌리가 갉아 먹은 교련복. 거의 가루가 된 은박지 몇 조각도 얼핏 보였다. 바닥을 덮은 배나무 낙엽들이 우그러든 화투 패를 돌렸다. 아카시아 가지에 껴 털이 제거된 테니스공 속이 비었다. 봉지 안에서 썩는 중인 신고배들이 언 과즙을 녹였다. 뒤로 자빠진 그림자들이 배나무들과 배나무 가지들의 간격과 간극을 빌어 제희를 꼬여내는 휘파람을 불었다. 보관창고 떨어진 함석 문짝에 눌린 새싹들이 녹 구멍 위로 올라왔다.

　얼음에 물린 낙엽들이 함석 문짝을 흔들었다. 흐려 터진 비닐 창이 팽창했다. 노란 궤짝들이 쌓인 창고 모서리가 드러났다.

검은 우산 지팡이를 짚은 그가 폐비닐 두른 하늘을 바라보았다. 기침하는 입은 거의 틀어막지 못했다. 눈 맞은 인근의 젊은 남녀가 예약 없이 빌려 쓰던 여인숙 방 대용이었다. 이발소 주인과 눈 맞아 집 나간 마누라 포기 안 돼 들어앉아 알코올 중독자가 된 배 모씨, 음주 운전을 일삼았지만, 단속에 걸리거나 사고를 낸 적이 없다고 자랑했다. 지금은 썩은 트럭까지 술 바꿔 먹었으니 더는 음주 운전할 일 없다고 웃었다. 인근 암자의 불전함을 간신히 업어 와 도끼질로 깨부쉈다. 웃음이 울음으로 바뀌는 시간 밤바람 소리-포기한 늙은 배나무 가지마다 꽃망울이 돋았다.

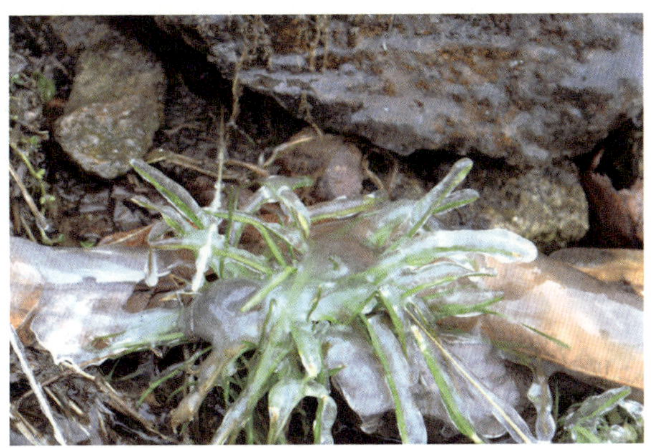

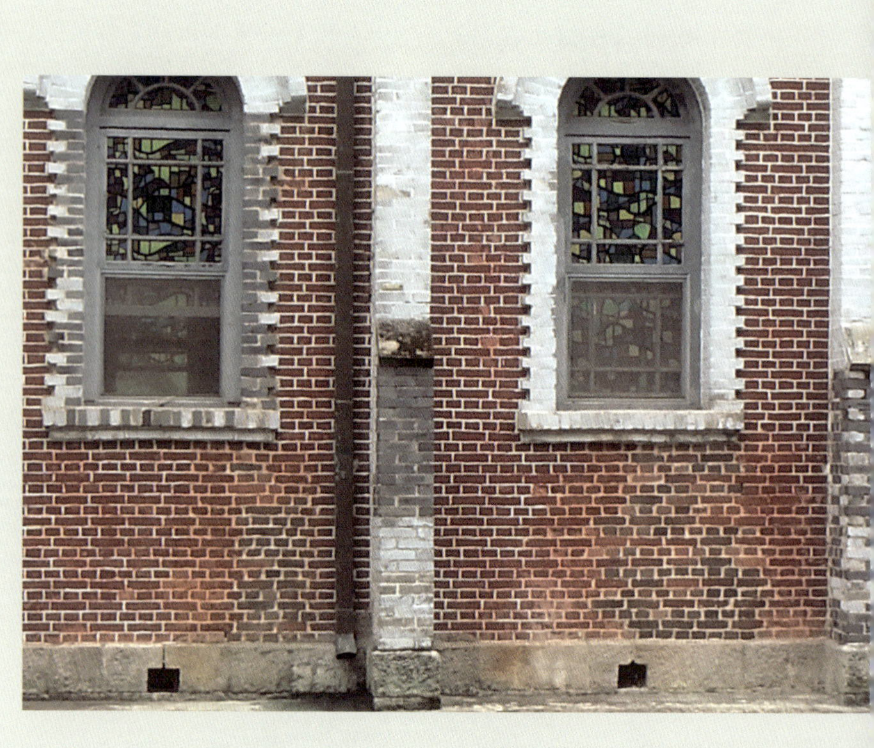

봉숭아 씨방

동창 대부분은 나보다 한 살이 많았다. 그중에 네 살이 많은 동창도 있었다. 국민학교 때 네 살 터울은 버거운 맞짱 상대였다. 핀급과 헤비급의 권투 시합에 비견될 정도였다. 체급이 다른 상대를 만날 때마다 꼬리를 내리는 게 상책이었지만 자존심이 뭐라고 번번이 그리할 수만은 없었다. 또래보다 덩치도 작은 내가 체급이 다른 맞수를 만나 이길 방법은 한 가지밖에 없었다. 상대가 방심한 틈을 타 먼저 주먹을 날리고 도망치는 거였다. 죽일 듯이 따라오는 상대를 몇 걸음 앞에서 고개 돌리고 약을 올렸다. 상대에게 잡을 수 있다는 희망을 주기 위해 몇 걸음 앞에서 뛰었다. 얼마 지나지 않아 그는 무릎을 짚고 가쁜 숨을 몰아쉬었다. 상대에게 슬금슬금 다가간 나는 발길질로 일격을 가했다. 악에 받친 상대가 괴력을 발휘해 쫓아오면 다시 줄행랑을 쳤다. 손을 뻗으면 잡힐까 말까 한 거리를 유지하다 갑자기 주저앉기도 했다. 그는 내 엉덩이에 발이 걸려 앞으로 붕 떠서는 고꾸라져 나뒹굴었다. 한참을 일어나지 못하는 상대에게 다가간 나는 카운트를 시작했다. 상대 대부분은 덩치만 컸지 뜀박질엔 젬병이었다. 온몸의 힘을 쥐어짜 간신히 일어선 상대가 다시 나를 쫓았다. 얼마 뛰지 못해 약발이 떨어진 상대는 다시 무릎을 짚고 숨을 몰아쉬었다. 몇 번을 그렇게 하면 웬만한 상대는 포기하고 말았다. 나도 무턱대고 더 약을 올리고 일격을 가할 수만은 없는 노릇이었다. 교실에 들어갔을 때 후환이 두려웠기 때문이다. 갑자기 달려들어 두드려 팬다면 꼼짝없이, 샌드백 신세가 될 수밖에는 없었다. 축 늘어진 상대를 부축해 학교로 돌아가곤 했다. 그것으로 승자도 패자도 없는 맞짱의 종지부를 찍은 셈이었다. 하지만 교실에서의 맞짱은 나에게 치명적이었다.

국민학교 3학년 여름이 끝나갈 무렵이었다. 덩치가 큰 상대가 몹쓸 짓을 해도 속으로 꾹 눌러 참고 있었는데 그날은 도저히 참을 수가 없었다. 체육복 반바지를 들춘 덩치가 손을 쓱 밀어넣고, '어디 영글었나 만져볼까?' 말하고는 능글맞게 히죽거렸다. 나는 수치심을 견디지 못하고 팔꿈치로 놈의 턱주가리를 가격했다. 불의의 일격에 나가떨어진 녀석이 입가에 묻은 피를 손으로 훔쳐보고는 주먹을 움켜쥐었다. 나 또한 분노가 치밀었지만, 피를 본 녀석을 당해낼 재간이 없었다. 녀석은 똘마니에게 명령했다. 저 새끼 꽉 잡고 있어! 내게 달려든 똘마니가 뒤에서 팔을 비틀어 꺾었다. 그런 다음 바닥에 눕히고는 목을 졸랐다. 내 몸에 올라탄 한 놈은 목을 조르고 나머지 한 놈은 팔을 비틀었다. 그만 항복하시지? 두 놈이 쉴 새 없이 회유했지만, 나는 말할 수도 바닥을 두드릴 수도 없는 상태였다. 수업 종이 울리면 대반격이 펼쳐질 것이었다. 놈들은 담임이 우리 집 아랫사랑채에서 사는 걸 모르고 있었다. 서로를 꼬집고 꼬집히는 비명과 웃음이 커튼을 친 방문과 창문을 비집고 나왔다.

진공관

머릿수건을 쓴 할머니가 마른 고추 배를 따다 말고 갈라진
빨랫방망이를 더듬어 집어 들었다. 접붙은 믹스견★ 이음새 부
분을 들입다 쫓았다.

─ 지순이, 에미야, 고만, 돌아, 오노라.

보리망*에 피조개 긁으러 간 며느리는 돌아오지 않고 블록 담
을 받친 이어붙인 작대기 갈라져 휘었다. 목이 매달린 넓적
한 얼굴 호박들 꽈진 줄기에 힘줄이 돋았다. 녹이 갉아먹는 노
루표 페인트 깡통으로 가랑잎 오그라드는 소리 스몄다. 개구리
눈꺼풀을 올렸다 내렸다. 바닥에 처박힌 TV 브라운관 끝에서
까치가 널러** 가고 누군가의 이름을 애타게 부르다 그친 마른
침 버캐 자잘한 알들이 박혀 떠나지 못했다.

* 천수만 모산도 인근 해안. 간척되어 호수의 기슭이 되었다
** 날아

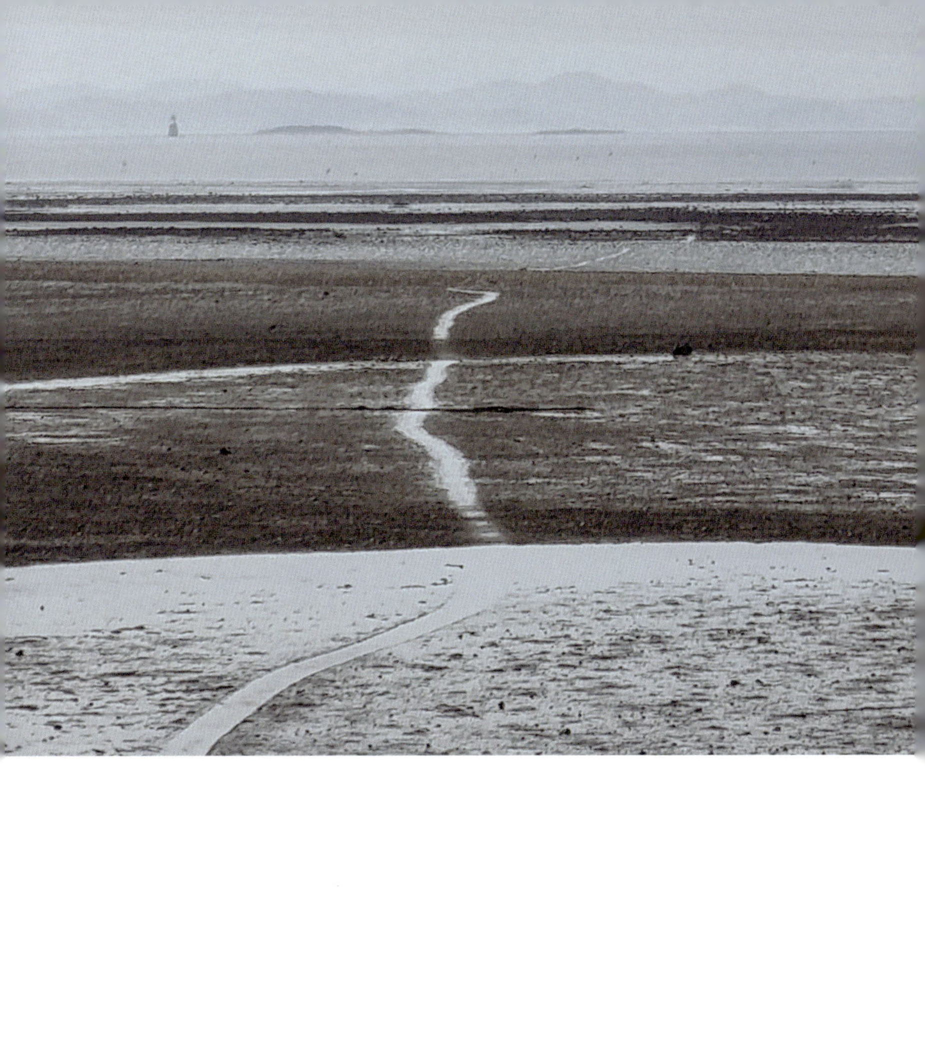

엄동嚴冬

새벽에 이불을 덮기 위해 더듬어 찾았는데 잡히지 않았다. 그 런대로 견딜 만해서 다시 잠들었다. 자기 전까지 누워 연필로 교정 보면서 담배를 피우는 습관 때문에 창문을 열어놓고 자곤 하였다. 겨울엔 쬐금 여름엔 활짝. 그래서 올 초부터 감기 기운 을 달고 살았다. 고등학교 때부터 들이부은 술기운에 감기가 뭔지 모르고 살았다. 그런데 술 보급이 끊기니 눈치 빠른 감기 바이러스가 나를 만만하게 여기게 된 거였다. 훌쩍거리며 일어 나 담배를 피워 물었다.

산촌에 사는 한 남자가 떠올랐다. 전화해볼까 망설였다. 거기 로 갈 때 그는 집을 홀랑 팔아먹고 잠적한 전처 장롱 문짝을 떼 어갔었다. 문짝에 달린 거울을 닭장 기둥에 달아놓았다. 서럽게 늙어가는 자기 모습을 확인하기 위함이었다. 엄동의 아침나절 술이 덜 깬 그가 쭈그려 앉아 줄담배를 피웠다. 닭장의 닭이 물 그릇 얼음을 쪼고 처마 밑의 개가 물그릇 얼음을 핥았다. 술이 덜 깬 아침이면 마를 갈아주던 전처 얘기를 들려주었다. 잡목숲 풍절음에 전처의 지난 속울음이 섞여 들렸다. 오늘 아침나절 시 「엄동嚴冬」을 쓰면서 나도 줄담배를 피웠다.

그녀가 짜놓았지 싶은 순간접착제 정지 상태로 기다리다 숨을 들이쉴 때면 콧속에 달라붙었다. 언젠가 생일에 선물받은 은장미 한 송이 양각된 지포 라이터, 어디 뒀는지 안 보여 한참을 찾아다녔다. 어젯밤 데크 난간에 올려뒀던 지포 라이터 오른손에 쥐고 냉동을 풀었다. 오늘은, 따뜻한 기억을 불러오는 데 순은純銀 지포 라이터 푸른 불꽃의 도움이 필요했다.

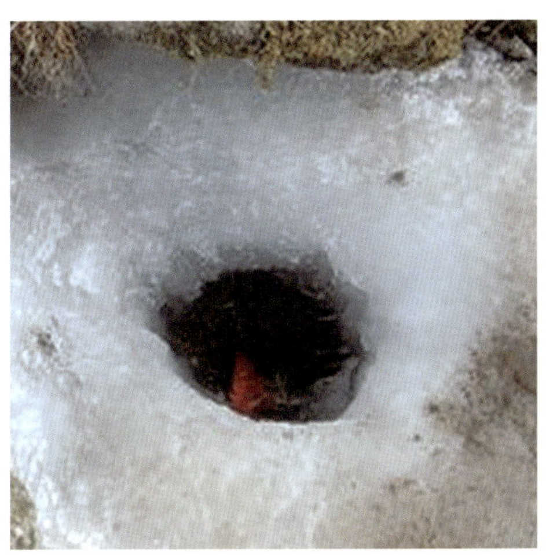

까만 콩

철모르는 올 첫 코스모스가 피어나고 작년에 수확한 콩을 골라 심었다. 작년엔 거름을 많이 내, 콩 농사 들깨 농사를 망쳤다. 척박해야 악착같이 살아 알찬 열매 맺는 작물이 있다는 걸 간과했다. 올핸 절반을 줄여 거름을 냈다.

겨울밤 원형 밥상에서 콩을 고르던 부모님 두런거리는 목소리 듣고 싶었다. 버러지 먹은 콩은 쇠죽에 들어갔다. 김이 나는 구유의 쇠죽을 먹는 암소 눈꺼풀이 눈물을 머금었다.

낮 전 밭일을 마치고 적부루를 뜯어 샘에 앉아 씻는 젊은 시절 부모님 모습도 떠올랐다. 고향에서는 상추를 '부루'라고 했다. 부루쌈 생각이 간절해 이른 봄에 하우스를 만들어 적상추 씨를 뿌려두었다. 요즘은 적부루쌈을 끼니마다 배불리 먹어 그

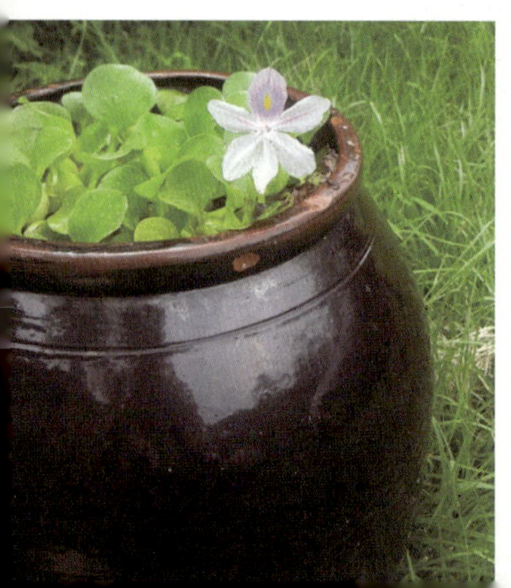

런가? 수시로 졸음이 쏟아졌다.

한바탕 소나기가 두드리고 간 밭에 나가 까만 콩을 심었다. 비둘기가 빼먹은 자리에 다시 까만 콩을 심기를 거듭했다. 빈자리는 점점 줄어들었지만, 까만 콩의 발아 시기가 지난 자리는 끝내 메울 수 없었다.

콩콩 뛰어다니는 고등학생 제자 아이 얼굴이 떠올랐다. 20여 년 전 나만 보면 뭐가 그리 좋은지 싱글벙글 웃는 아이였다. 어디선가 뛰어오며 선생님을 부르는 아이의 웃음이 그 시절, 나를 지탱하는 유일한 환기창이었다. 그 아이를 나는, '까만 콩'이라 불렀다. 까만 껍질을 벗은 콩은 전체가 콩잎의 푸른빛을 머금었다.

지금은 없는 바꿈이 씨

그는 터미널 입구 과일을 파는 트럭 짐칸에 앉아 있었다. 순두부를 시켜놓고 밥을 먹을 참이었다. 순두부 뚝배기를 싼 랩이 부풀어 있었다. 팽창한 랩 안에 김이 서려 있었고 물방울 알이 슬어 있었다.

그는 나를 보자 입을 약간 벌리고는 고개를 끄떡거리기 시작했다. 금방 말이 터져 나오지 않기 때문이다. 그의 입은 점점 더 벌어지고 고개는 점점 빠르게 끄떡거리기 시작했다.

내가 트럭 짐칸으로 다가갔을 때 그의 얼굴은 거의 일그러진 상태였다. 그는 성질이 급했다. 그래서 말을 심하게 더듬었다. 말 한마디 하려고 온몸의 힘이 얼굴에 집중되었다. 아침부터 술을 엄청나게 마신 사람처럼 얼굴이 벌게졌다. 나는 그런 형을 툭 치고 빤질거리는 앉은뱅이 의자에 앉았다. 형은 내 등을 냅다 후려갈겼다.

"너너, 제기랄, 오랜, 만이다, 제기랄."

말을 더듬는 사람도 욕할 때나 노래 부를 때는 정상보다 더 정상이 되곤 한다. 나는 바꿈이 형의 얼굴을 넌지시 올려다보았다. 그리고 발을 슬쩍 밟아주었다. 그는 말할 때마다 얼굴이 엉망이 되고 발을 심하게 굴러 발밑을 엉망으로 만들어놓았다.

"공룡 떼가 급습하는 줄 알았잖아."

그의 발밑에는 과일 껍질을 담은 플라스틱 바가지가 엎어져 박살이 나 있었다. 그리고 과일 껍질들이 짓이겨져 있었다. 그는 힘이 드는지 숟가락을 들고 밥 떠넣는 시늉을 하였다. 나는 바꿈이 형을 향해 웃어주었다.

"난 집에 가서 먹으면 돼. 형은 종일 장사해야 하니 어서 든든하게 먹어둬."

트럭 지붕에 고정된 스피커에서 저번에 내가 녹음해준 목소리가 들려오고 있었다. 자자, 어서 와서 골라. 때깔 좋고 맛 좋고 건강에도 겁나게 좋아삐리는 과일이 전부 모여 자자, 맛이면 맛, 때깔이면 때깔, 미용이면 미용, 자자, 맛보시고 골라….

그는 말보다 주먹이 앞서는 사람이었다. 툭하면 사람을 두들겨 패 철창에 갇히곤 했다. 누구라도 더듬는 말을 가지고 약을 올리는 순간, 그의 매서운 강펀치를 오지게 감내해야만 했다. 그는 좋으면 좋고 나쁘면 나쁘다고 표현할 줄 알았다. 그 표현을 말로 하지 못하는 것이 그를 힘들게 하고 있었다. 권투선수

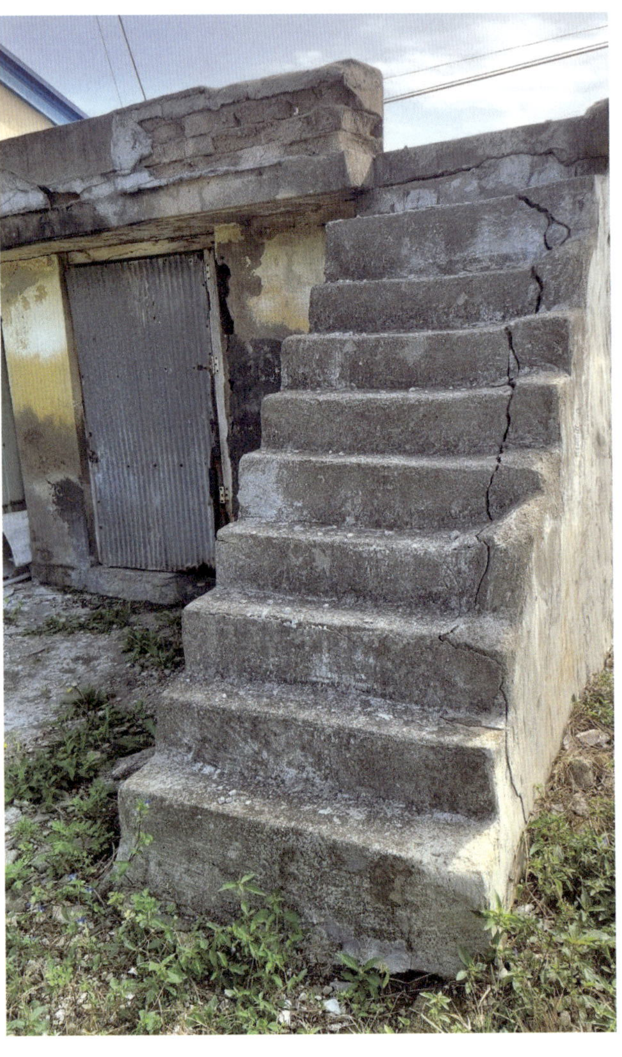

였던 그는 고등학교 1학년을 마치지 못하고 퇴학당했다. 그는 친구가 없었다. 그러나 그는 친구를 만들지 않았다. 조폭도 그에게 시비를 거는 일이 없었다. 그는 무리를 벗어난 사자였다. 진정한 강자는 무리를 만들지 않는다. 내가 그를 찾는 이유 중 하나가 그것이다. 그는 최소한 적이면 적 친구면 친구를 구분할 줄 아는 사람이었다. 그는 건드리지 않는 한 누구에게 행패를 부리지 않았다.

그는 숟가락을 내게 건넸다. 너도 먹어보라는 것이었다.

"형, 많이 먹고 돈 많이 벌어서 와."

나는 앉은뱅이 의자에서 일어나 웃었다. 형은 내 어깨를 움켜잡았다. 그러고는 한쪽 다리를 굴렀다.

"몇 시까지 장사할 거야 형. 나도 형 트럭 타고 가고 싶은데."

승애 학원 며씨 마치냐, 형이 볼펜으로 상자 쪼가리에 글을 썼다.

"글쎄. 일곱 시쯤 마치지 않을까. 그런데 그건 왜 물어."

"가치 차 타구 가자구 임마."

나는 형을 보고 웃었다. 형은 자세를 한껏 낮추고 내 얼굴을 보고 웃었다. 내가 다 알고 있다는 표정이었다. 형은 젓가락으로 뭔가를 먹는 시늉을 하였다. 이따 장사 마치고 너랑 승애랑 맛있는 거 먹으러 가자는 말이었다. 나는 형을 끌어안는 포즈를 취했다. 형은 분명 입안에 든 음식을 우물거리지 않고 있을 것이다. 지그시 눈을 감고 행복한 웃음을 짓고 있을 것이란 생각이 들었다.

나도 형만큼은 아니었지만 심한 말더듬이였다. 그래서 초등학교 때부터 수업 시간에 책도 못 읽는다, 수없이 면박을 당했다. 얼굴이 벌겋게 달아올라 어쩔 줄 몰라 했다. 나는 그때마다 내 안에 쥐구멍을 파야만 했다. 아니 게 구멍이라도 파야만 했다.

바꿈이 형은 나보다 네 살이 많았다. 형은 나보다 훨씬 많은 구멍을 가지고 있을 것이 분명했다. 나보다 성질이 급해 훨씬 말을 더듬고 사 년을 더 살았으니 말이다. 나는 크게 숨을 쉴 때마다 그 구멍들이 벌렁거리는 것을 느끼고 있었다. 말하기 전에 심호흡하고 첫마디를 몇 번 웅얼거려보고, 그래도 안 되겠다 싶으면 욕을 해보고 노래 가사를 읊조려보아도 말이 안 나올 때는 안 나온다. 한 번 안 나오기 시작하면 그 말은 안 나온다.

속에 숨이 차고 머리는 애드벌룬처럼 떠오른다. 온몸이 화끈 달아오르고 몸은 늪에 잠긴다.

그런데 참 이상한 일이다. 바꿈이 형과 같이 있을 때면 나는 말을 거의 더듬지 않았다. 나보다 심한 말더듬이 앞에서 나는 말더듬이가 되지 않았다.

"형, 누가 보면 우리 사귀는 줄 알겠어."

형이 내 몸을 밀었다.

"형도 삐질 줄 아나보네."

"제기랄, 나두, 사람여."

바꿈이 형은 밥을 먹을 때 보면 얼굴 근육이 참 발달한 어떤 야생동물 같았다.

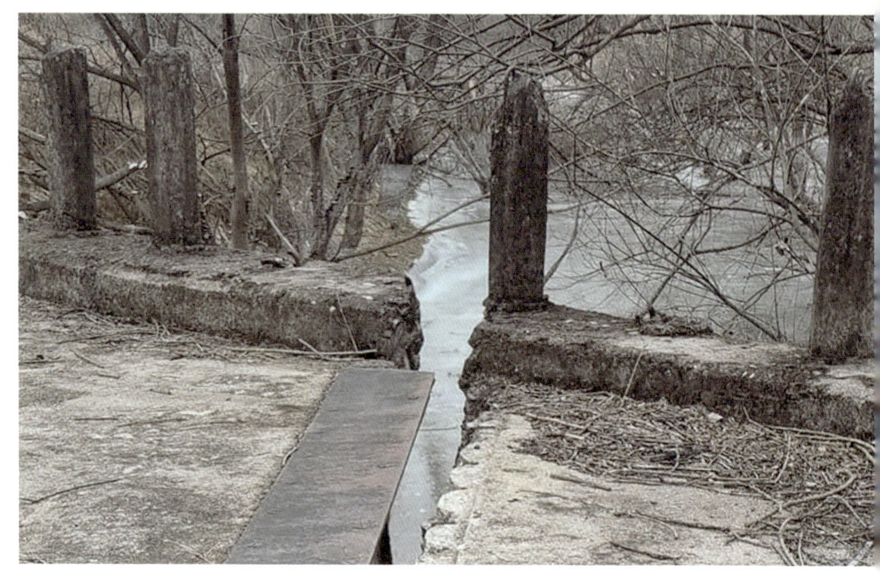

인생 총량의 법칙

마트에 갔었다. 카레 재료를 사고 정육 판매대로 가는 길이었다. 근처 펜션에 놀러온 한 무리의 젊은 남녀가 카트에 술을 쓸어 담았다. 지켜보는 내내 41년간 줄기차게 들이부은 술이 역류하는 느낌이었다. 술과 안주류 중심으로 장을 보던 시절이 전생의 일처럼 아득했지만, 아직 빼내지 못한 알코올 기운이 99.99%였다. 앞으로 백 년을 더 살아도 다 빼내지 못할 알코올 기운이 맥을 못 추게 하였다. 근처 사우나에 가서 정기 이용권을 끊어야 할까 보았다. 주량 조절이 안 되는 사람에게 술은 미치광이가 되는 명약이나 다름없었다. 저걸 다 마시면 새벽에 몰려올 엄청난 후폭풍을 어찌 감당할 수 있으려나 내심 걱정이 되었다.

일요일 새벽이었다. 네 시쯤 일어나 몇 집 안 되는 동네 골목을 걸었다. 어제 카트에 갖가지 술을 쓸어담아 간 그들은 지금 어떤 모습으로 뒹굴고 있을까. 그들이 냉수 마시는 소리와 토하는 소리 변기 물 내리는 소리를 상상할 수 있었다. 몇몇은 강적이라 아직 신이 나서 술잔을 부딪칠지도 모를 일이었다.

오래전 아무개 씨와 호프집과 소줏집에서 1차 2차를 마시고 모텔 방을 잡고 소주와 청하와 병맥주를 진탕 마신 아침이 떠올랐다. 둘은 짬뽕을 시켜 국물만 쭉 빨아먹고 끙끙 앓다가 해 떨어져 거리로 나섰다. 어둑해져 먹자골목을 지나는데 고기 굽는 냄새가 술 생각을 불러왔다. 둘은 딱 오늘까지만 마시고 금주하자 합의했다. 그러고는 근처 갈빗집에 들어가 소주를 주문했다. 그날부터 이틀을 더 모텔 방을 잡고 술을 마시고 어찌어찌 헤어졌다. 지금은 그도 나도 겨우 술과 결별했다. 참 오래 질질 끈 끝에 그때 합의를 이뤄낸 셈이었다.

변기 앞에 쭈그리고 앉아
뭔가를 토한다.

너는 어디까지 갔다
이제 돌아왔느냐.
연신 헛구역질이다.

또 다른 누군가가 있어
눈물이 글썽이는 모습
더 속이 터진다.

이렇게 살면 안 되는데,
죄를 짓는 것인데,
천벌을 받는 것인데,
침만 나온다.

물을 내린다.

다시금 거울이 차오른다.

시, 「거울 보는 남자」 전문

백합의 구애

말벌에 쏘인 것은 처음 있는 일…. 말벌을 왜 왕텡이(충남 방언)라고 부르는지 비로소 이해되었다. 산문집 인쇄 감리 보러 파주 인쇄소까지 갔다 왔는데 밭뙈기 풀이 베기 전 상태로 되돌아가 있었다. 하는 수 없이 예초기를 돌릴 수밖에 없었다. 쓰고 돌아서서 읽어보면 엉망인 산문처럼. 아무리 고쳐도 완성되지 않는 산문처럼. 원두막 근처 아름드리 버드나무 밑동에 말벌집이 생긴 걸 모르고 예초기를 돌리는데 따끔했다. 가을에 쏘이지 않은 게 천만다행이었다. 온갖 벌에 쏘여봤지만, 이렇게 붓는 건 처음이었다. 아프긴 추석 무렵에 쏘인 뒹벌 세 방이 최고였다. 담뱃불로 지지면 부기와 통증이 덜하다는데 참아냈다. 40여 년 애연가로 살아왔는데 몸에 담배빵 하나 없는 게 이상했다. 정신 없는 며칠이 지나는 동안 백합이 피었다. 공짜 봉침 시술받고 백합의 구애까지 받았다고 생각했다. 여전히 욱신거리는 봉침 후유증과 백합의 야한 분 냄새가 공존했다. 몽롱했다. 노래진 태양 이쪽 편을 나는 새들 발목과 내 손목을 자잘한 고래 심줄로 미리 묶어두지 못한 걸 후회랍시고 하였다. 나는 나에게도 징글맞은 구석이 부지기수인 불변의 불사조가 확실

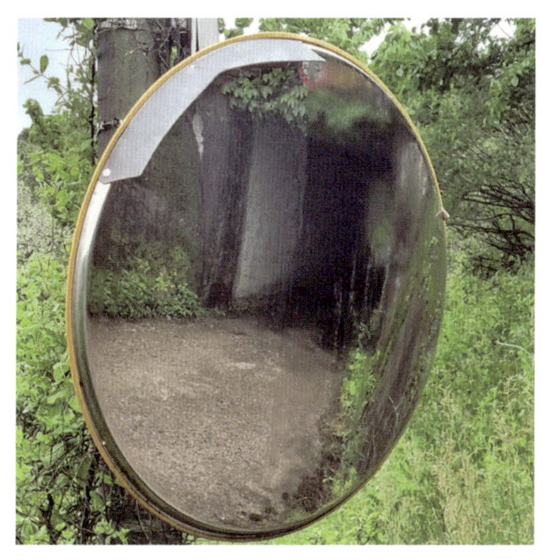

했다. 거울을 보면서 웃는 연습을 하는데 여전히 자연스럽지 못했다. 퉁퉁 부어오른 얼굴에 부기 빠지는 연고를 짜 문질러 발랐다. 하필 이럴 때 누가 불쑥 찾아오는 건 아닌지, 선글라스를 들고 창밖을 힐끔거리는 소심한 나를 발견하게 되었다.

°3

혹시라도

내 마음속에는 항상 네가 숨 쉬고 있었어.

그런 뻔한 사탕발림에 넘어갈 사람이 요즘 몇이나 있겠냐만, 생각할수록 웃기지만 또 듣고 싶은 말이다. 같은 말을 다시 해줄 사람이 어디 있겠냐. 그런 상황은 다시 오지 않는다. 딱 한 번뿐이다. 후회는 한참 앞서가서 언제 오나 길목을 지키는 요염한 탈을 쓴 괴물이다. 불붙은 빵 봉지가 날면서 오그라드는 걸 지켜보는 일. 괴물의 형상도 천사의 형상도 잠깐뿐이다. 우리는 순간을 이어 살 수 있을 뿐이다. 괜찮은 부분만 확대해 늘려보려고 악다구니 써대고 있는지도 모른다. 뭔가를 계속 버리고 지나치면서 어디론가 가지 않을 수 없는 존재이다.

요즘 10년 전에 써놓은 소설을 만지작거린다. 얼마 전에 중고로 산 관리기를 손봐 당장 본전을 뽑아먹을 태세로 돌밭을 갈아엎는다. 풀이 나는 꼴을 더는 못 보는 사람의 심경이 이럴 것이다. 소설 속 쌍둥이 자매는 싸우지 않는 날이 없다. 서로의 허벅지를 꼬집어 비트는 일을 반복한다. 아무렇지도 않은 듯이 참아내면서 강도를 더하게 된다. 더 세게 꼬집어 비틀면서 내

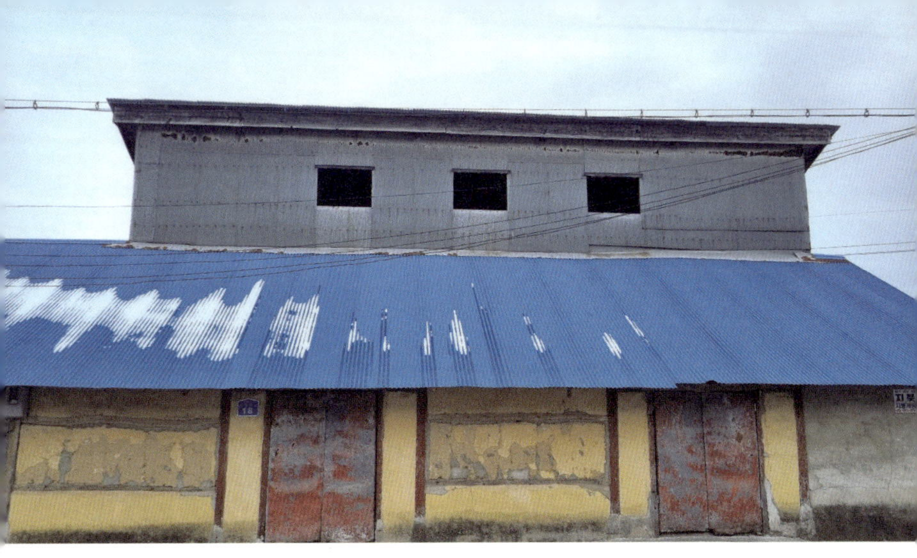

허벅지가 더 아프게 되는 걸 알아간다.

비 오는 날 엄마 모피 코트를 입고 나가 하늘 높이 들고 뛰어논 유치원생 아이가 무거워진 모피 코트를 걸치고 들어와 간신히 세탁기에 밀어넣고는 버튼을 누른다.

어느덧 그 아이가 훌쩍 커서 박사 논문을 쓰고 있다. 비 오는 날이면 골목을 누비는 그 아이의 웃음소리가 돌아 나오지 않을까 창문을 절반쯤 열어놓는다.

토끼탕

겨울밤 남자 셋이 술집을 옮겨 다니며 진탕 마셨다. 편의점에 들어가 소주와 맥주를 사서 나눠 들었다. 술병 부딪치는 소리가 허름한 모텔방까지 이어졌다. 1인 추가 요금을 내지 않으려고 한 명은 밖에서 떨다 전화로 호수를 알려주자 올라와 합방했다. 양쪽 방에서 시끄럽다, 벽을 두드리고 카운트에서 직원이 올라와 항의하는 사이, 기진맥진해진 한 남자는 침대에서 곯아떨어졌다. 술은 많고 안주가 부족한 새벽이었다. 야식 메뉴판을 훑어본 인민군 하전사 스타일 남자가

"토끼탕 어때?"

라고 물었다.

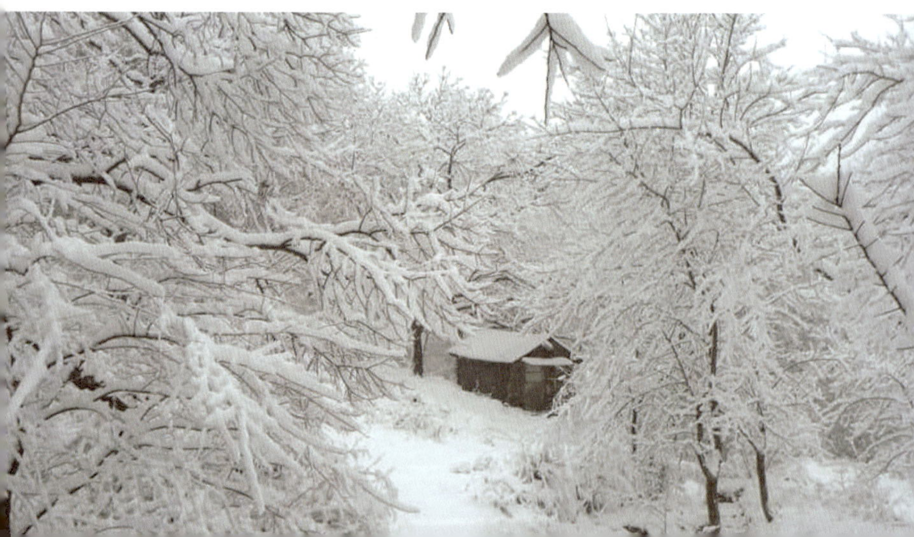

"야, 토끼탕 끝내주지."

들떠 대답한 남자는 손뼉까지 쳤다.

"겨울엔 역시 산토끼탕이 최고지."

토끼탕을 추천한 남자가 거들고 나섰다. 잠든 남자의 외투를 뒤져 지갑의 지폐를 확인한 남자가 전화를 걸었다. 남자들이 아까 한 말을 줄줄이 반복하는 사이, 토끼탕이 완성돼 배달이 왔다. 토끼탕을 먹는 소리 중간중간 감탄조

"죽인다."

가 들렸다. 허겁지겁 배를 채운 전직 장대높이뛰기 선수 스타일 남자가 잠든 남자를 흔들어 깨웠다.

"시원한 토끼탕 좀 먹고 자. 오 인분 시켰는데 남았어."

잠든 척 누운 남자는 간이 녹아나는 느낌이었다. 혹한의 잡목 우거진 설산을 여름옷 차림으로 헤매는 꼴이었다. 몰이꾼에게 쫓기는 잿빛 산토끼 백 마리 이백 마리 몰려와 오한 든 몸을 파고들 리 없었다. 남자는 곧 죽을 것 같았다. 그래서 살려달라는 기도 대신 얼마 전 다짐을 반복하였다. 다신, 술을 입에 대지 않겠다.

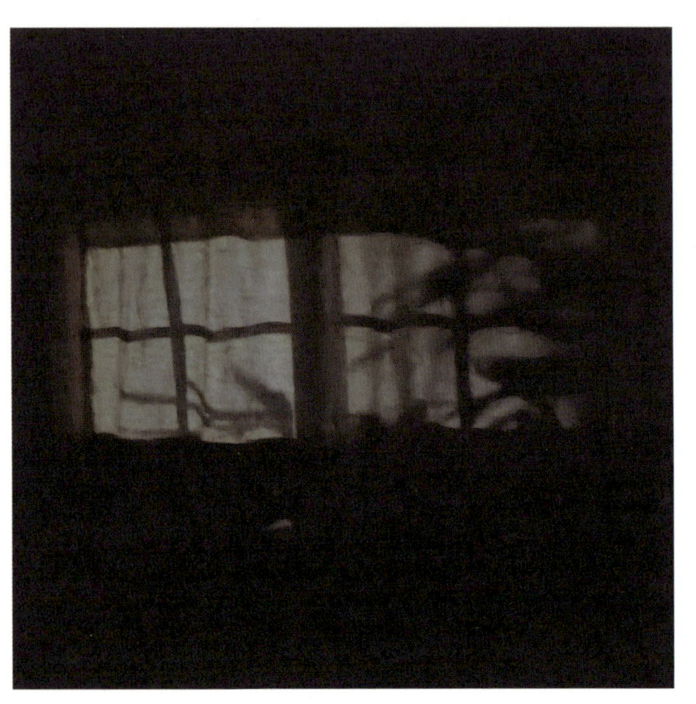

밤의 배

꽃을 보려고 심은 캘리포니아 배나무에 첫 배가 열렸다. 몇 개만 남기고 솎았으면 큼지막해졌을 텐데 그리할 맘이 없었다. 열매까지 보게 된 것으로 만족하기로 하였다. 어떤 사람이 와서 배술이 얼마나 맛있는지에 대해 설파하며 산딸기술을 다 마셨다. 산딸기술이 모자라 사삼주沙蔘酒까지 한 주전자 내주었다. 내 눈을 내 송곳으로 내가 마구 찌른 얘기를 이어 나갔다.

가끔 새벽까지 술 마신 여후배가 귀갓길에 전화를 걸어왔었다. 한참 내 욕을 해놓고 깔깔 웃는 그녀 목소리를 듣지 못한 지 꽤 되었다. 오늘은 서너 시까지 그녀의 전화를 기다려보기로 하였다. 병든 배는 떨어져 몇 개 남지 않았다. 다 떨어질 날 머지 않았다. 바닥에 떨어져 완전히 썩는 배를 볼 날도 얼마 남지 않았다. 다시 배꽃 피고, 티 없는 소녀의 눈웃음 지켜볼 날 다가오고 있었다.

귀가

　연이어 맘에 쏙 드는 시를 건진 기념으로 레스토랑에 가서 양식을 먹을 예정이었다. 하지만 예약해야 입장할 수 있는 곳이었고 더욱이 저녁 시간이라 혼자 오는 손님은 안 받는다고 하여 엘리베이터를 타는 대신 계단으로 건물을 빠져나왔다. 뭐 좋은 일이 있으면 나쁜 일도 있기 마련이었다. 계단을 내려오면서 기분도 점점 다운되어 자퇴한 지 한참 된 술 대학 친구들 생각이 절로 났다. 이런 날은 포도주 바에 들러 술을 한잔하면 마모된 기분이 그런대로 보링되지 싶었다. 그러고 보니 사람을 하도 안 만나 옛날 모습만 떠올릴 수 있었다. 그들은 지금 얼마나 늙어버렸을까. 홀몸인 내가 이만큼 늙었으면 나보다는 속을 끓이고 산 그들은 지금…. 귀갓길에 마트에 들렀다. 술을 한 병 살까 말까 망설였다. 집에도 많은 술을 또 살 필요가 있을까 싶었다. 그래서 15구짜리 달걀만 사서 나왔다. 13년 된 삼각별 로시난테를 독려해 집에 도착하니 책꽂이 선반 사진 속 예전 사람들이 반겨 맞아주었다. 그 누구보다 집을 지킨 개가 좋아서 전신을 내두르는 춤을 추었다. 잠적한 줄 알고 맥이 풀렸는데 시종이 의외로 이른 시간에 돌아온 것이었다. 어쩌면 개는 전

생에 내 빚보증을 잘못 서줘 크게 낭패를 본 사람의 현신現身이
아닐까. 죽을 때까지 버텨 전생의 보증 빚을 다 받아내는 끈질
긴 빚쟁이가 아닐까. 숙식 제공은 기본이고, 의료 미용 서비스,
주기적으로 액세서리 교체, 가끔이지만 애완견 호텔 투숙 서비
스까지. 오늘은 평생 먹어보지 못한 특식으로 놀래주려나. 개는
반영되지 않은 기대가 상한가를 치는 모양새였다. 그래, 알았
다. 아까 냉동실에서 꺼내둔 '맛있개냥'에서 주문한 말고기 함량
90% 이상 반려동물 수제 간식 말테린 포장을 뜯어 전자레인지
에 30초 돌려 후딱 대령하겠다. 그만 까불고 어깨높이로 뛰어
오를 준비운동이나 하고 있어라.

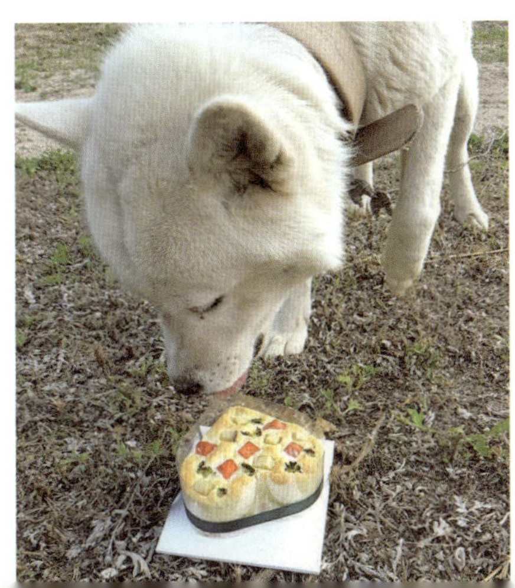

봄눈

두부콩이 불으면 대야에 거품이 일렁였다. 부엌에 앉아 주거니 받거니 맷돌을 돌리던 아버지와 나는 아무 말도 꺼내지 않았다. 맷돌구멍에 불린 콩을 쪽박으로 퍼 콩과 물의 비율을 맞춰 나눠 붓는 어머니의 말에서 콩 비린내가 진동했다. 손을 바꿔 가며 맷돌 손잡이를 잡고 돌리기를 이어갔다.

부엌문은 세 개였다. 안마당과 뒤꼍으로 통하는 부엌문 세로 틈으로 두툼한 봄눈 흰 줄 일곱 가닥이 들었다. 나뭇간으로 통하는 문틈으로 쌓은 솔가리 가랑잎 밟고 뛰쳐나가 달리고 싶은 야산의 눈 들판의 눈 농로의 눈 소로의 눈이 금방 바뀌는 빛과 함께 침투했다. 부엌문이 삐거덕거렸다. 팔이 떨어져 나갈 것 같다고 엄살을 부릴 수 없었다. 5촉 알전구 파리똥 촘촘한 유리 안 필라멘트 간당간당하였다.

맷돌에 간 비린 콩 가마솥에 붓고 끓였다. 부뚜막에 앉은 아버지, 긴 싸릿대 묶음 솔을 무쇠솥 바닥에 대고 저었다. 어머니, 갈린 두부콩 끓어 넘칠 때 간수 바가지 들고 와 무쇠솥 안에 내둘렀다. 소나무 삼발이 대야에 걸치고 삼베 깔린 광주리 올렸다. 엉긴 순두부 퍼부었다.

봄눈 녹는 소리 들려왔다. 순두부 퍼 담은 광주리 얼마 남지 않은 물이 빠져나갔다. 싹이 올라오는 잔디 정원에서 콩 비린내 나는 슬픔이 밀려왔다.

김 나는 순두부에 고춧가루 뿌리고 아버지의 손에 숟가락 들려준 어머니 잠깐 웃었다.

"여보, 그것만 마시고 얼른 방에 들어가 시린 몸 지졌으면 좋겠구먼유."

뜨듯한 부뚜막에 앉아 사기잔의 막걸리 들이붓는 아버지. 카. 주전자 내둘러 막걸리 쏟아붓는 소리 콸콸 이어졌다. 김이 오르는 냇물 흘렀다. 탐스러운 버들강아지 붉게 터진 볼 비벼 눈물 번지는 웃음 만들었다.

울타리

    봄눈 내리니 벌써 멀리한 지 3년이 지난 술 생각이 슬금슬금 고개를 치켜드는 것이다. 잔칫날 헝겊 포장을 들어올리는 바지랑대를 잡은 친구 얼굴이 술 귀신으로 보인다. 용케도 냉장고 선반에서 생존한 캔맥주를 따 한 모금 마시고 싶다. 생각해보니 만 15세에 징그러운 술 대학에 조기 입학해 징그럽게 오래 다녔다. 그 대학 졸업이 결코 쉬운 게 아니어서 41년 다니다 결국 자퇴하게 된 것이다. 캔맥주 한 모금 마시면 자퇴한 술 대학 졸업 못 한 친구들에게 '모이자.' 전화를 걸 게 뻔해 그만두기로 한다. 알코올 기운이 빠져 매가리가 없는 나날을 보낸다. 이제 술 대학 근처는 얼씬거리지 않기로 했다. 등록금이 비싼 건 그렇다 쳐도 거기 다니다보면 사람 꼬락서니가 진창을 헤매는 떼

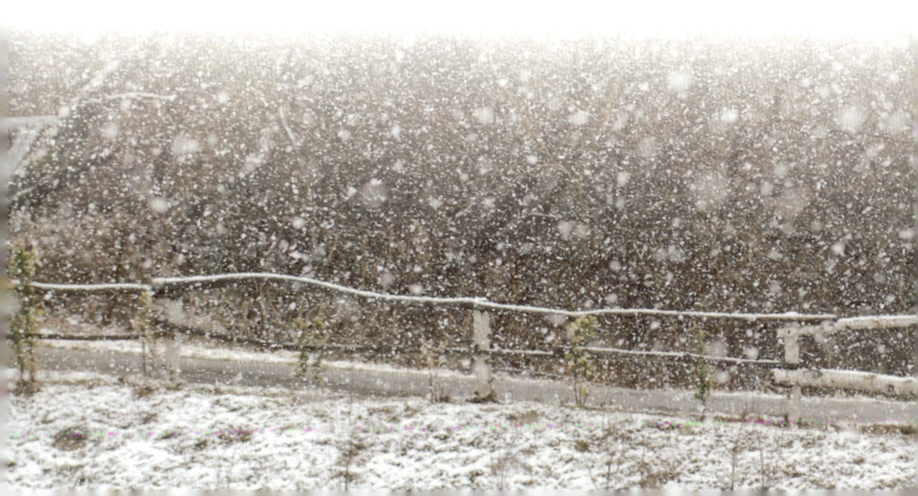

거지 꼴이다. 봄눈 내린다. 술 대학 자퇴 3주년 기념으로 캔맥주 한 모금 마실까 말까. 아, 머나먼 술 대학 옛 캠퍼스에도 봄눈 내릴 것이다. 끔찍한 추억으로 가득한 줄 안 술 대학 시절, 그래도 행복한 기억이 하나둘 떠오른다. 잡목을 베어다 천 평 땅에 울타리를 둘렀다. 조랑말이나 당나귀를 장기할부로 빌려 타고 아침저녁으로 울타리 둘레를 돌 건 아니지만, 어디 나다니지 않아 나름 행복한 나날이었다. 울타리 안의 것만 보는 데도 족히 백 년은 걸리지 싶었다. 한자리에 그대로 멈춰 있는 것은 아녔다. 새들이 날고 바람이 불고 지렁이가 꿈틀대고 개구리가 뛰고 싱싱한 뱀들이 우글거렸다. 백야와 극야의 경계를 구분 짓던 자작나무 울타리 3년도 못 버티고 썩어 풀썩 주저앉았다.

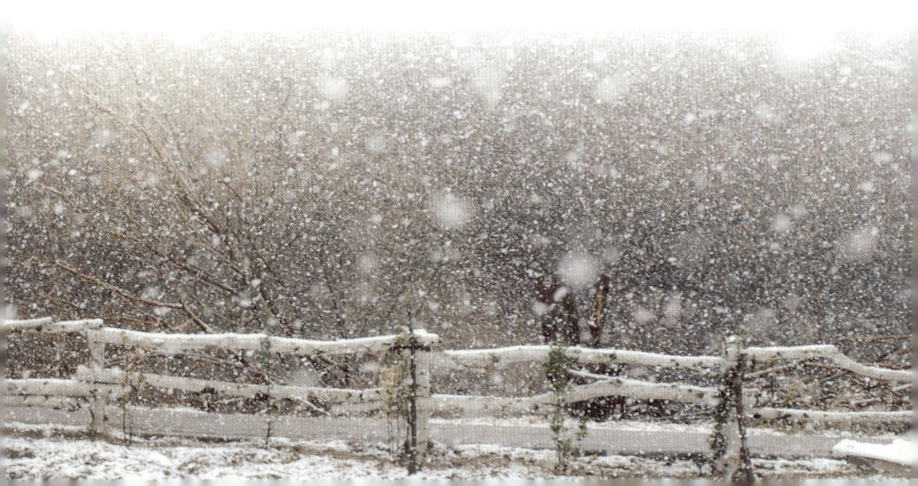

버틴다

곧 죽을 것 같은 증상, 공황이라 했다. 예전에 캐나다에 이민 간 제자 아이를 일곱 시간여 기다린 적이 있었다. 예전엔 몰랐는데 심한 폐소공포를 앓았다고 한다. 대학이고 뭐고 다 팽개치고 친척이 사는 캐나다에 갔다 한다. 1호선 전철을 타고 오는데… 한 정거장마다 내리고 타기를 반복하다… 결국 다 오지 못하고 돌아갔다고 한다. 그 정도는 아니지만, 내게도 공황이 찾아왔다. 15년쯤 되었지 싶다. 술을 끊은 지금도 잘 때마다 곧 죽을 것 같은 공포에 시달린다. 요즘 들어 점점 강도가 덜해지고 있다. 약을 안 먹고 버텼다. 술을 끊지 않고는 더 버텨낼 재간이 없었다. 이제는 잠잘 때 잠깐 찾아오는 공포를 즐기려 한다. 15년간 줄곧 받아들이기 쉽지 않았다.

걷고 또 걷는다. 걷잡을 수 없는 졸음이 잠들 때마다 잠깐 찾아오는 공포를 덮을 때까지, 걷고 또 걷는다. 약의 도움 없이 잘 버틴 내가 조금은 대단한 봄날이 왔다. 자신을 공포 졸부라고 소개한 우라지게 돈 많은 남자가 멀쑥하게 자란 굴뚝 옆 소나무 옆에 서서 젊은 애인에게 전화 걸며 신나 웃는 봄날은 지나갔다.

입김

보리밭이 있었다. 폐금광의 갱도坑道 입구는 바닷물이 차 있
고 캠핑장의 텐트들은 내 눈에만 합장 무덤 같았다. 차돌들이
치워진 자리에 북유럽풍 전원주택이 들어와 자리 잡았다.

아버지 사망신고 하러 가기 전에 폐금광 근처를 배회했다. 면
사무소에 갔다 오는 길은 캄캄했다. 차를 세우고 투구봉의 윤
곽을 바라보게 되었다. 그 옛날 투구봉으로 이불을 한 짐 지고
피란 가던 일이 떠올랐다. 아버지 친구 백 씨 아저씨는 술에 꼴
아 난동을 부리곤 했다. 월남에 갔다 온 이후로 술만 마시면 칼
을 들고 밤샘 난동을 부렸다. 그가 난동을 부릴 때면 동네 사람
들은 투구봉으로 피란 가야만 했다.

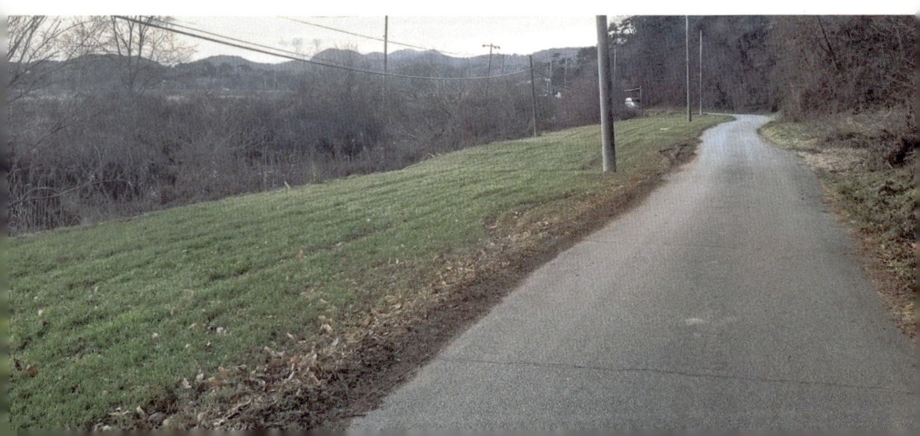

어느 해 겨울밤이었다. 월남의 맹호가 된 백 씨 아저씨가 칼을 들고 날뛰던 밤이었다. 이불 짐을 지게에 지고 집을 나서는 아버지가 작대기로 토방을 치면서 중얼거렸다. 똥이 무서워서 피하남. 뒤이어 백 씨 아저씨가 우리 집 함석 쪽문을 칼로 후벼 파면서 소리쳤다. 다급해진 아버지는 가쁜 숨으로 식구들을 산으로 내몰았다. 모닥불을 피우고 고구마를 구워 내미는 아버지의 입김을 이제 볼 수 없게 되었다. 이런 난리에 언저리 고구마는 챙겨왔대유, 라고 말하며 웃던 어머니가 남았다. 너희 아버지 어제 엄마 꿈에 나와 술 좋아한 국전이 아저씨랑 어서 좋은 데로 가자, 어깨동무하고 떠나더라. 그런데 어머니는 왜 술 얘기만 나오면 내 얼굴을 똑바로 보고 웃는지 도통 모를 일이었다.

화살나무

날이 새기 전부터 지지난해 분을 떠서 옮겨온 화살나무 단풍을 보았다. 밑동 가리를 보면 적어도 오륙십 년은 묵은 것이었다. 지난 시간 불콰해진 내 얼굴을 나는 보지 못했다. 일 년에 한 사오 일 술을 못 마신 날도 있긴 했다. 이제는 못 마시는 게 아니라 안 마시는 걸 보여주고 싶어 열 달간 술과 각방을 쓰고 두 집 살림을 했다. 금주 후유증에 시달리면서 간신히 10년 만에 산문집을 출간했다.

어느 가을 이쯤 나보다 술을 잘 마시는 어떤 형과 둘이 엄청시리 취해 집에 들른 적이 있었다. 아버지는 웃음이 많은 사람이었다. 어떤 형이 초면에 술을 많이 마시고 찾아와 죄송하다고 말하였다. 아버지는 웃으며, 내 얼굴을 훑어보면서 말했다. 우리 아들이 그쪽만큼만 마시면 걱정할 일이 없겠네요.

오늘 아침 단풍 든 화살나무가 내 지난 시간을 보여주었다. 오늘 술 한잔 마시세! 연배가 얼추 비슷한 화살나무가 나를 꼬드기는 것도 같았다. 영국의 어느 섬에는 평생 술이 뭔지도 모르고 살아가는 사람들이 있다는 말을 수십 년 전에 들었다.

지난 추석 고향에 가 이틀에 걸쳐 아래채 아궁이 수리를 하고 굴뚝 청소를 하였다. 며칠 전 아버지에게 고맙다는 전화를 일곱 번째 받았다. 어머니 목소리도 들렸다. 불이 잘 들어야. 아들 고마워. 불이 난 몸을 수습하는 데 한참 더 걸릴 것이나 살다 보니 부모님께 느지막이라도 칭찬받을 일을 한 게 다행이라 웃음이 나왔다. 화살나무야, 자네는 그래도 평생 술을 끊지 마시게나. 일 년에 한두 달쯤은 이 모지리 대리만족시켜 주시게나.

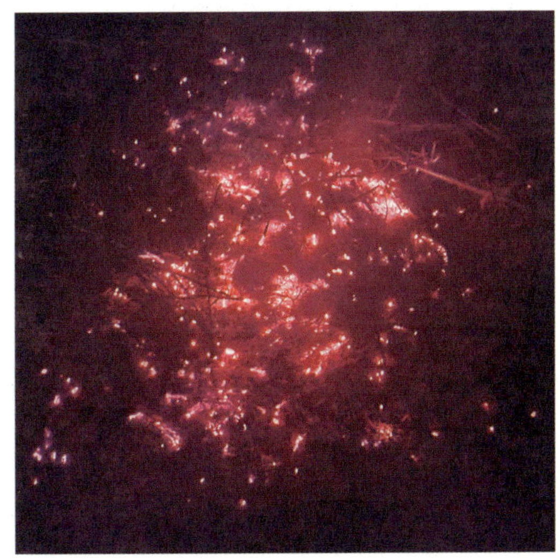

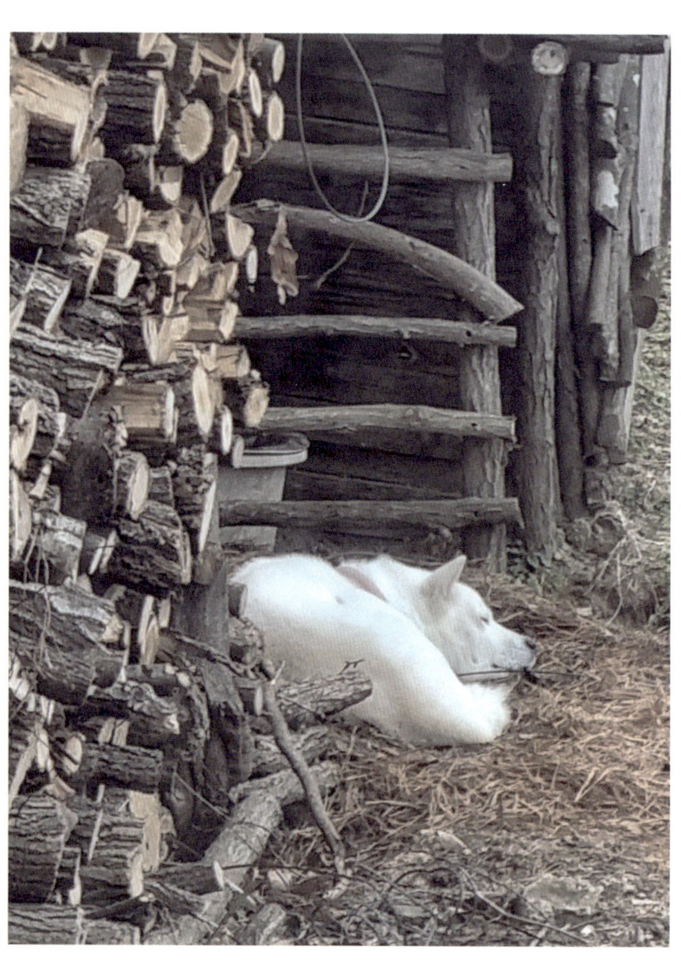

입동立冬

솔가리를 긁어다 쌓아뒀더니 두툼한 토퍼로 삼은 귀여운 녀석. 두어 시간 혼자 짓는 움막에 가서 타이백*을 붙였다. 개 팔자가 부러워 힐끔힐끔 쳐다보다 사다리에서 미끄러져 떨어졌다. 한 바퀴 반 빙그르르 돌아 에어타카를 던지고는 바닥에 안착했다. 십여 년 전 쌍둥이 제자가 대학에 간 기념으로 아르바이트해 사준 파란 운동화 반들반들 닳은 밑창이 떨어져 나갔다.

왼 손목이 시큰거렸다. 그래도 아직 순발력은 살아 있다 자화자찬했다. 힘들 때면 막걸리 흔들어 마시던 시절이 불과 얼마 전이었다. 술꾼들은 핑계를 급조해내는 재주 하나는 타고났다. 술 사러 산길을 내려가서, 돌아오기 전에 다 마시고 다시 슈퍼로 가는 밤길에 부른 노랫말 하나같이 기억나지 않는다. 그때의 나와 현재의 나는 별 이유 없이 연을 끊고 근근이 살아간다.

*방수 보온 기능이 우수해 벽과 지붕에 사용한다.

숨

젊었을 때, 시 「한낮의 풀밭」에서 "추억은, 폐허를 건너기 위해 있는 게 아닌가."라고 썼다. 스물몇 살 때 뭘 알고 그리 썼을까 싶다. 무의식에 빠져 먼 조상들이 불러주는 대로 받아적은 것은 아닌지. 나는 그들이 못다 쉰 숨을 거두어 목숨을 이어가고 있는 건 아닌지. 나는 여전히 어떤 이의 절박한 말을 누군가에게 전달하는 매개자媒介者 역할이 아닌지.

숨이 넘어가는 아버지, 심폐 소생을 할 때가 자꾸 떠오른다. 119 구급대원이 도착할 때까지 이십여 분 심폐 소생을 했지만, 아버지의 숨은 점점 미약해졌다. 폐광된 갱 깊은 곳으로 끌려들어가는 아버지의 숨, 더는 어떻게 해볼 도리가 없었다.

최선을 다해 금광의 어린 광부로 반농반어민半農半漁民으로 살아온 아버지의 모습이 떠올랐다. 나는 얼마간 아버지와 함께 늙어갈 것이다. 언젠가 아버지를 다시 만나면, 오랫동안 안 마신 술을 처음처럼 마셔볼 참이다.

벽에 걸린 간드레*를 감싼다. 마지막에 잡은 아버지의 손도 이런 온도였다. 손톱 밑에 긴 때, 삶은 참소라를 망치로 깨 쓸개와 침샘을 떼내고는, 초장에 찍어 내 손에 들려준 아버지. 글라스에

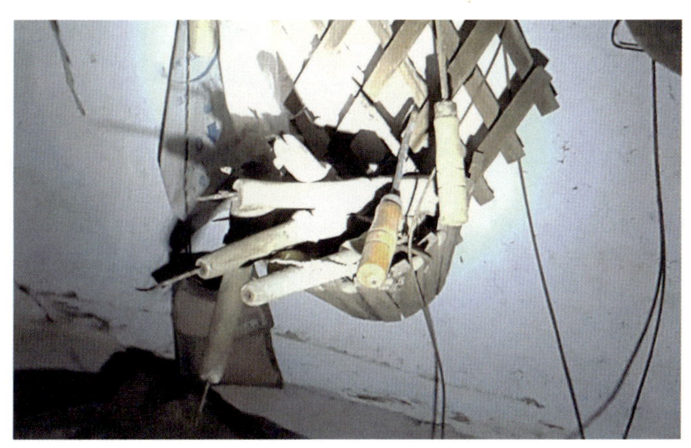

반 못 미치게 소주 부어주고, 집 근처를 떠도는 아버지 노랫소리 들린다.

　내게 남은 아버지에 대한 기억을 아주 놓아주어야 할 때가 올 것이다. 나도 누군가에게 숨을 남겨주고 불쑥불쑥 솟아나는 사무치는 기억으로 흩어져 이 세상에 초미세먼지로 존재하게 될 것이다.

*광산의 갱도에서 불을 켜 들고 다니던 카바이드 등

대한 大寒

황태 미역국을 끓여 미지근하게 식혀 개에게 갖다 바치고 아궁이에 불 피우고 한참 불멍을 하였다. 저녁 일곱 시도 안 되었는데 오밤중 같아 오랜만에 돌아온 집이 낯설고 내가 무서웠다. 한참 물끄러미 불을 바라보았다. 낯섦도 무섬도 태워버렸다. 오늘도 담배 두세 갑은 피웠지 싶었다. 생나무도 마른 침을 끌어모았고 생즙이 지글거렸다. 수증기가 피어올랐다. 캠핑 온 기분을 내보려고 코펠을 꺼내 수프를 끓였다. 오늘은 나와 몇 마디 말을 주고받은 게 전부였다. 동산으로 달이 차올라 골짜기가 옥수수 수프 솥단지에 맹물을 부어 골고루 엎지른 것 같았다. 냉골의 방바닥에 펴놓은 노란 단무지색 얇은 캐시밀론 이불 같았다. 그래, 오늘은 개와 몇 마디 말을 나눠보고 싶지만,

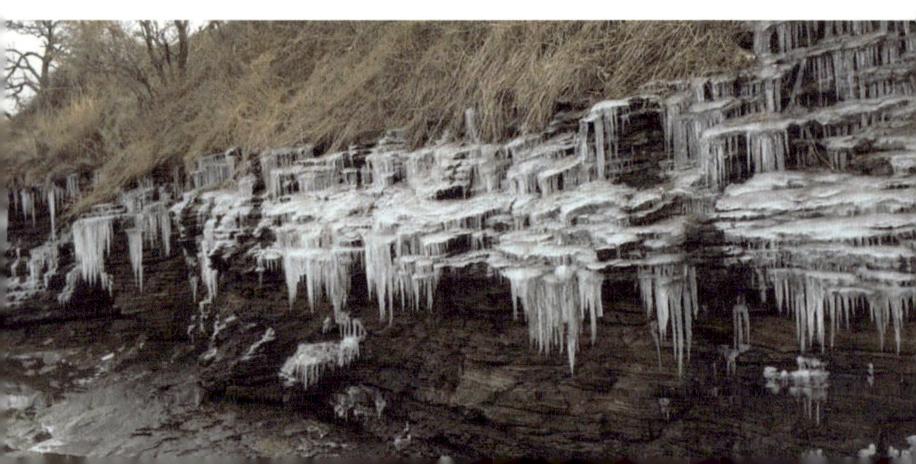

개는 짖는 일이 적고 옳다 싶으면 거구를 내두르는 한편 기분이 좋아져 콧방귀를 난발하였다. 용암이 들끓는 옥수수 수프 담긴 스텐 코펠를 들고 개에게로 다가갔다. 강추위에 급속으로 식는 옥수수 수프 담긴 코펠을 들고 추위를 견디느라 많이 먹은 개의 반지름한 털을 보았다. 그것이 너를 잊은 내 반질반질한 외로움이라 생각하고 개의 큼지막한 머리를 쓰다듬었다. 개는 수프와 자신을 가로막은 장애물을 밀쳐내었다. 얼떨결에 나가떨어져 엉덩방아를 찧고 말았다. 땅바닥에 앉아 스텐 코펠의 수프를 탐색하는 개를 지켜보았다. 코를 가져다대고 입맛을 다시던 개 혀끝으로, 수프 표면을 찝쩍대는 속도 점점 빨라졌다.

하늘못

만리산 늘못에 갔었다. 이번이 세 번째였다. 데크를 걸어다녔다. 노랑 뉴비틀을 타고 지나가는 여자가 운전석 창문을 내리고 담뱃재를 털고는 궁상맞게 뭐 하는 짓이래, 라고 종알거렸다. 그이는 조현병을 앓는 졸부 남편 몰래 가슴 성형을 하고, 차를 바꿔달라고 거의 조른 뒤라 털어놓았다. 곧 슈퍼카를 뽑을 거라 옆자리 기생오라비 애인에게 자랑질하였다. 하늘못인데 그냥 늘못이라 부른다 하였다. 메모장에 (하)늘못이라 제목을 써놓고 시 한 편 급속으로 적으려는데 진전이 없었다. 몇 번 더 와야 할 것 같았다. 바람이 세게 불었다. 너무 추워졌다. 반소매에 노란 거위털 파카를 껴입었다. 편의점에서 산 샌드위치를 게걸스럽게 먹어치웠다. 멈추어 선 구름 아래였다. 사진을 몇 컷 찍었다. 근처 절에서 해마다 물고기를 방생한다는데 낚시꾼은 보지 못했다. 여기서는, 사지로 몰아넣는 게 방생일 수 있겠다 싶었다. 더블캡 트럭 짐칸에 펴고 앉은 캠핑 의자와 테이블

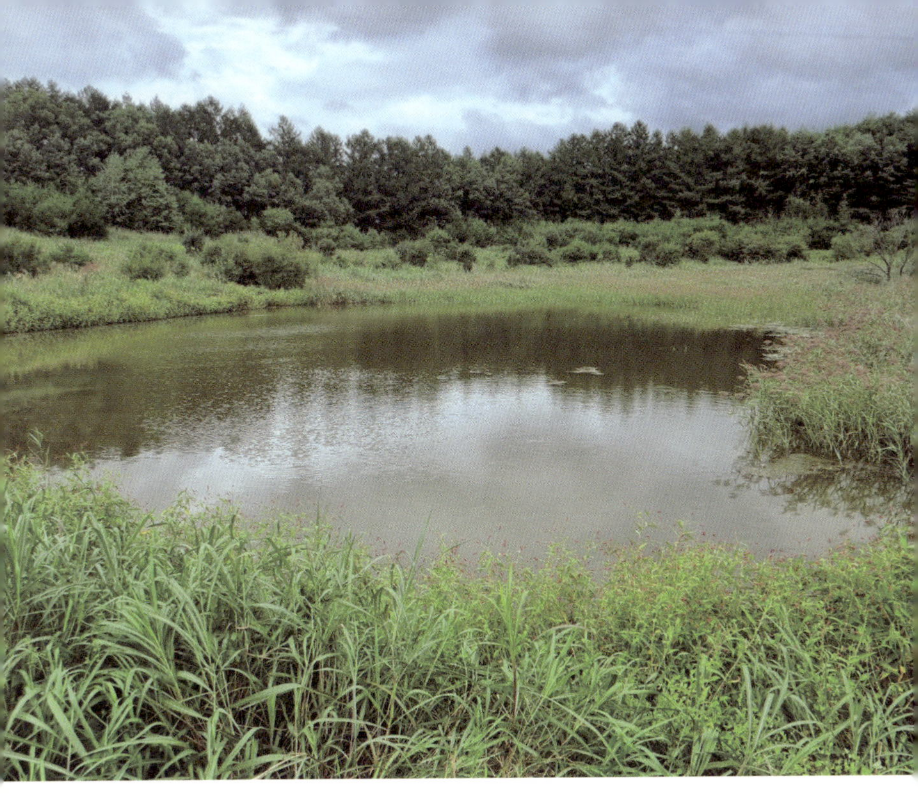

을 접었다. 몸살감기 때문에 싣고 온 무시동 히터 리모컨 전원
버튼을 눌렀다. 송풍관을 타고 들어온 바람이 트럭 내부를 덥
히는데 서늘한 바람 부는 바깥은 체감온도 뚝 떨어진 늦가을
날씨였다. 어디를 보느냐에 따라 현재 위치도 바뀌었다.

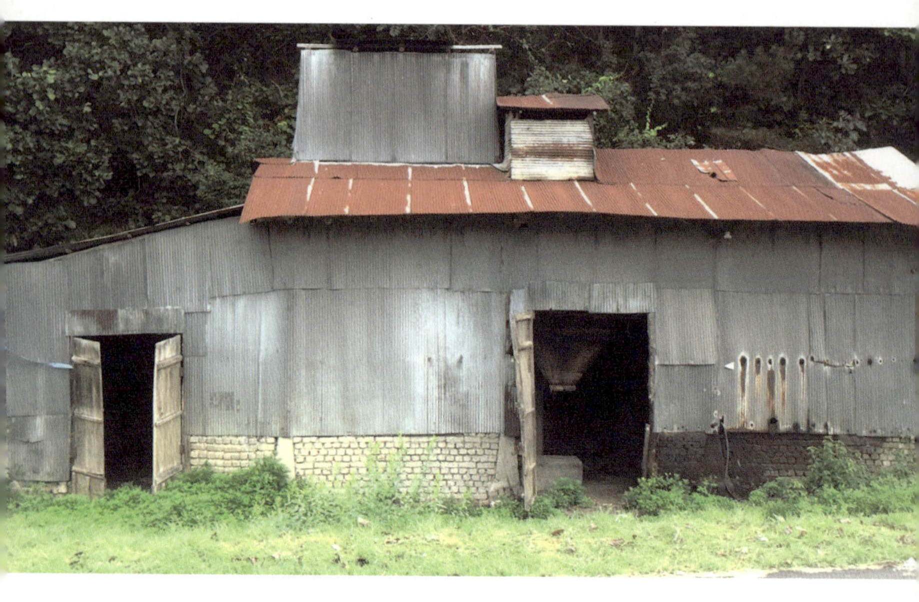

해루질 악어 집게

버려진 정미소 뒤편에서 해루질 악어 집게 수평에 가깝게 들고 나온 사람 자신을 박수무당이라고 소개했다. 정미소 앞 풀밭에 칠점사를 내려놓고 사로잡힌 영혼에 관한 설명 장황하게 늘어놓았다. 칠점사는 꼬리를 들고 꾸준히 방울 소리를 들려주었다. 해루질 악어 집게로 누르고 들고 집적대는 사람을 외면한 칠점사 꼬불거리는 길을 멈추었다. 박수무당이 자신의 이력을 나열하는 동안에도 바닥에 턱을 밀착한 칠점사 소천한 무당이 전송한 방울 소리를 확장해 전달하고 있었다. 유튜브 영상 촬영을 끝낸 사람 장비를 챙겨 트럭 캠퍼 보조 도어에 실었다. 칠점사 목을 해루질 악어 집게로 집은 사람 트럭 캠퍼 화장실 항아리 뚜껑을 들었다. 개구리 쥐새끼 칠점사를 차례로 항아리에 던진 사람 숨구멍 뚫린 플라스틱 뚜껑 틀어막았다.

토끼귀선인장

천도복숭아나무 옆에 심어둔 토끼귀선인장. 겨울이면 쭈글텡이가 되어 곧 죽지 싶었는데 몇 해 동안 봄이 되면 탱글탱글해져 이쯤 환장할 꽃을 피운다.

엊저녁부터 몸살이 찾아와 관절 마디 쑤시고 머리에 불붙었다. 잠이 오지 않는데 억지로 잠을 자려니 그보다 더한 고역이 없었다. 체부가 등기 우편물 배달하러 와 소파에서 간신히 일어나 밖에 나간 김에 토끼귀선인장 옆에 누워 노란 꽃을 보고 심호흡하듯 숨 쉬었다. 그래도 누군가는 아직, 내가 옆에 와 웃어주고 웃겨주고 말을 들어주고 무슨 말이든 한마디 해주기를 원하지 않을까. 환장할 꽃을 보고는, 한참 눈알을 요리조리 굴려보았다. 자신이 불쌍해 눈물 흘리지 않은 사람 어디 있겠는가. 생각이 거기까지 미치자, 조금 위로가 되고 허기지는 것이었다.

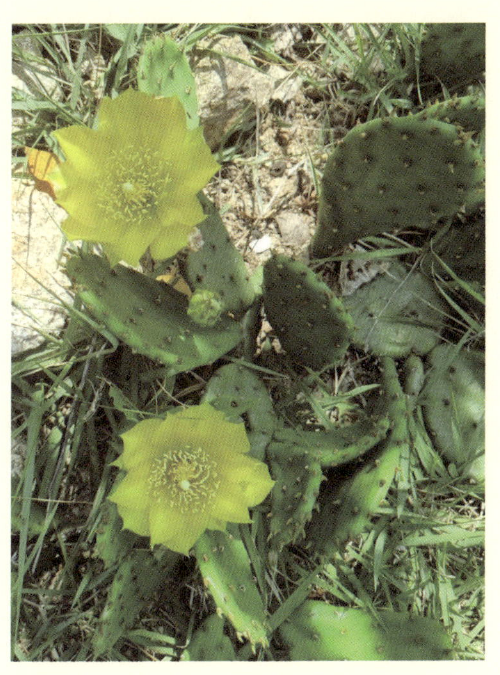

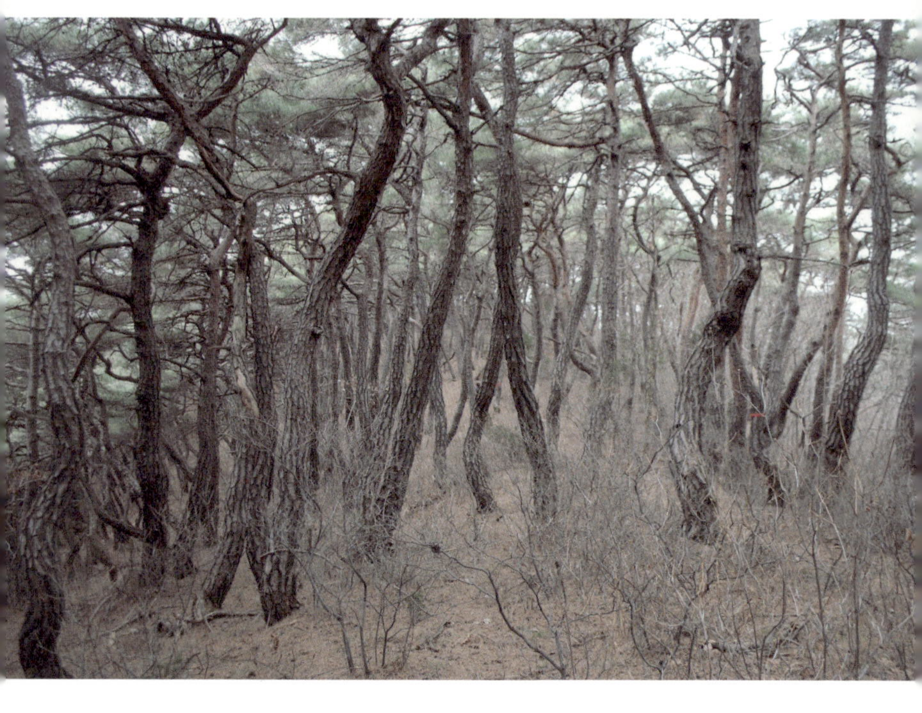

입춘 立春

산길에 트럭을 세우고 책을 읽다 잠깐 잠들었다. 배가 고파 밥 먹고 다시 와 마저 책을 읽고 잠 좀 자려는데 엽총을 싣고 다니는 사냥꾼의 녹슨 픽업트럭이 슬금슬금 다가왔다. 잽싸게 눕힌 의자를 올리고 책을 읽는 척 곁눈질로 룸미러를 보았다.

잠시 후 사냥꾼 할아버지가 옆으로 다가와 차창을 내렸다. 조수석에 엽총과 탄띠가 보였다. 그는 이 고랑에 기함급 멧돼지가 하나 남았다 중얼거렸다. 그러고는 예배 보러 갈 시간이 다 됐다고 차를 돌려 산길을 내려갔다.

미리내

은하수 담배를 피우던 시절이 있었다. 은박지에 짧은 글을 쓰던 시절이었다. 1987년 겨울 — 폐가에 들어가 살던 청년은 어찌됐을까. 겨울비 내리는 새벽 세 시에 일어나 몇 안 남은 그때 사진을 들춰보았다. 그 집을 떠날 때 비닐에 둘둘 말아 마당에 파묻은 은박지 다발은 발굴돼서는 안 된다. 나는 지금껏, 그곳에 묻힌 은박지 메모를 꺼내 글의 실마리와 고리와 쐐기로 사용한다.

어둠이 내릴 때 나는
저 커브길을 펼 수도
구부릴 수도 있었지
저 커브길 끝에
당신을 담을 수도 있었지
커브길을 들어올릴 수도
낭떠러지로 떨어뜨릴 수도 있었지
당신이 내게 오는 길이
저 커브길밖에 없었을 때

나는 어디로도 가지 못했지

커브길 밖에서는 언제나

푸른 자전거 벨이 울렸지

시, 「푸른 자전거」 전문

OLYMPUS－PEN 셔터를 눌러준 사람이 있었다. 오랜 설움에
북받쳐 우는 사람 후둣한 등을 쓰다듬고 두드린 적이 있었다.
투명한 술잔을 들고 눈물 그렁한 눈으로 올려다본 밤하늘이 있
었다. 거기 어디쯤 한동안 머물러 무턱대고 짧은 글들을 옮겨
적었다. 안보다 밖이 따듯한 11월 어느 날, 술병 나뒹구는 마당
에 구덩이를 파고 비닐에 둘둘 말아 은박지 다발을 파 묻었다.

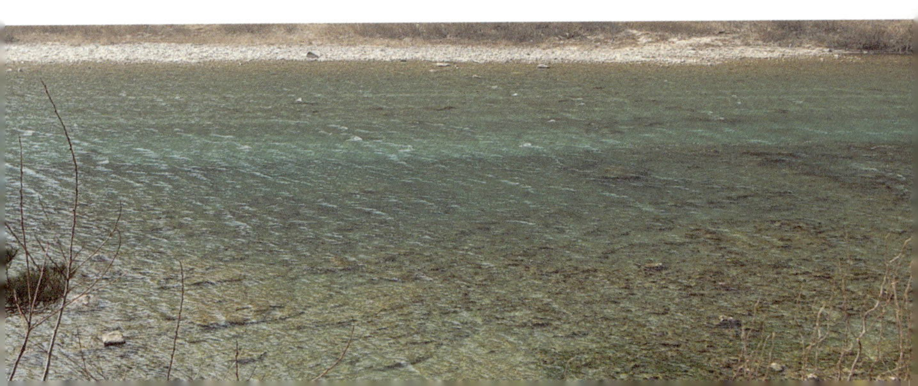

수수밭이 보이는 창문

철사 옷걸이 남자 여름 잠옷을 꿰고
삼목 비늘살 틈에 갈고리를 걸었다.

반에 반절 열린 안방 문 귀퉁이
밀착된 엔틱 협탁
낮은 청동 촛대
촛불이 켜졌다.

유튜브 사연 채널을 틀어놓은
남자의 엄마 수수밭을 바라보았다.
외갓집에 다니러 온 서울 사는
대학생과 만나 첫사랑을 하고
유복자를 낳아 키웠더랬다.

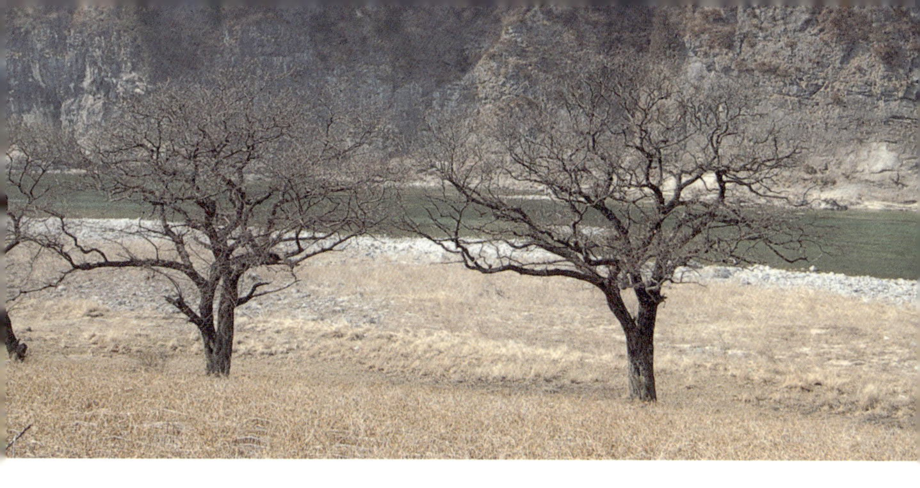

귓가를 스치는 속삭임, 바람의 말
상철 씨, 데리러 온다고 약속해놓고
어디로 내뺀 거야.
어디에 묻힌 거야.
왜 여태 안 오는 거야.

향신료

자기 생일이라고 낮술에 절어

집에 겨 들어온 남자 소파에서

페르시안 양탄자 깔린 사각 링으로

떨어져 코골이 이갈이를 하였다.

아무도 거들떠보지 않는 홍시

아이스크림 입맛을 다셨다.

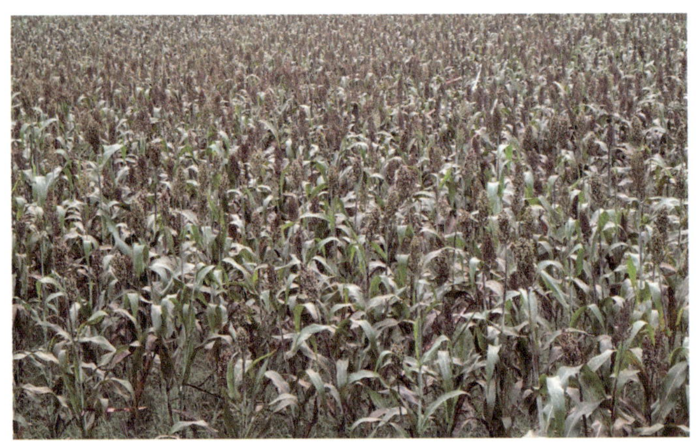

몇 달 만에 집에 겨 들어온 남편이
반가운 애 셋 딸린 외국인 부인.
남편이 바람피우는 여자 이름
줄줄이 꿰고 지껄이는 외국인 부인.

어느 나라 여자든
바람피우는 남편을
좋아할 부인은 없다고요.

주방 가위를 든 외국인 부인.
헤벌어진 남편의 입안
혓바닥을 꼬나보았다.

목장

　고1의 봄 하숙집에 가는 길 언덕배기에 사일로silo*가 있었다. 겨울 동안 젖소에게 먹일 엔실리지ensilage**를 보관하는 저장고였다. 유럽풍의 사일로에 기대앉아 들판의 중간을 가로지르는 경부선 철길을 바라보았다. 아버지가 송탄의 미군 부대에 다니는 친구가 찔러준 Camel 담뱃갑을 만지작거렸다. 사일로에 풍차와 낙타 그림을 그려놓고 술을 마시고 싶어 미술부에 들어갈까 고민했다. 풍차와 낙타라니. 차라리 양주를 병째 들고 나발 부는 털북숭이 카우보이와 부러운 눈으로 그를 지켜보는 시가를 문 또 다른 털보 카우보이를 그리는 편이 나을 것 같았다. 소주병을 따 마시면서 Camel 담뱃갑을 만지작거렸다. 눈을 감고 목장길 언덕을 오르면 바다가 보일 것 같았다. 목장집 아이로 보이는 남매가 자전거를 타고 나타났다. 내리막길로 접어든 아이들 환호歡呼를 내질렀다. 핸들에서 손을 뗀 잠깐잠깐 만세를 불렀다. 비탈의 밀밭에 파란 물결이 일렁거렸다. 밀에 닿은 부드러워진 바람의 혓바닥 풋내를 건드렸다. 눈을 감았다 뜬 사이 40년이 지나 있었다. 밀밭과 내리막길을 보고 아이들도 나도 신이 나 40년 전 환호를 지르고 그걸 들었다.

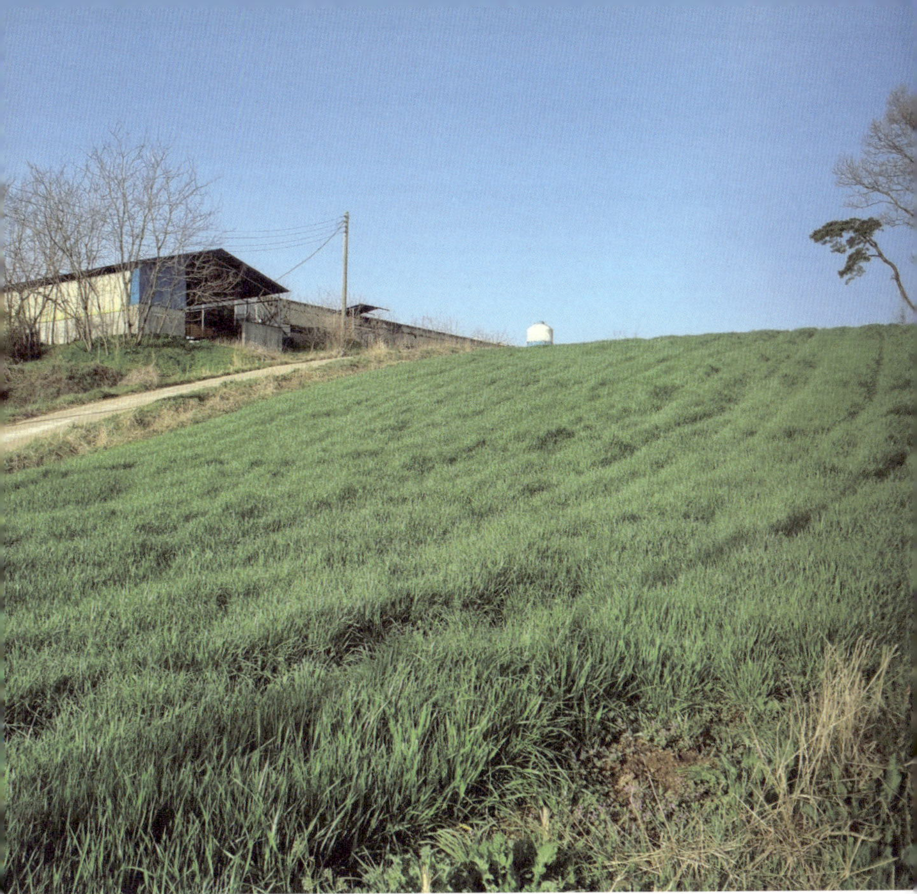

*엔실리지를 만들기 위해 벽돌 콘크리트로 만든 저장고

**작물을 베어 사일로에 넣어 젖산을 발효시켜 만드는 사료

°4

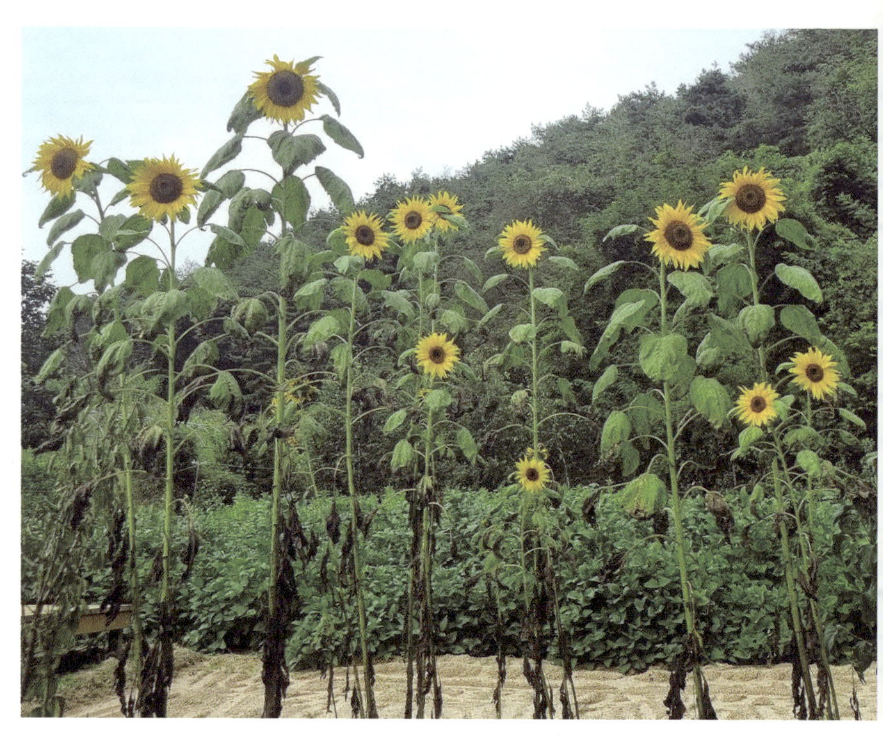

장대의 정신

시집 원고 73편 정리를 마쳤다. 뒤표지 글까지 직접 썼다. 온전히 내 글로 채워 넣었다. 한글 파일을 PDF 파일로 변환해 교정을 보았다. 지난 시집은 500번 이상 출력해 보면서 고쳤다. 술을 끊어낸 뒤 후폭풍이 강력해 집중력이 흐려진 탓이었다. 끝날 것 같지 않은 더딘 작업을 무작정 이어갔다.

이번 시집은 43번 교정보고 OK를 놓았다. 다음번 시집은 꼭 미발표 작품, 누구에게도 보여준 적 없는 작품을 묶게 되기를 바랐다. 이번 결심만큼은 허물어지지 않게 되기를… 촘촘히 박히는 해바라기 꽃판의 씨앗을 보면서 중얼거렸다.

술 한잔하고 싶은 충동을 해바라기를 보면서 달랬다. 뒤돌아서니 반달이 보였다. 이제 내가 반을 채웠으니 나머지 반은 당신이 채웠으면 좋겠다.

뱅어포

　어느 해 크리스마스이브였다. 종로3가에서 시작한 술추렴은 자정 무렵까지 이어져 신설동에서 방점을 찍었다. 둘만 남은 친구와 헤어지니 버스가 끊겼다. 쌍문동까지 갈 택시비가 없었다. 구세주처럼 안암동 아파트에 사는 친구가 떠올랐다. 대광고를 지나 그 친구 아파트를 찾아갔다. 벨을 누르고 문을 두드렸다. 친구 누나가 나왔다. 그 친구는 아직도 돌아오지 않았다 하였다. 행정고시 준비한다는 놈이 맨날 술 처먹으러 싸돌아다닌다고 나를 보며 에둘러 욕 싸대기를 날렸다. 예쁜 누님께서 욕을 참 맛깔스럽게도 하였다. 하는 수 없이 아파트 옥상에 올라가 그 친구가 돌아오나 지켜보았다. 너무 추웠다. 찜통에 들어간 물텀뱅이*처럼 살이 다 발려 나가는 느낌이랄까. 바람도 심하게 불었다. 하는 수 없이 쪼그려 앉아 벌벌 떨었다. 쌍느무 새끼는, 오늘 밤 안으로 안 들어올 모양이었다. 아파트 아래로 내려와 종이상자를 들고 다시 옥상으로 올랐다. 상자를 깔고 누워 웅크리고 기다렸다. 어떻게 잠들었는지 몰랐다. 깨어나보니 캄캄했다. 벗어놓은 구두가 얼어 발을 끼워 맞출 수 없었다. 구두를 들고 경동시장까지 맨발로 걸었다. 그곳에서 채소도매상

하는 막내 이모 장사 시작할 시간이었다. 이모의 손은 너무나 따뜻했다. 가게에 딸린 방바닥은 절절 끓었다. 지상낙원이 따로 없었다. 방바닥에 뱅어포가 보였다. 새벽 소주 안주로 제격이었다. 이모오, 소주 남은 거 없어? 이모오, 너무 추워 그러는데 남은 소주 좀 갖다줘. 돌아온 대답은, 이런 쌍느무 새끼가 아직도 정신 못 차렸구만!이었다. 이모는 빗자루를 들고 신발 벗고 쳐들어오려다, 그만 멈춰서 환하게 웃었다. 포로 납작 눌린 뱅어 양념장 발려 누진 상태였다. 아득한 눈으로 나를 바라보고 있었다. 중학교에 다닐 때 한동안 외할머니와 막내 이모와 같이 살았다. 구운 뱅어포 밥 위에 얹어준 막내 이모 불룩한 볼 살살 문지르며 웃는 얼굴 떠올랐다.

*곰치

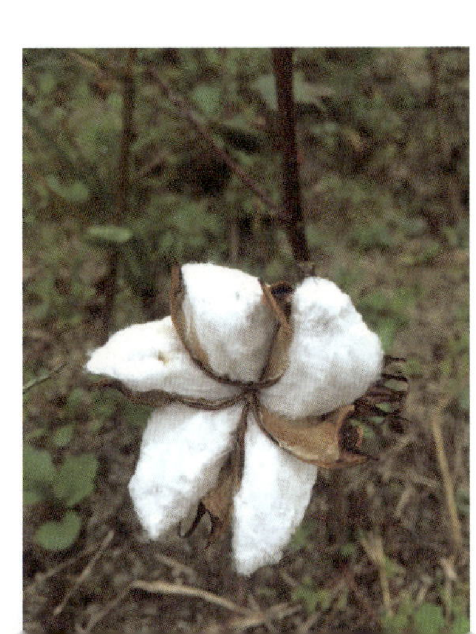

흰 소국 小菊

흰 소국이 피어 있다.

고향집 앞 들판 건너 야산에 애장이 있다. 돌무덤이다. 그곳에 흰 소국이 핀 입동立冬이면 초로의 여인이 찾아온다. 낳자마자 잃은 아이를 만나러 온다. 스물둘 여인은 배낭에서 몽돌을 꺼내 돌무덤에 올리고 보온병에 타 온 분유가 식기를 기다린다. 아이 이름을 지어주고 미역 사러 장에 간 남자는 행방불명이 되었다. 미지근해진 분유를 돌무덤과 조금 더 번져 핀 흰 소국에게 먹이는 스물둘 여인이 아이의 이름을 나지막이 부른다.

아프지만, 올해도 흰 소국은 조금 번져 피어 있다
탐스럽다, 배낭의 몽돌을 꺼내 돌무덤에 얹는다
낳자마자, 묻어야 했던 너를 흰 소국의 향기가 기억한다
이런 나라도 있어 다행이지 않느냐, 오늘은
장롱에서 꺼내 온 배냇저고리 보자기
끌러놓고 넋이 나간 하늘을 바라본다
어느덧 환갑이 지난 나이지만 오늘은

죽은 너를 삼베에 싸 야산 정상 평지 황토

돌무덤을 쓰던 스물둘 입동立冬에 와 있다

보온통에 담아 온 분유가 식어간다

돌무덤과 흰 소국에게 미지근해진

젖병의 분유를 짜 먹인다 나만이

알고 있는 너의 이름을 불러본다

여기, 뜬금없이 이사해 8년을 산 산촌의 움막에도, 몇 년 전 분양한 흰 소국 한 무더기 번져 피어 있다. 옛 하숙집 화단에 피어 있던 소국 향기를 맡아본다. 된서리 오기 전에 성姓이 없는, 성을 잊은 너의 이름 불러본다.

졸음쉼터

졸음쉼터를 옮겨 다니며 12v 전용 탄소 매트를 깔고 잤다. 젊은 연인이 나란히 서서 담배를 피우고 떠났다. 새벽 한 시에 일어나 책을 읽었는데 더듬어보니 남은 게 하나도 없었다. 다음 주에 찾아갈 폐사지廢寺址를 검색해보았다. 두피 문신을 한 어둠이 찾아왔다.

그러니까 너는 아무것도 아닌 나를 위해 너만을 사랑하도록 종용하지 않았다. 술을 끊고 조금씩 알아가고 있다.

기진맥진하여 도착한 졸음쉼터에서 알코올 성분을 분해하는 쪽잠을 자면서, 악몽도 나눠 꾸고 있다는 것. 사무치는 아픔도 어느 순간부터 불분명한 슬픔의 영역에 편입되고 만다는 것. 가로등 불빛 주위로 돋은 지 얼마 안 된 예쁜 은행잎을 바라본다.

아이들이 예뻤을 때 충분히 지켜보지 못했다. 내가 예뻤을 때 곁에서 지켜본 사람들 그동안 잊고 살았다. 혼자 있어 한갓지고 기대하지 않아 환희도 실망도 없었다. 주행 충전하는 파워뱅크 12v 전용 탄소 매트에 의지해 쪽잠을 이어 잔다. 여기를 벗어나기 위해 또 다른 여기로 옮겨간다.

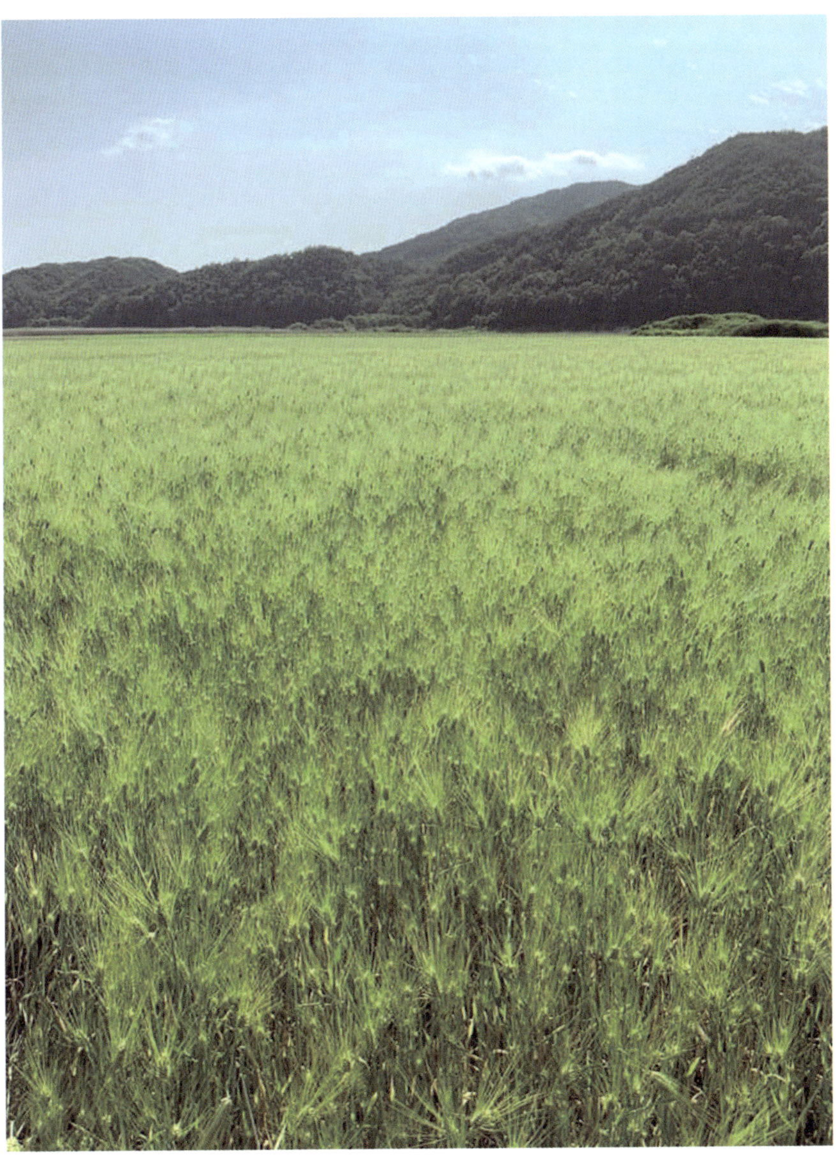

마침표

열여섯 여름날부터 골목길보다 낮은 하숙방에 들었다. 그곳에서 소설을 썼는데 어쩌다 시에 빠져 시집을 여러 권 내게 되었는지 곰곰이 생각해보았다. 이십 년 전쯤 하루에 단편소설 한 편씩 써오던 고등학생 아이가 있었다. 속칭 명문대학에 가더니만 글을 내려놓고 본격적으로 연애를 한다는 소식 건너 들었다. 그 뒤로 그 아이 소식 전해 들을 수 없었다.

술을 안 마시고 버티니 오히려 하루가 짧아졌다. 커피를 예전 술잔에 따라 마시는 날이 이어졌다. 예전에 카페를 할 때 '버번콕'을 만들어 마시던 기억이 떠오른다. 벽에 걸린 사진 액자에서 보들레르 아저씨가 입맛을 다시다 자기 폼에 스스로 갇힌다. 당신은 어쩌다 일찍 태어난 것이여. 오늘은 이발소에 가서 산발한 머리카락을 짧게 수습하고, 시집 원고에서 마침표를 모두 뺐다. 강의실 맨 앞자리에 앉아 점이 많은 젊은 교수 얼굴에서 점을 세다 걸려 F학점 받았다는 동기 이름 생각난다. 레이저 시술로 점을 뺀 젊은 교수 점을 다 빼고 나니 되는 일이 없다고 투덜거렸다. 간단하게 사는 것 숨을 이어 쉬는 거겠지. 가끔은 몰아서 울어야 하는 거겠지. 옆집 영감이 키우는 외톨이 수탉은 나 여기 있다, 때를 가리지 않고 곡소리를 남발한다. 그 옛날 하숙집 창문을 열어놓고 지나가는 사람들 신발만 보여 신발만 지켜보았다. 어느 날 가보니, 그 하숙집 헐리고 슈퍼대추나무에 열매들 붉었다.

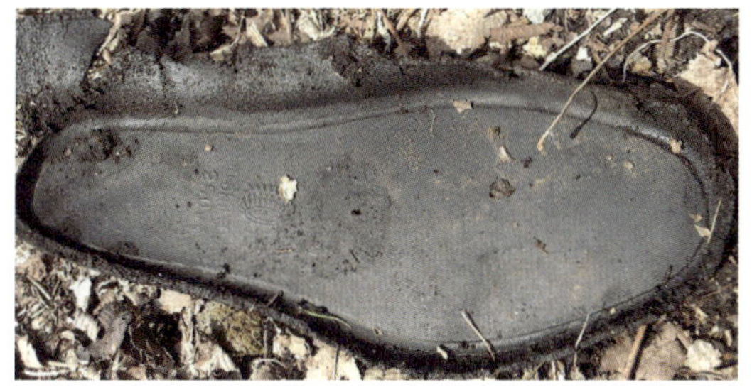

다비식_{茶毘式}

참나무 장작에 불이 붙고 심한 노린내가 풍겨왔다. 그렇다고 금방 코를 막고 돌아서는 사람은 없었다. 그러려니 담배를 물고 불을 붙였다. 절반가량 담배를 피웠는데 그녀가 내 소매를 자꾸 끌어당겼다. 그만 가자. 그만 가자. 그만 가자니까.

얼굴이 화끈거려 등 돌리고 저수지 잔물결을 보았다. 방생한 물고기를 잡으러 온 낚시꾼 여럿 물 앞에 앉았다. 그을린 얼굴로 물끄러미 여름 한낮 불기둥을 지켜보았다.

어이구, 노랑내가 심해… 사리_{舍利}는 좀 나와야 할 텐데… 팔짱을 낀 그녀가 걱정하는 투로 말했다. 그러고는 나를 자꾸 잡아끌었다. 사리까지 확인하고 갈 건 아니잖아? 그녀 또한 짓무른 얼굴이었다. 내려앉은 불티와 재와 뼈만 남을 것이었다. 한여름 태양이 불기둥을 빨아들이고 있었다. 매운 짬뽕을 먹으러 가는 길이었다.

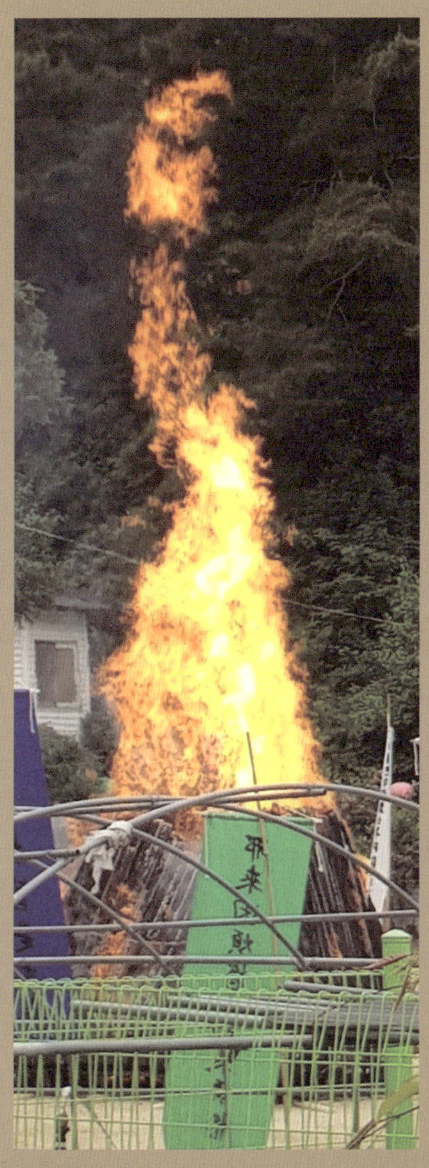
飛来図　財

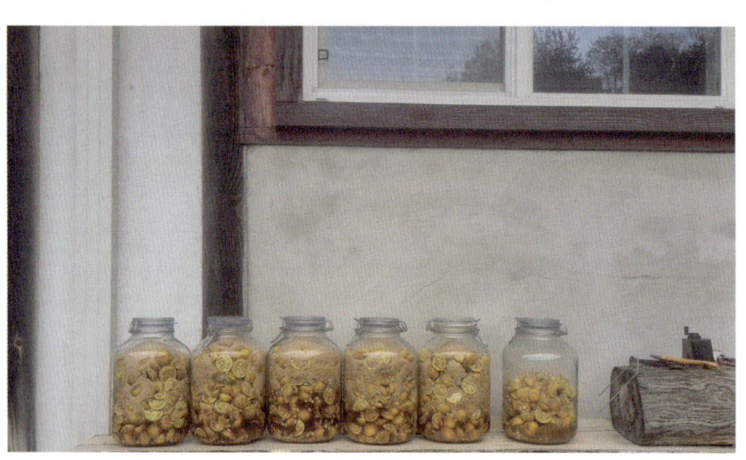

탱자 효소

　탱자 줍다 독사를 봤다. 그동안 주로 껍질 무늬만 본 것 같아 주둥이인지 아가리인지를 중점적으로 지켜보았다. 부드러워 보였다. 아니 연약해 보이기까지 하였다. 허리가 아픈 사람에게 보내줄까, 잠시 생각하다 그만두기로 했다. 해루질 악어 집게로 콕 집어 이웃집 닭장에 던지려다 그것도 그만두었다. 탱자를 다 줍고 독사를 그 자리에 놔뒀다. 근처에 구멍이 있을 것이었다. 예전 사람들이 껍질을 홀딱 벗겨 아궁이에 불피우던 생각이 났다. 북어 냄새가 났었다. 탱자 술이 아니라 효소를 담갔다. 술 많이 사주던 고등학교 선배 한의사 종성이 형 한국을 떠났다. 그래도 탱자가 간에 좋다는 얘기는 아직 남았다.

붉은사슴뿔버섯

활엽수림 안짝 골짜기 어디쯤 사슴농장이 있어 수컷들은 여름내 그늘에서 무릎의 딱지가 두꺼웠다. 세렉스를 부리는 농장 주인이 사료를 싣고 골짜기로 들어서면 사슴이 뛰고 발굽에 챈 흙먼지가 뿌옜다. 밑에서부터 동생 둘이 자살하자 사슴농장 주인 남자 드디어 자신의 차례가 됐다고 울부짖었다.

애를 못 낳아 소박맞고 줄줄이 자식 아홉 딸린 남자에게 재가한 여자가 말년을 보내고 있었다. 아홉 남매 잘 키워 혼인시켜 분가시키고 한량이던 영감을 먼저 떠나보낸 여자였다. 자식들 왕래가 끊긴 북향의 기와집에서 고양이 아홉 마리와 숙식을 같이하던 여자였다. 지팡이를 짚고 마실 갈 기운도 남지 않은 여자였다. 우물물을 길어 실컷 마신 후 산발한 머리 쓰다듬은 여자 여름이 지나간 활엽수림으로 접어들었다.

사슴농장 주인은 어려서부터 키워준 계모가 사는 외딴집을 외면했다. 대취한 그의 목소리 석축 담벼락을 넘어왔다.

"호랭이는 죽어 가죽을 남기고 사람은 죽어 유산을 남긴다고 했잖은감."

자린고비 아버지가 남긴 재산을 나눠 가진 형제 남남이 되었

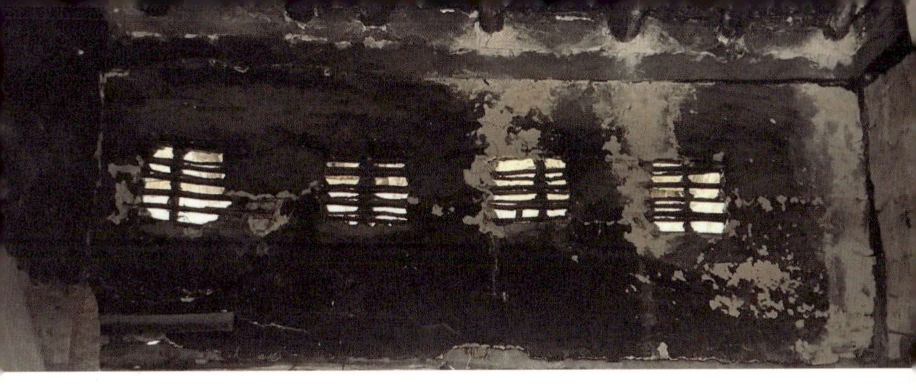

다. 사슴농장에 올라간 여자 순가락 꽂힌 사슴우리 문을 활짝 열었다. 된장찌개에 넣을 버섯 하나만 따 허리춤에 감추고 하산했다. 며칠간 밥을 못 준 고양이 집 나가 돌아오지 않는 또 다른 저녁이었다. 아궁이에 삭정이를 부러뜨려 넣고 장작을 올린 여자 성냥불을 붙였다. 잘게 썬 묵은지와 버섯을 찢어 뚝배기에 넣었다. 아궁이 숯불을 긁어내 된장찌개를 끓였다. 단출한 밥상 차려 든 여자 우물을 몇 바퀴 돌았다. 흙마루를 거쳐 불 꺼진 안방에 들었다. 남편 곁에 묻어달라는 유언, 절골 골짜기 삼봉三峯 무덤 완성되었다.

파랫국 먹는 저녁

남이섬에 갔더랬다. 그때는 참 좋았는데… 배 지나가고 물결들 기슭으로 몰려와 손뼉을 쳐주었다. 산문 원고 몇 꼭지 때문에 한 달 이상 골방에 틀어박혀 너구리를 잡았다. 한 꼭지 쓰면 맞지 않는 치열처럼 몇 개를 빼고 교정해야 하는 나날이었다. 이제 서너 꼭지를 더 쓰고 본문 디자이너에게 보내려는데 힘이 달렸다. 예전에 술을 덜 마셔야 했는데 죽기 살기로 마신 후유증이 쓰나미로 몰려와 죽다 살아난 느낌이었다. 간신히 살아 돌아온 느낌… 밀물 드는 고향 바다에서 예전에 술 마시고 수영해 매인 배에 도착했는데… 먼저 도착한 이종사촌이 올라가면 밀어내고 또 올라가면 밀어내는 바람에 다시 해변으로 돌아가는 수밖에 없었다. 이쯤해서 발을 디디면 바닥에 닿을 듯하였는데… 아니었다. 오늘 제대로 죽는구나 싶었다.

어찌어찌하여 해변에 도착해 기절하고 말았다. 깨어보니 사람들 불을 피워 고기 굽고 음주가무 이어가고 아이들 뛰어놀았다. 술을 끊어낸 지 5개월쯤 되니 겨우 신진대사가 원활해지는 느낌이다. 머리가 맑아지고 집중할 수 있는 시간이 는다. 이제 담배만 끊으면 죽은 세포도 살려내는 시를 쓸 수 있겠다.

작년 이맘때 펄에 널린 파래를 주워 갯물에 빨았다. 비닐봉지에 담아 집으로 돌아왔다. 굴을 따 온 어머니 굴을 넣은 파랫국을 끓였다. 허기졌다. 냉동실에 넣어둔 작년 겨울 파래를 꺼내 국을 끓였다. 빛바랜 파래 가뜬하고 억셌다. 기온이 올라가면 파래는 누레져 펄에서 녹아내렸다.

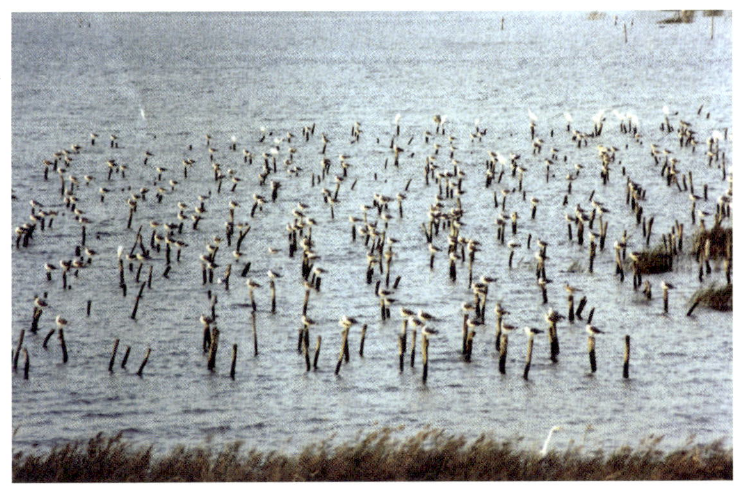

봄날 저녁볕

성북구 종암동에 살 때 종종 술이 안 깨어 애들 엄마에게 떠밀려 개운산에 오르곤 했다. 사진을 뒤적이다 그때 찍은 사진을 보게 되었다. 그때 배낭에 죽은 애완동물을 넣어와 7부 능선 정도에 땅을 파고 묻는 사람을 더러 보았다. 자신의 죽은 애완동물을 묻으려고 먼저 묻고 간 사람의 애완동물이 묻힌 곳을 파낸 사람의 비명을 들은 적도 있다. 아카시아 잎잎이 돋아나는 봄날 저녁볕이 드는 한옥의 툇마루에 앉아 곤봉체조처럼 막걸릿병 내둘러 질질 흘리면서 마시던 때가 약간 그리워진다.

딸아이가 학원에 다녀와 대문을 두드릴 때, 잽싸게 모자를 푹 눌러쓰고는, 막걸릿병과 술잔과 부추전 담긴 접시와 나무젓가락 급히 문간방으로 밀어넣고 방문을 닫았다. 대문을 열어주면 어김없이 한 무리의 조무래기들이 몰려들었다. 방 두 칸을 터 만든 아이의 방과 거실과 안방까지 몰려다니며 뛰노는 조무래기들 신나 있었다. 한지 바른 방문을 물들인 봄날 저녁볕-, 우당탕 뛰놀던 아이들 다른 집으로 몰려가고, 기왓장 틈을 비집은 묵은 외송瓦松도 적잖이 붉었다.

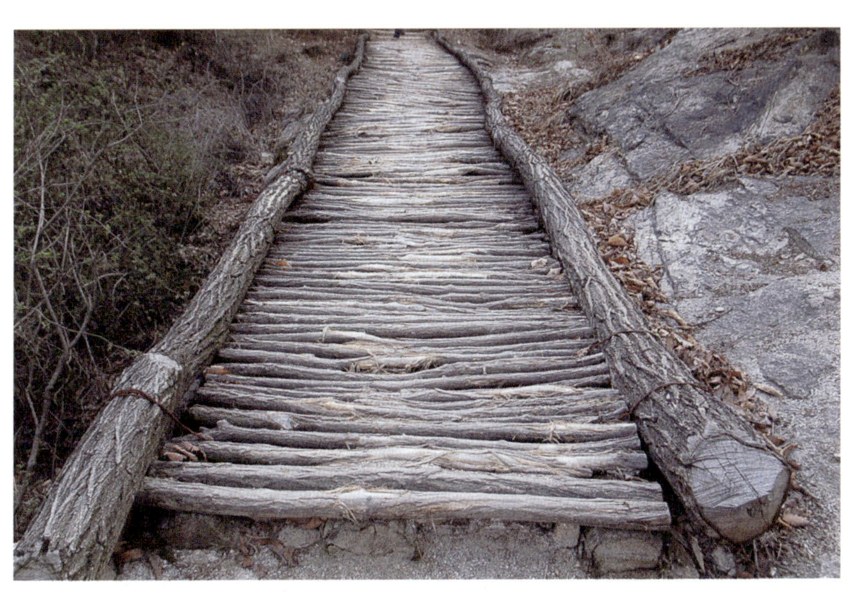

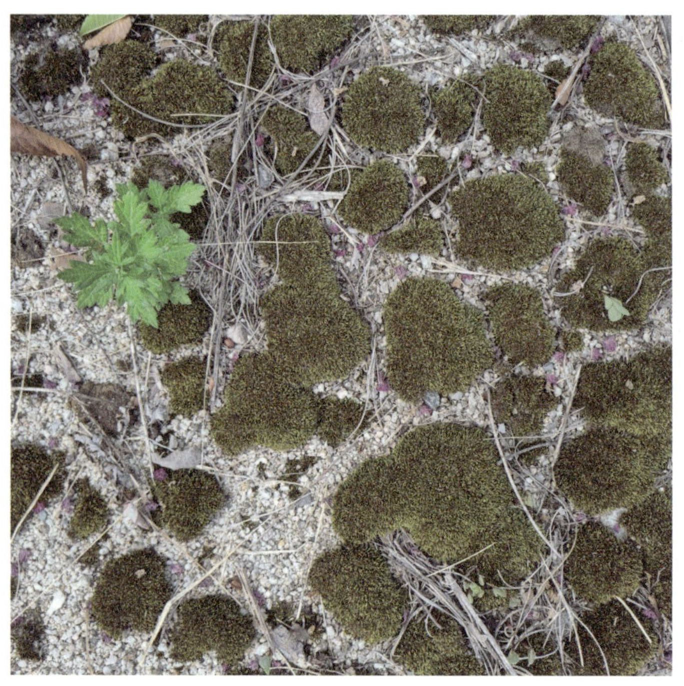

소나기의 급습

　차창을 내려두고 파노라마 선루프까지 열어둔 게 떠올라 교정지를 덮고 벌떡 일어나 밖으로 뛰쳐나갔다. 여기저기 굴러다니던 우산이 안 보여 삼선슬리퍼 급히 꿰신고 뛰었다. 차 키를 안 가져가 다시 방으로 뛰어야 했다. 어차피 젖은 몸 어차피 폐차하게 될 차 가시오가피를 감고 오른 나팔꽃을 보기로 하였다.

　몇 해 전 원룸 꼭대기 층에서 고양이 60여 마리를 키운다는 원룸 건물주 아주머니의 화분에서 얻어다 심은 나팔꽃의 후손들이었다. 어젯밤에 닫힌 봉오리들이 열렸다. 고양이 몸에서 나온다는 흰 벌레 날개까지 달려 있었다. 원룸 전체로 퍼진 흰 벌레들 밤이면 방바닥 강화마루 틈을 비집고 나와 활보했다.

　언젠가는 원산이 고향이라는 탈북민 영이 씨 생리통약을 사러가는 동거남과 원룸 앞에서 맞닥뜨렸다. 웬만하면 웃는 상인 남자였다. 약국에 가던 걸음을 멈추고 그가 돌아보았다. 그러고는 술잔 들이켜는 손동작 두 번 시연해 보였다. 소나기 콘크리트 바닥에 하자瑕疵 난 콘택트렌즈를 쏟아부었다. 눈을 감아야 비로소 잔상이 잡히는 그것들이 있었다.

나팔꽃은 시름시름 앓다가도
동이 트면 훌훌 털어버린다.

후회란 원래 그런 졸속拙速이다.

괜히 피었다 싶다가도
피기 전으로 돌아가려 하다가도

어느 순간,
언제 그랬냐 싶게
벗어날 수 있는 것이다.
잊어버릴 수 있는 것이다.

나팔꽃은
뻥 뚫린 목구멍으로
자기 몫인 햇살을 받아 삼킨다.

시, 「나팔꽃」 전문

관악역 삼막사三幕寺 근처에서 몇 달을 살았다. 나팔꽃 화분
과 처마에 철사를 연결해놓았다. 술자리에서 잠든 사이, 잠금이
걸리지 않은 핸드폰을 만진 사람이 있었다. 위치 추적을 해놓
고 몇 달간 나를 감시하고 있었다. 핸드폰을 정지하고 단출한 짐
을 챙겨 SUV에 실었다. 나팔꽃은 11월 초순까지 피어 씨를 남
겼다.

"니가 어디 가서 죽었으면 나는 좋겠다."

그가 쏟아붓던 저주의 말, 끝 간 데 없었다.

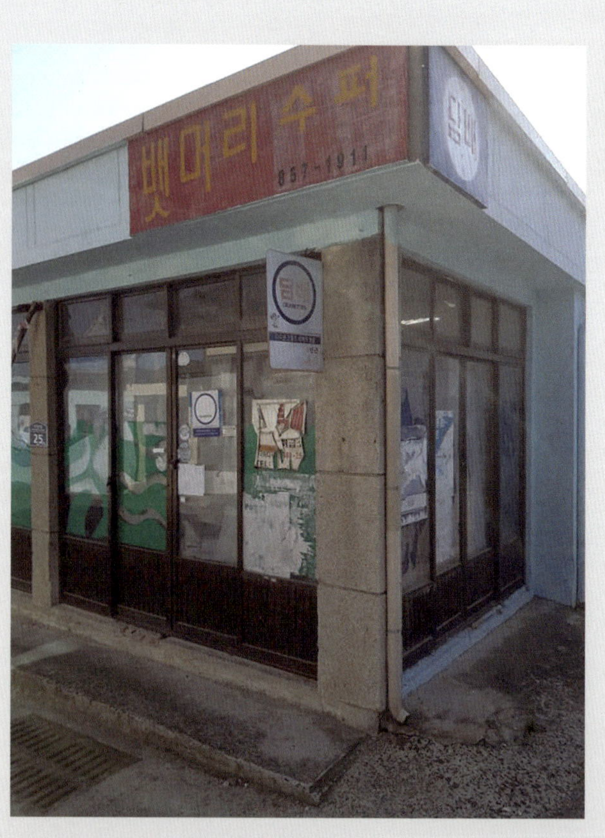
뱃머리수퍼
057-1911

뱃머리 슈퍼

고릿적 파카45 만년필에 잉크 카트리지를 끼우고 A4용지에 시 「내륙 등대 2」를 썼다. 흑맥주 마시던 시절 사진을 보다 몸부림 없이 자고 일어났다.

슬리퍼를 끌고 정원으로 나가 잔디의 서리를 밟았다. 별들은 초롱초롱하였다. 안동에 오면 그를 만날 수 있겠다. 은연중 기대하고 있었다. 그는 수몰민이었고 물귀신 소리를 감별해낼 줄 알았다.

어느 여름날 그와 한강에 나가 낚시를 하였다. 릴낚시를 던지고 돗자리를 깔고 캔맥주를 마셨다. 취기가 오른 우리는 방울 소리를 듣고는 누가 먼저랄 것도 없이 달려가 릴낚시를 걷어 올렸다. 붉은 대물 잉어가 끌려 올라왔다. 우리는 하도 기뻐 서로 뒤엉켜 잉어와 입을 맞추며 뒹굴었다. 가까이 할로겐램프를 최대로 틀어놓은 태양 아래였다.

복사꽃

7년 전 누군가 심고 간 천도복숭아에 꽃이 열렸다.

몸살을 달고 집에 돌아와 파스를 붙이고 누웠는데 간지러워 떼고 다시 붙이기를 반복했다. 한나절을 자고 일어나 복숭아 둘레를 돌았다. 들끓는 벌의 말을 빌려 복화술사腹話術師가 되어 네가 한 말을 복기해보았다.

나는 내가 아니었음 싶다.
나는 내가 없는 곳으로 가서
나랑 만나 살고 싶다.

복숭아꽃 핀 언덕을 넘어가고 싶다.
복숭아꽃 피는 언덕으로 가고 싶다.

시, 「복숭아꽃 핀 언덕」 전문

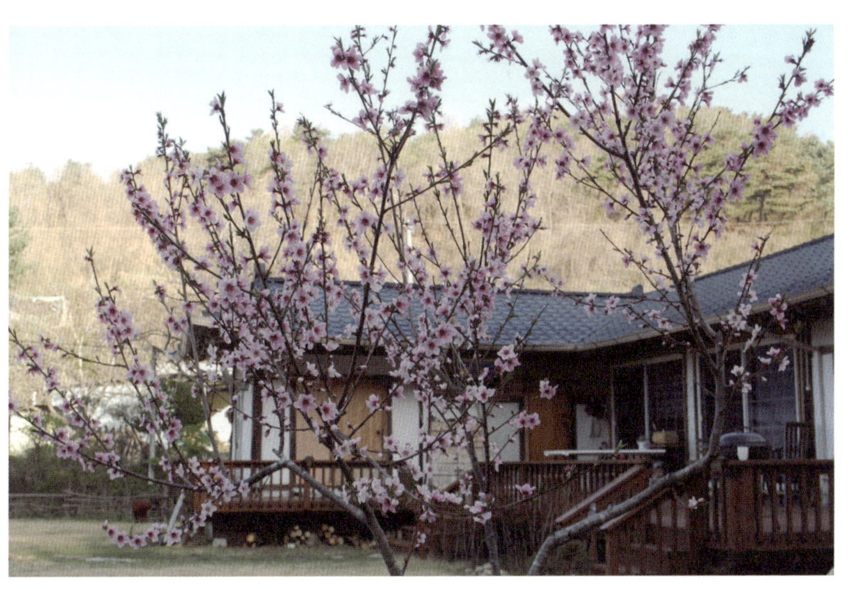

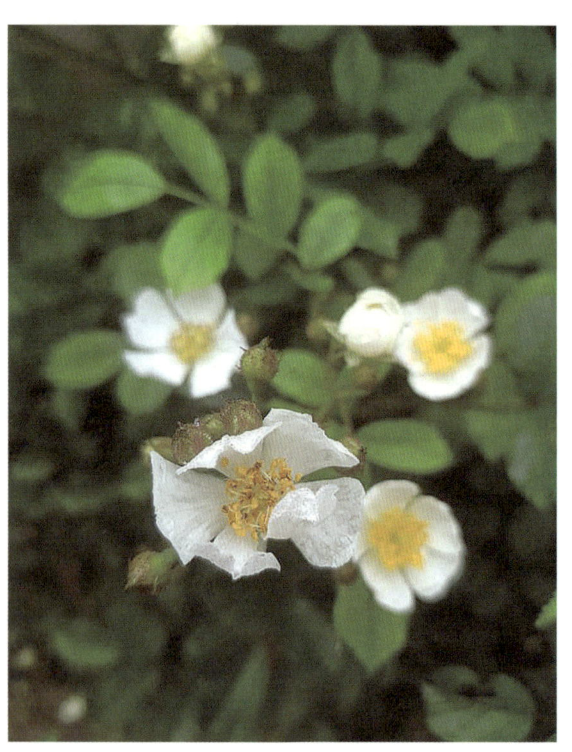

찔레꽃

찔레꽃이 피었다. 내가 맡지 못할 향기를 전해주려고 애를 많이 썼다. 비염이 심하지 않은 예전에도 그랬다. 찔레꽃 향기를 맡으면 움찔했다. 오늘 찔레꽃에서는 그때 그 향냄새가 나는 것 같았다.

5년 전 5월 18일 암투병하다 저세상으로 먼저 간 고등학생이던 조카의 입관 전 이마에 손을 짚었을 때의 느낌이 되살아났다. 딸내미는 사촌 남동생을 만지려다 금세 식전의 찔레꽃이 되었다.

접속接續

어쩌다 요렇게 변했을까나

전원이 꺼진 핸드폰 들고

풍경風磬이 도는 걸 외면하고 있다.

얇디얇은 청동 구리판, 그깟 포

누가 달려들어 뜯어 먹을까

겁난 물고기 방향을 튼다.

볼망치 구멍으로 바람을

그냥은 통과시키지 않겠다.

쨍강쨍강

그제도 어제도 오늘까지도

별스럽지 않은 날들의 연장선상이었다.

그립긴 한데 굳이, 만나보고 싶지 않은

사람들, 겁난 물고기 제자리 방향을 튼다.

올겨울 첫 결빙이었다. 개 물그릇에 가마솥 뜨뜻한 물을 퍼다
붓는 어머니 휜 등 위에 수십 년 된 TV 안테나 여태껏 전파를
잡아 저세상 사람 된 아버지 온돌방으로 보내고 있었다. 우라

지게 슬픈 날 도통한 하늘을 보면 뭐가 좀 나아지더냐. 유백아,
뭐가 좀 멀리라도 보이더냐. 멀겋게 끓여낸 뭇국에 돼지비계라
도 몇 점 떠다니더냐.

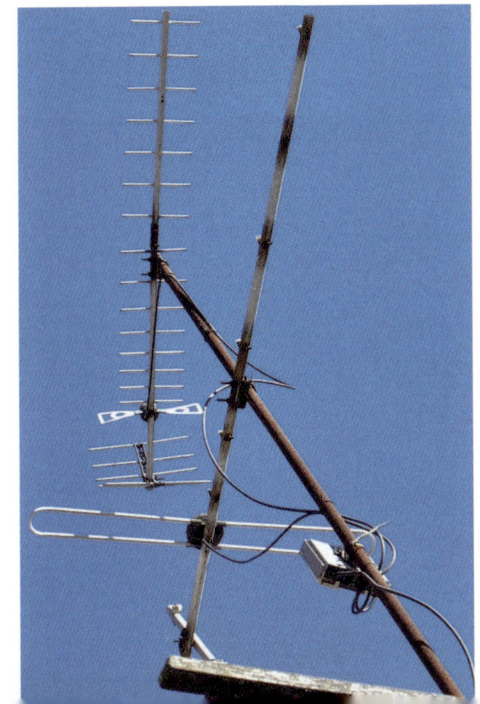

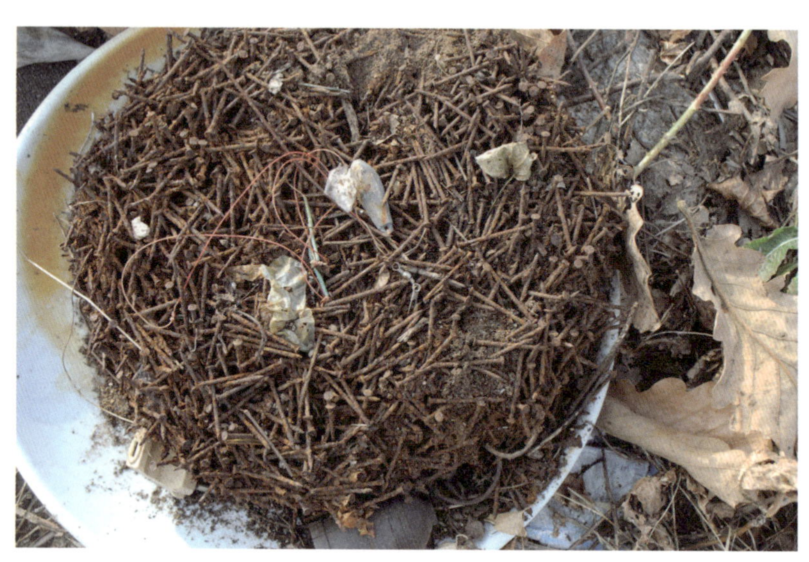

굴뚝 연기

90세 가까이 산 홀아비 영감님 동향집에 갈 때가 있다. 그곳엔 70년대에 보았던 물건들이 즐비하다. 온갖 잡동사니들이 헛간 뒤꼍 처마 밑 소죽을 쑤던 아래채 부엌 창고 뒤주 재래식 변소 기름 보일러실에 그득하다. 토담과 황토벽에 벌 구멍도 뻥뻥 뚫려 있다. 영감님은 초기 치매라는데 벌써 정신이 온전치 못하다. 둘째 아들이 수시로 들락거리고 주 5일 하루 두 시간씩 돌봄을 받고 있다. 지게에 나뭇짐을 지고 쉬엄쉬엄 돌아오는 영감님, 가는 다리 심하게 떨리고 있다. 나뭇짐은 조금씩 줄어들고 쉬어가는 거리도 짧아진다. 아침저녁으로 그 집 굴뚝을 바라본다. 불 때는 연기 오래전 먼 산봉우리 봉화烽火 같다.

안개비 커튼

7년 전쯤부터 눈이 침침하고 따갑고 아리고 했는데 방관하고 살았다. 앞이 흐릿하여 운전도 하기 힘든 상태가 되어서야 안과에 갔는데 염증이 생겨 그런 거랬다. 의사가 언제부터 아팠느냐기에 생각이 안 난다고 했더니, 열 살부터 그랬냐고 웃었다. 하긴 내가 올해 열일곱 살이니 열 살 때부터 눈이 아팠던 게 맞는 것 같았다. 하루에 100번이라도 비누칠해서 세면하고 염색을 하거나 화장품을 바르지 말랬다. 술은 더더욱 아니 된댔다. 염증으로 흐려진 눈을 위로하기 위해 오지 마을에 가서 잡아온 재첩을 씻어 끓였다. 안개비 내리고 바람까지 부는데 소주라도 몇 잔 했음 딱 좋으련만. 약을 먹고 안약을 떨어뜨리는 게 귀찮아도 어찌할 도리가 없었다. 일단 눈부터 맑게 하여 올 겨울에는 아우토반에 가서 AMG 63을 협찬받아 300km로 달려보는 게 어떤가. 아무래도 겁이 많아 250km 이상은 밟지 못할 것 같았다. 좋게 말해서 겁이 많은 사람은 상상력이 풍부한 거랬다.

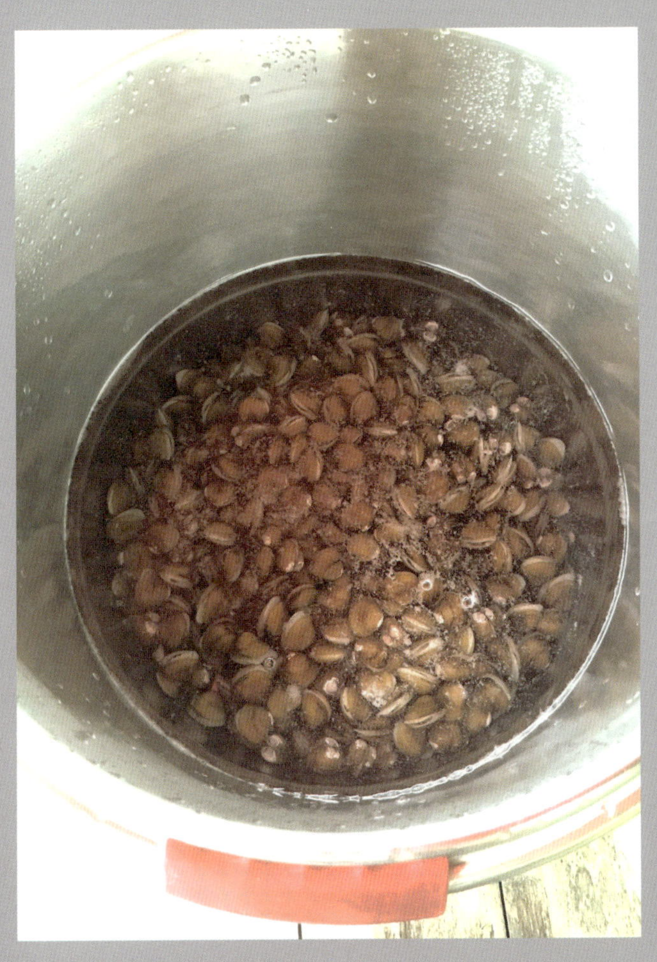

손수레

트럭을 타고 양조장에 이웃 영감님 술심부름하러 갔었다. 그곳은 여섯 시면 어김없이 문을 닫는데 간당간당하게 도착해 천원권 세 장을 내밀었다. 막걸리 세 병을 비닐봉지에 담아서 들고 양조장 옆집 대문에 엎어진 손수레를 지켜보았다.

예전 자취방을 옮길 때 빌려 쓴 손수레가 떠올랐다. 비키니 옷장과 책상과 의자, 라면상자에 담은 책들과 취사도구들 튜브바로 묶어 몇 번인가를 왔다 갔다 했다. 짐을 다 옮기고 손수레를 돌려주러 가는데 술집에서 나온 그가 나를 보고 반색했다.

"야, 그 리야카 맡겨놓고 오늘 진하게 빨아보자."

그 인간이 나타나 트럭을 맡기고 오늘 진하게 빨아보자, 어깨를 툭 칠 것만 같았다. 그런 불안하고 초조한 마음 잠깐 있었다. 자취방 자물쇠를 뜯고 들어온 누군가는 신발을 신은 채로 술을 다 마시고, 원고지에 '인생 허투루 살지 마라!'를 써놓았다. 책상에 부엌칼을 꽂아 고정해놓았다. 책상에서 부엌칼을 뽑고 이 인간을 정말! 부들부들 떤 적이 있었다.

저 집은 창고 용도로 변했고 꿰맨 손수레에 내갈 물건이 얼마간 남은 모양이다.

오늘은 표고목 30여 개에 씨균을 넣었다. 충전 드릴로 400개 이상 구멍을 뚫었다. 옆 산의 딱따구리 친구에게 자랑하려고 전화했으나 또 술 취해 나자빠져 자는지 받지 않았다. 손수레에 표고목을 실어 응달로 옮겨놓았다.

빈 손수레를 밀고 오면서 태우고 싶은 사람을 떠올렸다. 죽음 전에는 그 사람 이름 불러 세우고 해맑은 웃음 짓게 되기를 바란 적 있었다.

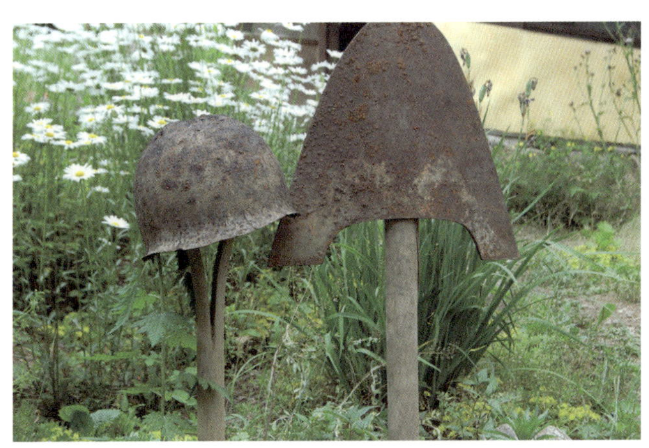

키

    트럭 키를 잃어버려 온종일 집 안을 뒤졌다. 일주일쯤 전의 일이었다. 보험사 잠금 해제 서비스를 불러 문을 열었다. 그동안 차 안에 놔둔 보조키를 사용했다. 어제 인물 좋고 훤칠한 키인데 안타깝게 먼저 늙은 선배가 찾아와 아메리카노를 내리려다 드립 커피 주전자 뚜껑 밑에서 트럭 스마트 키를 발견했다. 승용차 키를 주머니에 넣어둔 채 세탁기를 돌려 드라이기로 말린 게 몇 번이던가. 집에 오면 일단 차 키부터 빼놓는 습관이 또 다른 문제를 일으킨 것이다. 가끔 귀신이 곡할 일이 벌어진다. 담배를 물고 또 다른 담배를 물려다 물고 있던 담배를 꺾어 먹는다. 지포 라이터를 들고 또 다른 지포 라이터를 집어든다. 이

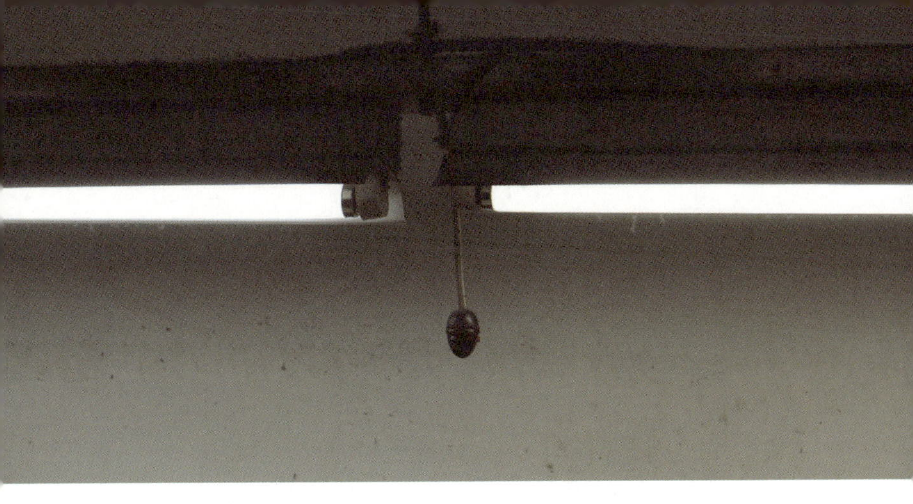

러다 발표한 시를 또 다른 지면에 발표하게 되는 건 아닐까. 이미 시집에 넣은 시를 새로운 시집에 넣게 되는 건 아닐까. 편의점에서 사온 김밥 전자레인지에 덥히려다 핸드폰을 넣고 작동 버튼을 누르게 되는 건 아닐까. 홀몸노인 20여 년 만에 새장가 가게 되는 건 아닐까.

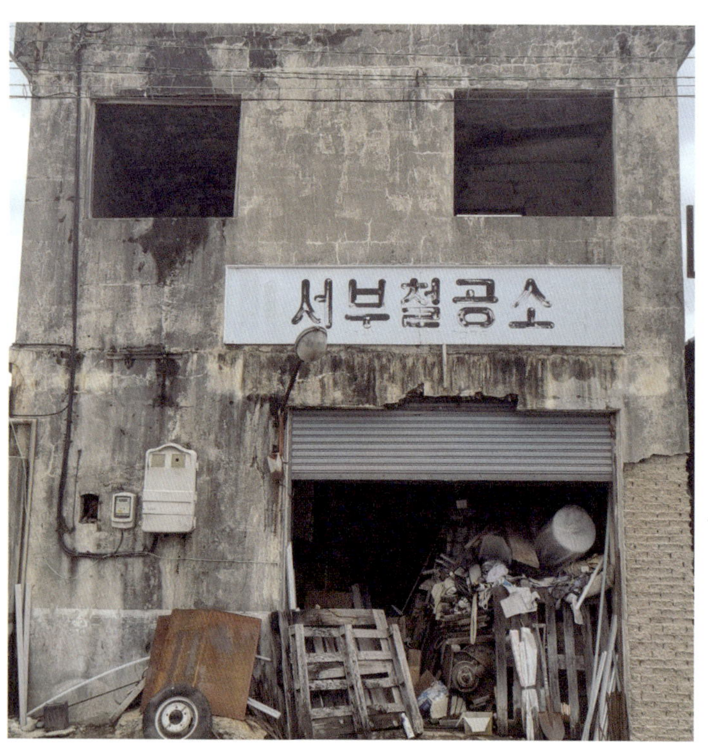

서부철공소

철공소

　폐유 난로 끄름 흩어지고 새벽 가창오리 떼 그림자 남쪽 바다로 이동했다. 외벽의 담쟁이덩굴 걷어낸 철공소 건물 창문도 뜯겨나갔다. 복작거리던 식구들 외지로 떠나고 남자 혼자 남아 1층에 칸막이 치고 전기장판에 의지해 살았다.

　뒤꼍의 가마솥 장작불로 끓인 물을 간이 욕조에 붓고 찬물로 온도를 맞췄다. 철공소집 네 모녀 차례로 목간沐間하였다. 장타월 감아 두르고 목조 계단을 뛰어올랐다. 냇물 건너 두 명씩 탄 두 대의 자전거 유채꽃밭 사잇길을 오갔다.

　봄바람이 탑세기*를 일으켜 농로를 내달았다. 트럭에 고물을 때려 싣고 돌아온 철공소집 남자 푹 꺼진 야외 소파에 안겨 잠들었다. 종일 골목을 쑤시고 다닌 지저분한 고양이도 남자의 잠바 품을 파고들었다.

　묵은지 쏟아버린 항아리 물을 채우고 군둥내 우려냈다. 골마지 낀 묵은지 국물 콘크리트 틈으로 스몄다. 올해도 틈새마다 들풀이 올라와 꽃을 피울 참이었다.

* 먼지

°5

애플 청포도

계곡물을 가둔 웅덩이까지 엑셀 파이프를
연결해 물을 끌어다 먹었다. 애장葬 크기로
웅덩이를 미리 파놓고 기다렸다. 들꽃을 골고루
꺾어와 다진 황토에 깔았다.

짝을 맞춰 다리를 모으고 왼편으로
누워 눈 감은 늙은 암캐를 소주로 씻고
광목에 싸매 염했다. 들꽃을 덮고
흙을 뿌리고 장미를 놓고 마사를 깔았다.
알이 슨 애플 청포도를 올렸다.

그녀의 무덤은 평장平葬이 어울렸다.
술 취한 외국인 남자가 찾아와
체중을 실어 십자가를 꽂았다.

그이는 눈이 붓도록 울었고
한국어 기도문을 읊조렸다.
황병기의 미궁이 틀어졌다.

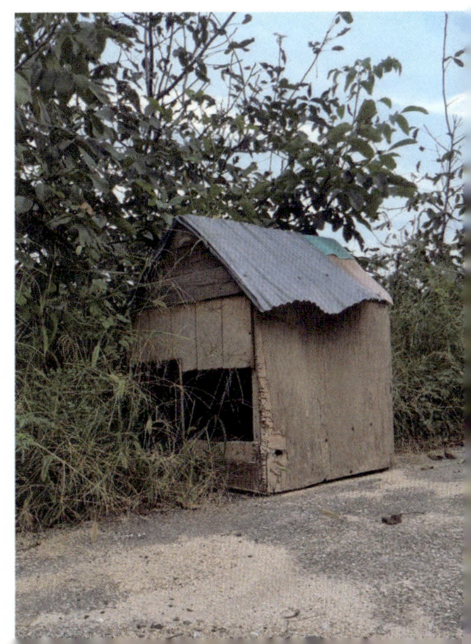

빗소리

창문 아래 토란은 지독한 가뭄에도 끄떡없다. 잎과 줄기 시들었을까 걱정되어 가끔 창문 열어보는 걸 아는 모양이었다. 내일은 물을 줘야지 속으로 되뇌면서 정작 물을 준 적이 없었다. 메모해둔 글의 실마리를 잡고 오늘은 끝까지 밀고 나가야지 결기를 다지면서 언제 끝장을 볼지 모르는 게으름과 비등하였다. 빗방울 떨어지는 소리를 듣기 위해 창문 아래 토란을 심은 마음은 잊고 하지 않아도 될 걱정거리를 만들었다 싶었다. 여기저기 이면지에 메모해둔 글의 초안은 대부분 난로에 들어가 태워지고는 하였다. 기억할 수 있다. 언제든 불러와 필요한 만큼 사용할 수 있다. 여전히 나의 능력을 과신하는 습관 바꿀 수 없었다. 내일 아침에 해야지 이따 저녁에 해야지 또 내일 아침에는 해야지 미루고 미뤘다. 후덥지근해 2층 남쪽 창문을 활짝 열어놓고 내려온 밤이었다. 피곤한데 그냥 자고 내일 아침에 닫자 나와 타협하고 잠든 사이 폭풍우 몰려왔었다. 양동이와 마른걸레를 들고 뛰어 올라갔다. 바닥의 흥건한 빗물을 겨우 수습하고 제습기를 틀었다. 천상의 부채를 연상시키는 풍성한 잎에 떨어지는 빗소리를 기대하고 해마다 창문 아래 토란을 심었

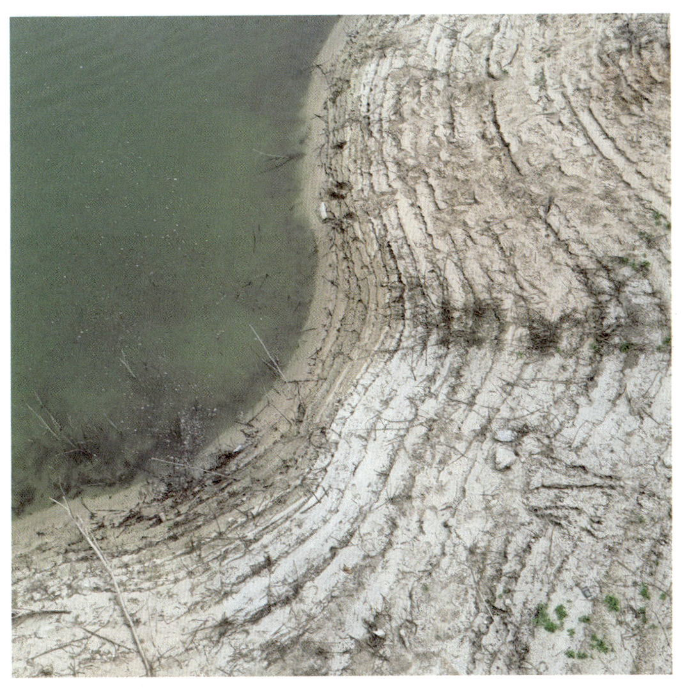

다. 토란국을 끓여 먹은 적 없었다. 습관적으로 심은 토란이 빈 터를 채웠다. 거두는 것도 귀찮아 스스로 알아서 번지기를 바라는 지경에 이르렀다. 된서리 몇 번 내려 잎과 줄기 바닥에 내려앉았다. 땅이 얼기 전에 겨우 수확한 토란 종자만 남기고 식당 하는 동생에게 보냈다. 남은 토란 신문지에 싸 또 보일러실에 보관했다.

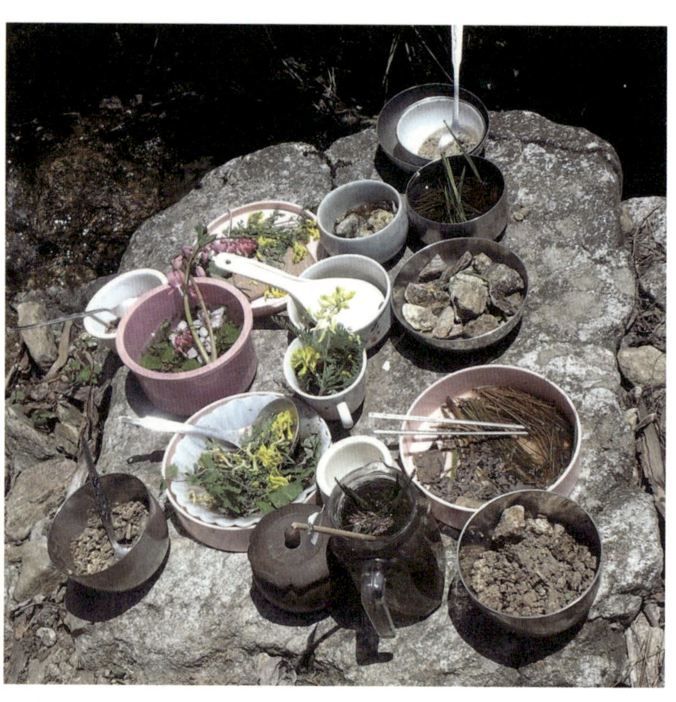

국도변 편의점

국도변 편의점에 들러 담배와 커피와 주전부리를 사곤 한다.

"어서 오세오."

베트남 결혼이주여성이지 싶은 젊은 부인이 온종일 계산대를 지키고 있다. 언젠가는 비슷한 생김새의 젊은 부인들이 계산대 아래 박스를 깔고 앉아 수다를 떨고 있었고, 그네들의 자녀이지 싶은 아이들이 편의점 옆 바위에 앉아 소꿉장난하였다. 오늘 담배를 사러 들어갔다 나온 편의점 옆에서 자전거를 보았다. 여름 한낮 풀밭에 버려진 자전거를 보며 담배를 피웠다. 아이를 태우고 장 보러 다닌 자전거였다.

"안녕히 가쎄요."

그녀의 목소리가 코스모스 활짝 핀 소로를 달릴 때 들려올 것만 같았다.

말벌 집

　창밖 처마에 말벌 집이 생겼다. 장대로 두 번을 쳐냈는데 일주일쯤 되어 지켜보니 다시 원상복구되었다. 하는 수 없이 창문을 열고 다시 장대로 벌집을 쳐냈다. 벌집이 반쯤 떨어져 나가고 난리가 나 있었다. 아침에 조심스럽게 나가 수도꼭지를 틀었다. 코일호스 고압분사기로 물총을 쏘았더니 흔적만이 남았다. 한참 후에 나가보니 말벌들이 다시 붙어 집을 짓고 있었다. 지독한 놈들이었다. 흔적만 남아 있어도 열 번이고 백 번이고 집을 지을 놈들이었다. 이번엔 장대에 칼을 묶어 흔적까지 긁어낼 참이었다.

　다음 시집 원고를 묶어놓았다. 허물고 다시 만들고 또 허무는 게 유일하게 잘하는 일이었다. 가장 잘된 집을 골라 또 쳐버리고 물총을 쏘고 장대에 묶은 칼로 흔적을 지우는 것이었다. 그렇게라도 겁쟁이 근성을 지울 수 있었다.

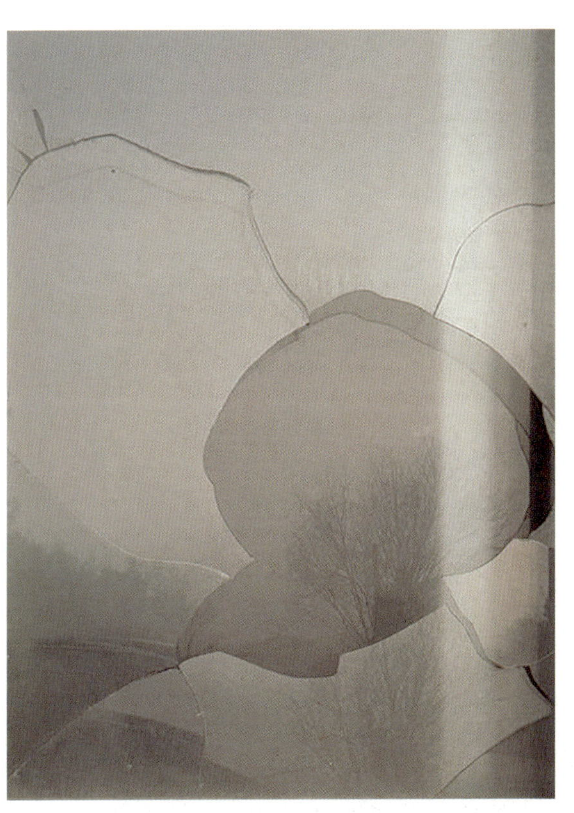

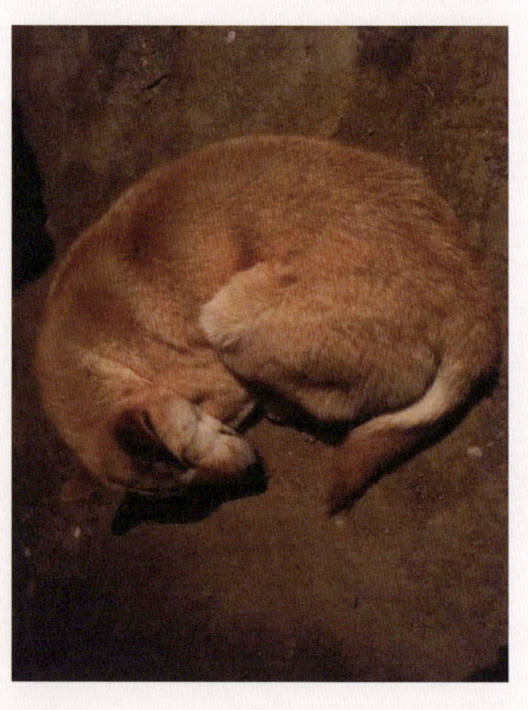

열대야

　며칠간 새벽에 전화가 와서 잠을 깨곤 하였다. 꼭 하루에 한 통씩 전화가 걸려오곤 했다. 저장된 전화번호가 별로 없는 나는 누굴까를 생각하다 간신히 잠들 수 있었다. 옛날에 마루 밑에 있던 생강 저장 토굴로 사다리를 놓고 내려가면 축축한 모래가 만져졌다. 굴은 깊지 않고 앞을 분간 못 할 정도는 아니었지만, 겁이 많은 어린애에게는 오래 머물 곳이 못 되었다. 그곳의 흙벽은 항상 젖어 있어 거인의 차가운 맨살 같아 소름이 돋았다.

　언젠가 공주에 갔을 때였다. 친구가 기념품 가게에 들러 나오더니 커다란 죽부인을 안겨주었다. 그 죽부인을 얻다 놓고 왔는지 모르겠다. 생가의 생강 저장굴의 서늘한 기운과 죽부인만 있어도 온종일 머리가 띵하지 않을 수도 있겠는데 말이다. 열대야의 새벽까지 술 마시는 사람의 심정이야 오죽하겠냐. 술이 어느 정도 깬 그는 전화를 받지 못한 나에게 고마워 절하고 싶을 것이다.

붉은 게딱지

천안의 장례식장 주차장에서 몇 시간 눈을 붙이고 일어나 먼 길 떠나는 둘째 외삼촌 배웅하였다. 중학교에 다닐 때 외삼촌은 결성향교 옆 작은 저수지가 훤히 보이는 기와집에 살았다. 원양어선의 선주였던 외삼촌은 민물낚시를 하지 않았다. 붕어낚시를 하는 내 곁에 앉아서는 저수지 물결 물비늘을 바라보고 담배 몇 개비를 연작으로 피웠다. 물비린내가 밀려왔다. 외숙모를 먼저 보내고 안면도 백사장해수욕장 근처에서 사는 둘째 외삼촌 뵈러 갔었다. 백사장에 앉아 '섬 그늘' 노래를 틀어놓고 둘

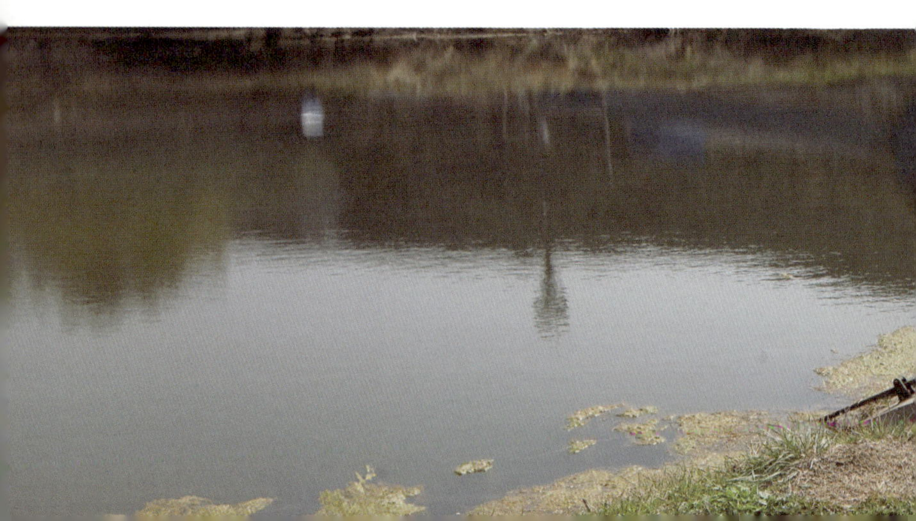

째 외삼촌을 기다렸다. 막막한 시간을 단박에 압축해낼 수는 없는 노릇이었다. 작은 배를 부리는 외삼촌 그물을 들며 지고 돌아올 외삼촌 붉은 게딱지 같은 집에서 사는 외삼촌 기다리지 못하고 돌아오고 말았다. 천장의 한 축을 받쳐 든 자개장과 방 안의 오래된 어둠과 습기와 불룩해진 벽지, 뚜껑을 열어둔 밥 솥이 남았다.

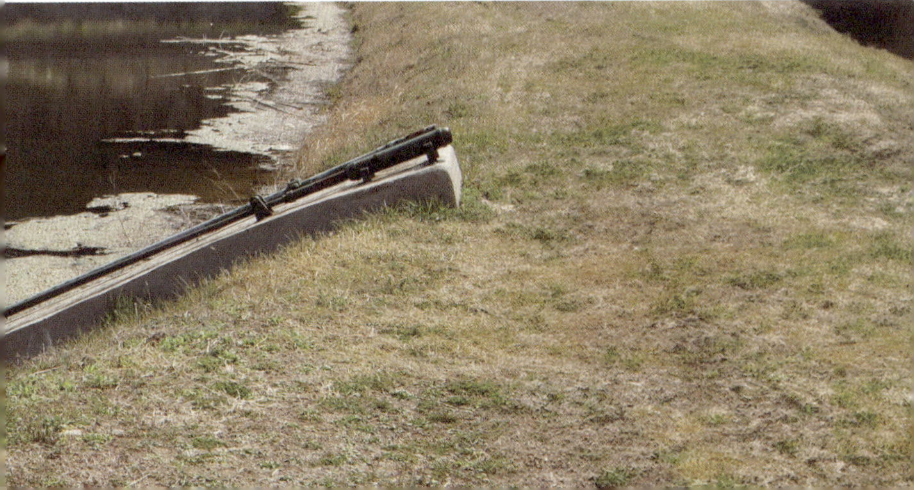

선택의 폭

　광천역에 막냇동생을 내려주고 돌아오는 길에 편의점을 들렀다. 원두커피를 마시려는데 기계 청소 중이라 15분 기다려야 한다고 했다. 집에 들어가 마실 요량으로 차 시동 버튼을 눌렀는데 작동하지 않았다. 하는 수 없이 보험 서비스를 불렀다. 아무래도 발전기가 죽은 것 같다고 하였다. 차에 싣고 다니는 캠핑용 12v 파워뱅크를 이용해 한동안 배터리 충전해 시동을 걸어 집까지 내달렸다. 이러지도 저러지도 못하고 있었다. 다음 날 아침에 주문한 발전기를 받아 직접 교체하려고 유튜브를 열심히 봐두었다. 차 밑에 웅덩이를 파고 여름 한낮에 발전기를 뜯어냈다. 내가 할 수 없다는 생각이 들었다. 기름 범벅이 된 채

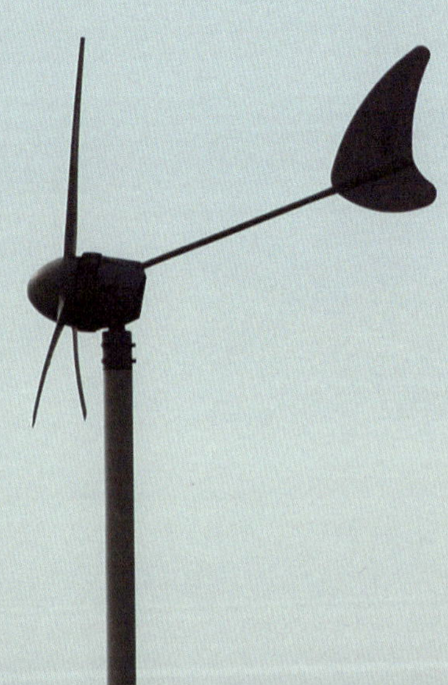

헛고생만 하였다. 뜯어낸 발전기는 까맸다. 11년 30만 Km를 달렸으니 알뜰하게 써먹은 셈이다. 이참에 올 초에 주문해 싣고 다닌 엔진 마운트까지 교환하기로 하였다. 수리점에 차를 맡긴 3일 동안 아버지 유산 일부를 내 명의로 이전하고 집 주위와 산 논두렁 밭두렁 풀을 베었다. 얼마 전 전문점에 맡겨 인젝터 청소를 처음 하였다. 발전기와 엔진 마운트까지 교환한 차는 신차급으로 돌변했다. 다시 235Km에 속도제한 걸려 쫙 깔려 나가는 것이 신기했다. 내 몸도 부속 몇 개만 바꾸면 쌩쌩해지지 않을까 싶었다. 그렇다고 무박 3일 술을 마셔도 끄떡없던 시절로는, 결단코 돌아가고 싶지 않았다.

목련 필 무렵

응달에 옮겨 심은 목련이 꽃봉오리를 키우고 있다. 3년생 목련을 조경 사업하는 친구와 수작업으로 캐서 옮긴 지 5년이 후딱 지났다. 자그마한 게 깊이 박혀 캐서 분을 뜨느라 혼쭐이 났었다.

솜털 보송한 사람과 미백 치아 가지런한 사람이 떠올랐다. 이제는 뭐라 말할 수 없는 풍경이 떠올랐다. 이제 내가 어쩌지 못하는 이미지였다. 간신히 신음을 먹고 사는 것들이 있었다.

봄비 내리는 밤 흰 애완견을 보았다. 바퀴에 깔려 거의 아스팔트가 된 애완견이었다. 얇고 길고 붉은 혀로 옆의 웅덩이 물을 찍어 먹는 흰 애완견 머리만 멀쩡히 남았다. 나는 몸서리치면서, 그 풍경 안에 숨 붙이고 살았다.

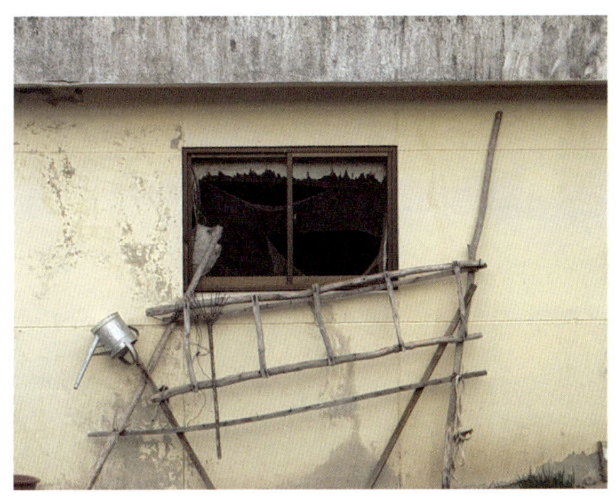

목련이 필 무렵이면 미친데기 집이라 부르던 붉은 벽돌집이 떠오르곤 한다. 들판 가운데 있었으나 언제나 골목 끝에 있는 집. 미친 병에 걸린 모녀는 잘 견디고 있는지. 어느 해 봄밤 그녀들처럼 목련 꽃봉오리 데쳐 술상 차리고 싶다. 술잔 부딪쳐 들고 싶다. 휘파람으로 노래 부르는 사람 뒤를 따라 걸은 적이 있다. 이른 봄바람 흙먼지 일으키고 돌아선 그 사람 잠깐 휘파람 멈추었다. 그 사람 덧니 드러내고 웃었다.

말목*

한창 썰물이었다. 할머니들 굴 따러 물길을 따라 내려갔다. 이쪽 해변과 안면도 사이에 죽도竹島가 있었다. 휘어져 끊어진 교회 종소리 천 년 전 대장간 망치 소리로 돌아왔다. 그곳의 교회에서는 젊은 전도사가 할머니 한 분만을 앉혀놓고 성경 얘기를 나눈다 하였다. 오래전의 일이었다.

어린 시절 해태(김) 양식을 하는 아버지를 따라 이쪽 해변에 와서 교회 종소리를 듣곤 하였다. 마른 나뭇가지를 주워 온 아버지는 호주머니에서 성냥갑에서 떼 온 마찰면과 성냥골을 꺼내 모닥불을 피웠다. 그러고는 버캐 굴과 피조개 몇 개를 모닥불 옆에 놔두고 지게를 지고 김 뜯으러 개펄로 내려갔다.

갯바람에 등 돌리고 불을 쬐었다. 굴과 피조개를 익혀 먹었지만, 몸이 덜덜 떨리고 갈증이 났다. 아버지, 나 먼저 가 있을게요. 해풍은 바다에서 해변으로 휘몰아쳤다. 아버지와 아버지의 지게는 보이지 않았다. 김 양식용 말목들 물에 잠겨 일그러졌다. 지금껏 해풍은 해변으로 불었다.

아버지 개펄에 말목 박아 넣는 걸 지켜보았다. 미리 돌로 표시해둔 줄과 간격에 맞춰 말목을 잡고 내둘러 박았다. 힘에 부친 아버지 나를 불러들였다. 아버지의 주문대로 나는 말목 중간에 매달려 말목과 개펄이 만들어내는 야릇한 소리 못 들은 척 외면하고 있었다. 집 근처에서 지게에 져 날랐을 말목 해변에 쌓여 있었다. 숨이 가빠지는 아버지 숨소리 말목에서 갈라지는 해풍이 데려갔다. 말목에서 갈라진 해풍 귀신 울음을 뒤쫓아 달렸다. 개펄의 납가새 군락과 해변의 조개껍데기, 말목은 낚시찌처럼 이리저리 치우치면서 개펄을 후비고 깊이 들어가 박혔다. 아버지, 봄이 오면 말목을 뽑아 해변에 춤**의 골격처럼 세워둘 일을 염두에 두지 않았다.

* 김 양식용 말뚝, 말장
** 툰드라 네네츠족의 이동 천막

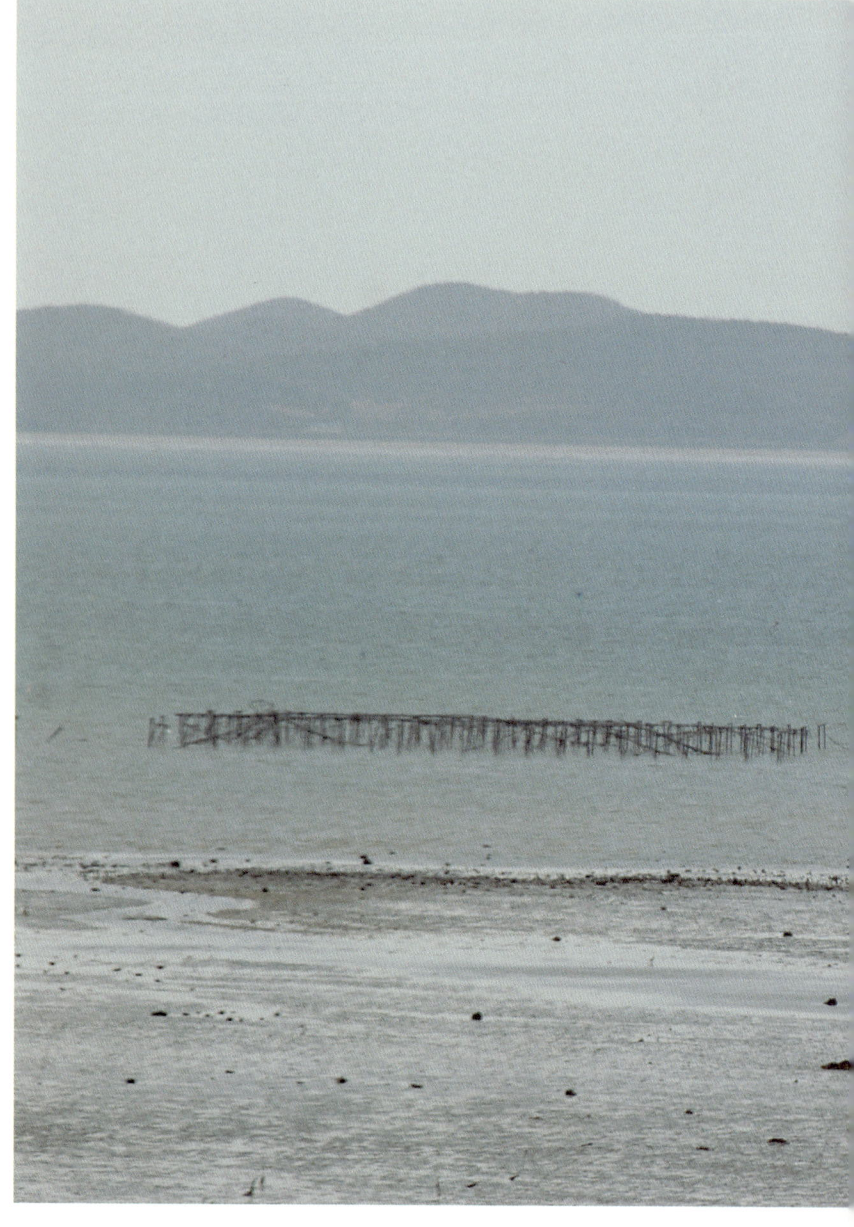

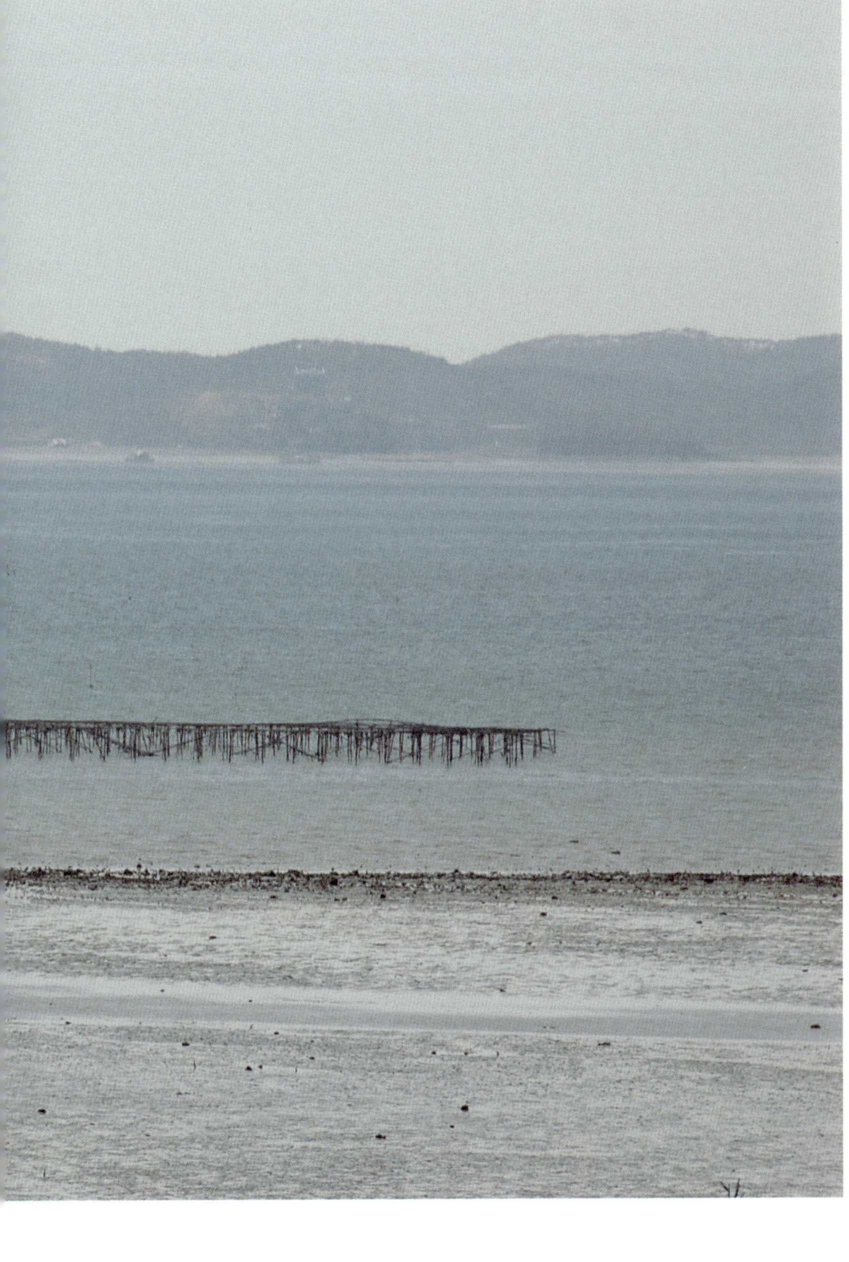

이별

　하현달이 마른 달맞이대 비스듬한 묵정밭을 비추었다. 무심결에 담배 물고 소파에서 일어났다. 목재 더미 옆에 터를 잡고 주무시는 개를 쓰다듬으러 나갔다. 다른 날 같으면 민첩하지 못한 행동에 은연중 화를 냈을 텐데, 나와는 상관없는 달이 어디서 떠올랐는지를 생각하느라 그리하지 못하였다.

　아마도 십여 년 전부터였을 것이다. 무턱대고 오지를 찾아가 파노라마 선루프를 통해 처음이자 마지막인 하늘을 바라보았다.

　허옇게 시멘트 포장길이 드러나는 새벽, 이곳이 오지이고 내가 두드린 글자들은 어쩌다 빛나는 별에서 빛과 함께 떨어져 나온 재나 파편일지도 몰랐다. 당신이 감당 못 한 기억이 내 기억에 편입하는 순간, 나는 막 분갈이를 마친 화분의 일년생 화초로 둔갑했다.

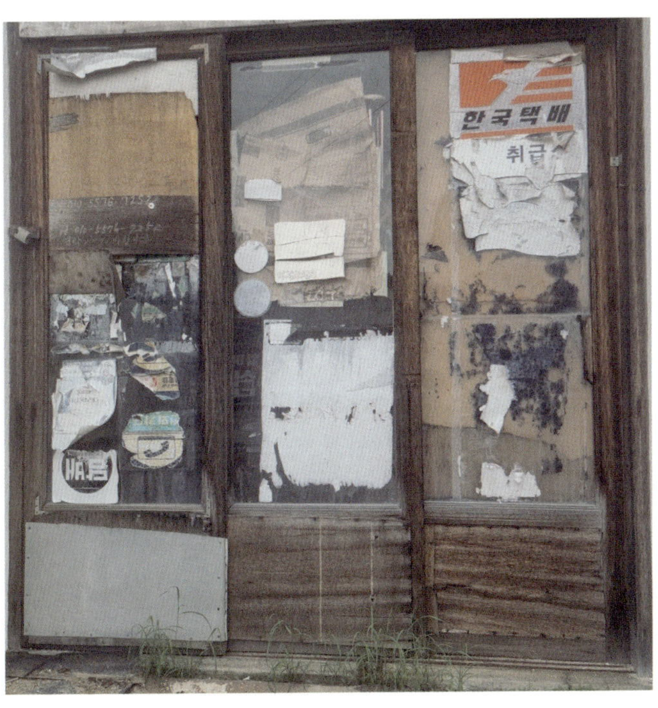

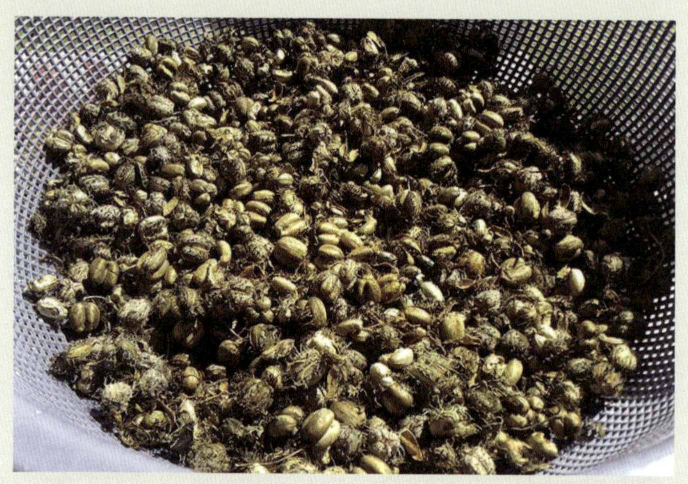

아주까리

　정원 가장자리에 심은 아주까리 일부를 수확했다. 올 가을밤엔 아주까리기름을 짜서 청배를 팔러 오는 메기수염의 노인이 있는 백석의 정주성定州城을 상상하며 등잔불을 켜보고 싶었다. 인터넷 매장에 등잔과 착유기搾油機를 주문해놓았다. 무엇을 쪼면서 살았는지 짚어봐야겠다. 돌배술은 없어도 누가 따가기 전에 미리 낚아채 담근 몇 년 된 돌배 효소가 있으니. 물에 타 마시면 약간은 돌배술 느낌이 나지 않을까.

　오빠, 언젠가는, 내 잔소리가 그리워질 날이 오고야 말 거야.

　거기까지 말하고는, 쓸쓸히 웃어 넘기던 그녀도 이제 제법 나이배기가 되었겠다. 술 취한 나를 바래다준 그녀 이부자리를 펴주고 떠났다. 그날 밤, 그녀가 불러주던 '이별의 노래' 되뇌고 있을 것이다. 심지에 먹여지는 아주까리기름을 등잔불은 무턱대고 야무지게 허기져 쪼아댈 것이다.

초여름 밤

털갈이 끝낸 녀석과 시작한 녀석 둘 다 덥긴 마찬가지겠다. 사료만 주면 거들떠보지도 않아 요즘은 분유를 타 사료에 부어 줘야 먹는 시늉을 한다. 미제 분유가 먹고 싶어 야간자습 끝나고 들어간 실습실인가 실험실인가의 어둠이 떠오른다. 급히 털어넣은 분유가 입천장에 달라붙고 기도를 막아 고생하였다. 캑캑거리다 순찰하는 숙직 선생님께 발각돼 냅다 도망치다 담장의 철조망에 기지 바지와 분홍빛 감도는 실크 남방이 찢겼다. 살이 찢긴 것보다 몇 배나 오래 쓰라리고 아팠다. 하숙비 잃어버렸다 둘러대고 두 번 받은 하숙비로 시내 유명 양복점에서 맞춘 건달 스타일 기지 바지와 연분홍 실크 남방이었다. 분유 몇 스푼과 피부보다 소중했던 기지 바지와 실크 남방을 맞바꾼 초여름 밤. 이승만 별장 근처 국립종축장 연못에서 초어草漁 낚시하다 걸려 반성문 쓰던 초여름 밤. 내가 기억하는 내 인생 전부는 뭉뚱그려져 실패투성이가 되곤 한다.

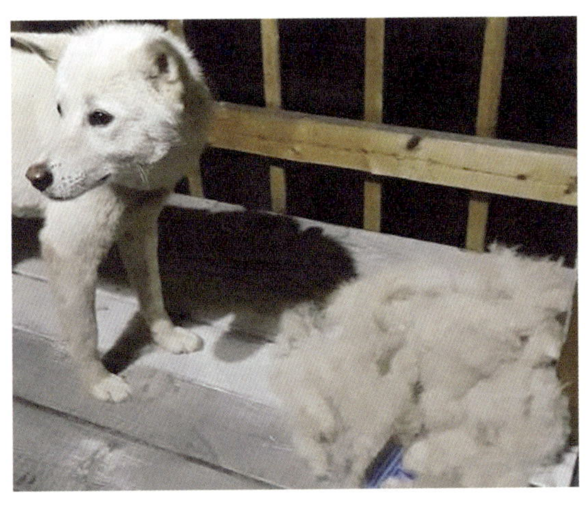

마른오징어 눈깔

관광버스들 주차된 빙판을 거러지 셋이 허리 굽혀 걸었다. 된
바람 머리를 뒤지는 둑방길이었다. 혀를 깨문 노인이 술병을
꺼내 들었다. 사글셋방 문을 열어놓고 술을 마셨다. 정신병원
동기이지 싶은 화상끼리 불룩한 벽지를 누르고 술을 마셨다.
밖을 내다보면서 술을 마셨다.

쿠웨이트에 간 얘기는 일절 하지 않았다. 상해 외곽 피혁공장
얘기도 꺼내지 않았다. 알거지가 되어 딸만 둘 데려왔다는 말
도 꺼내지 않았다. 노모 혼자 사는 고향집에 두 딸을 맡긴 지 이
십 년이 훌쩍 지났다는 말도 꺼내지 않았다. 소식을 끊고 살아
간다는 말도 흘리지 않았다.

　　금괴 밀수 혐의로 무기징역형을 선고받은 얼굴로 화상들이 건성으로 내부순환도로 고가를 보면서 술을 마셨다. 떨리는 손을 떨리는 손으로 움켜잡아 뒤로 틀어쥐고 간과 뇌와 눈을 마저 녹여내는 술을 마셨다. 금괴를 녹이고 누런 풍치를 흔드는 술을 마셨다. 근린공원 스카이워크에 올라 다리를 찢고 내려와 발톱 무좀에 자가치료 레이저 시술하면서 술을 마셨다. 무화과 화분 늘어선 미니 온실 안에서부터 뿌옜다. 마른오징어 눈깔을 발라먹고 소주잔을 마저 들이켰다.

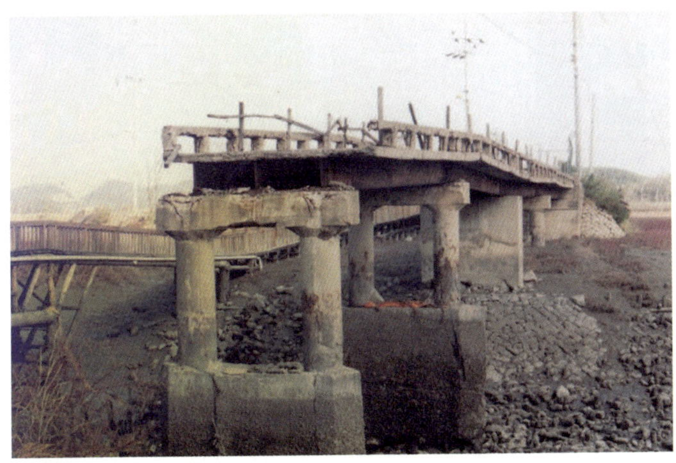

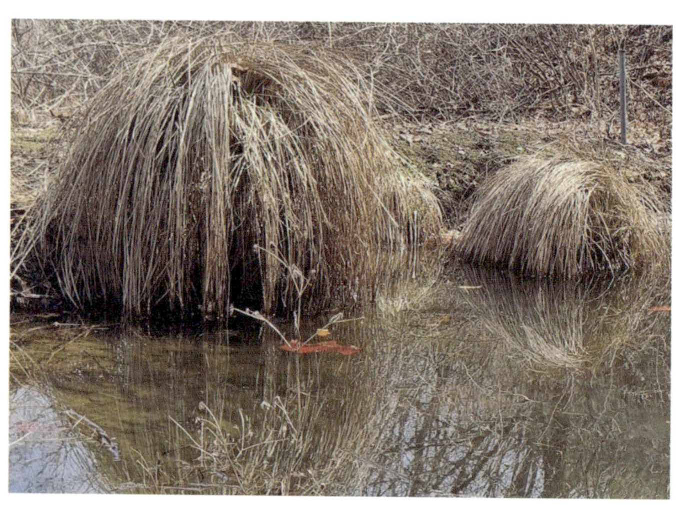

사과당근주스

6인 병실에 입원한 그를 문병하러 갔다. 때마침 밥때였다. 그는 둘러치는 커튼 안에서 밥 먹고 있었다. 그의 출싹대는 목소리 이어졌다. 두 손을 붕대로 싸매고 배우자가 떠먹여주는 밥과 찬을 넙죽넙죽 잘도 받아먹었다. 두 손을 어깨높이로 올린 자세로 개가 잘 핥아먹은 스테인리스 그릇 얼굴 기름이 반지르르했다. 내가 얼굴을 들이밀자, 그는 고개를 끄덕였다. 지금 내 속이 속이겠냐. 골목 식당 운영하는 배우자 없을 때 그가 씁쓰름한 표정으로 속삭였다.

먼바다의 푸름

　절벽 몇 발짝 앞에 텐트 치고 죽치는 남자를 지켜보았다. 직업을 바꾸면서 전국을 떠도는 무화과나무 집에 잠깐 살던 남자의 삶이 떠올랐다. 그는 몇 해 전에 건축업자로 돌변해 분양 광고 애드벌룬을 걸었는데 고급 자재를 골라 쓴 빌라를 통째로 헐값에 팔아치우는 악수惡手를 둘 수밖에 없었다. 그의 자투리 삶은 하늘과 바다가 만나는 수평선에서 이를 악물고 분투하는 것뿐이었다. 그림 같은 집은 그가 그리는 그림에는 존재하지 않았다. 그는 수평선 너머의 그림 같은 집을 그려내는 만년 화가 지망생이었다. 그는 절벽 아래를 보지 못하고 먼바다의 푸름이 어서 영혼을 염색해주러 오기를 바라 마지않았다. 어느 날 그는, 혼자 마신 술에 절어 절벽에 가까스로 걸친 분재용 소나무에 올랐다.

　"야이, 씨바랄 것들아, 내가 누군지 정말 모르겠단 말이야. 이런 씨바랄 것들아."

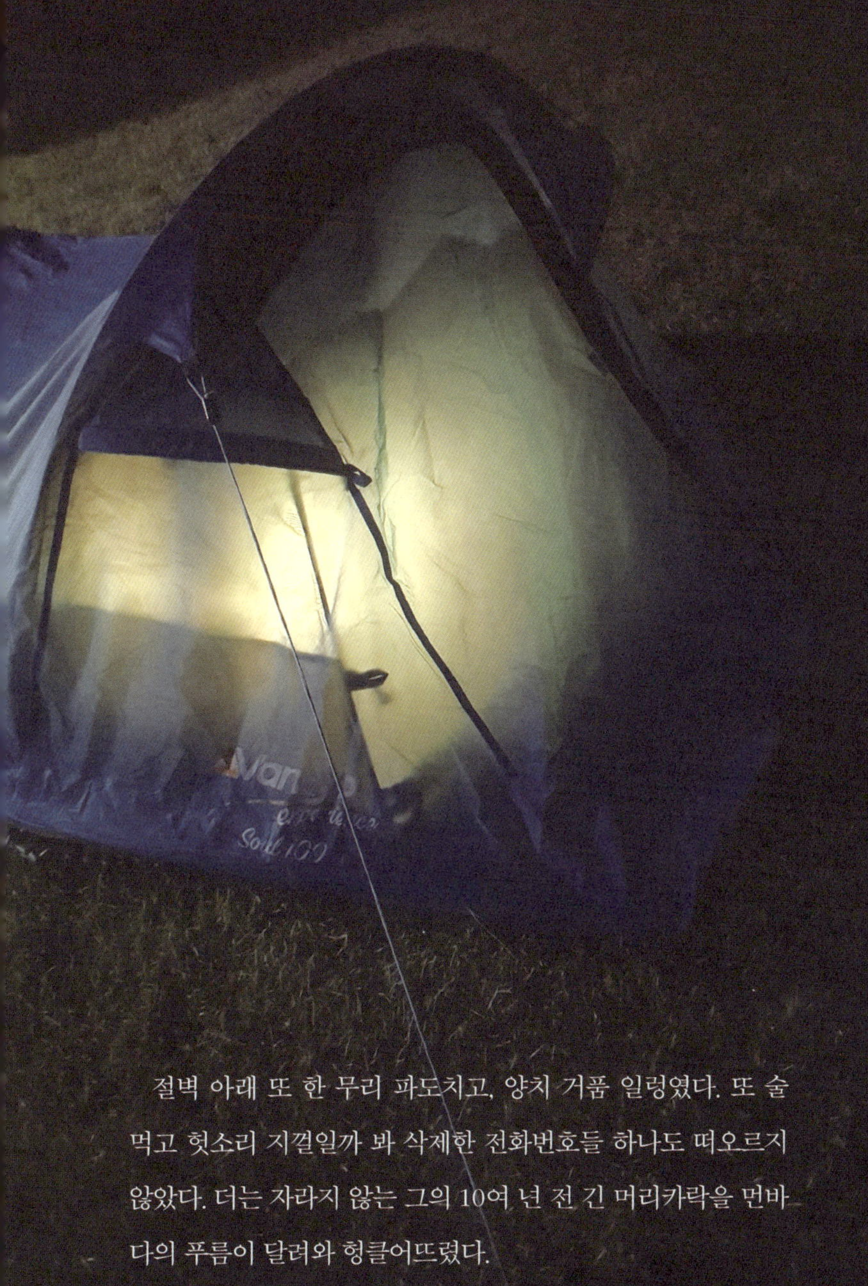

절벽 아래 또 한 무리 파도치고, 양치 거품 일렁였다. 또 술 먹고 헛소리 지껄일까 봐 삭제한 전화번호들 하나도 떠오르지 않았다. 더는 자라지 않는 그의 10여 년 전 긴 머리카락을 먼바다의 푸름이 달려와 헝클어뜨렸다.

막잔

엎친 돼지감자 과수원이던 묵정밭 바닥에 노란 꽃들을 깔고 앉았다. 예전 박형준 시인네 지층 단칸방에서 본 엄청난 토란이 청개구리 울음을 담장 안으로 섭외해왔다. 진잎과 억센 졸*을 썰고 마가린통 긁어 갓 육십삼 시간밖에 안 지난 압력솥 밥을 투가리**에 비벼 골방 쥐며느리에게 밀어넣었다.

뒤꼍에 몰려 움지럭거린 배나무 단풍 조각배 밑으로 하염없이 이어지는 불개미 행렬을 뒤쫓았다. 목초지에 당도한 바람이 새 속곳을 갈아입고 바람벽과 틀어진 장롱 틈에다 누더기 속곳을 쑤셔 박았다. 덧니를 드러내고 웃는 당신 손등에 올리브 핸드크림 발라주고 싶었다. 가을 저녁 바람 속으로 휘파람 노래 흘려보냈다. 저린 손을 쥐락펴락하였다.

언덕으로 간신히 기어오르는 시멘트 포장길 상공 은사시나무숲 이파리마다 소슬바람이 감겼다. 해름과 취기와 추억과 광기가 엉겨 붙어 대판 패거리 싸움을 벌였다.

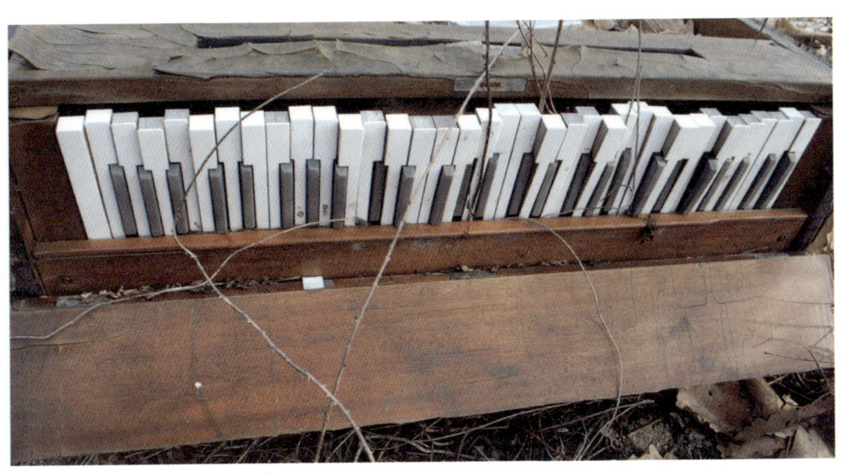

거기 어디쯤, 오래 버려진 풍금이 있었다.

* 부추

** 뚝배기

우체통 옆 덩굴장미

우체통 옆 덩굴장미 꽃 피었다. 진즉 장맛비에 다 진 줄 알았는데 다시 핀 꽃을 보고 반색했다. 내가 아는 사람 모두 등 돌려도 상관없다. 어쩔 수 없는 일이다. 그런 것이 인생이다. 혼자 센 척 밀어내고 단념하고 격분하며 울분을 삭이고 살았다. 술김에 지껄인 유치한 말 띄엄띄엄 떠올랐다. 다시 술을 입에 대면 사람도 아니다 다짐했지만, 온갖 핑곗거리를 만들어 술을 입에 대는 나를 원망하지 않을 수 없었다. 내가 좋아한 사람, 끝까지 좋아할 사람, 앞으로 좋아할 사람에게 소중한 게 뭔지를 생각했다.

어느새 처서도 지났다. 제집 밖에 머무는 개 두 마리 풍성해진 꼬리털을 흔들었다. 흔한 술잔들 파묻고 그 자리를 맴돌았다. 끝까지 나를 포기하지 않은 예전 식구들 얼굴이 떠오르고 목소리가 들려왔다.

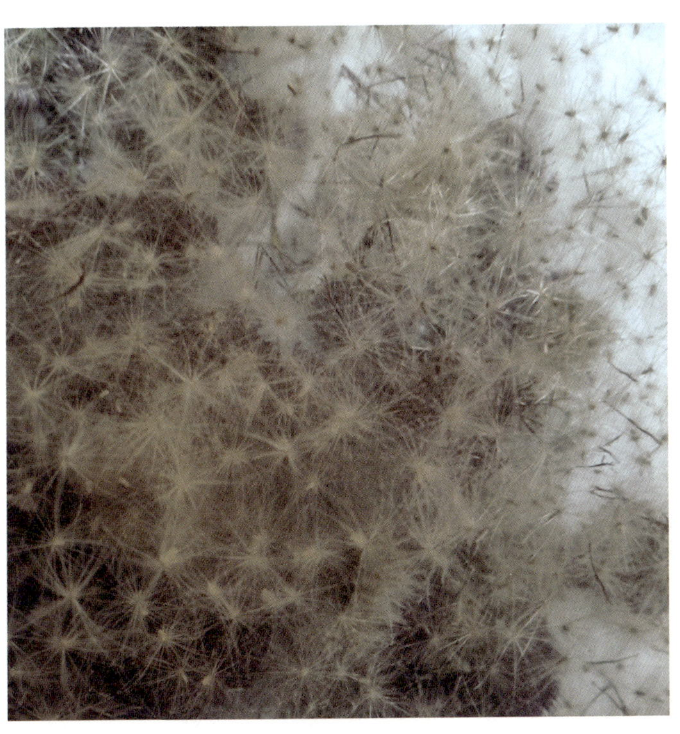

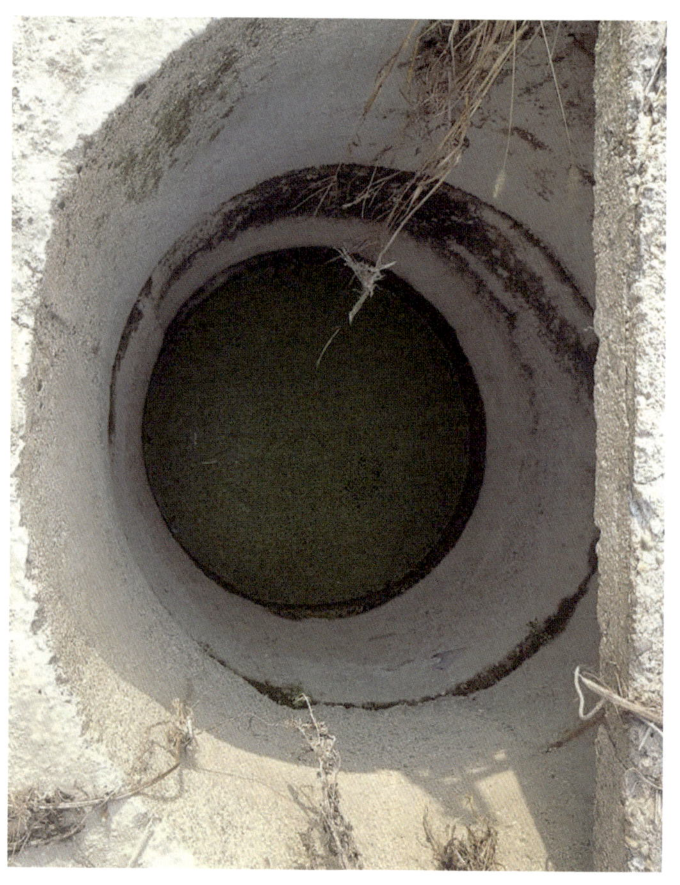

개구리밥

움막까지 전선 매립을 위해 미니굴삭기 기사를 불렀는데 아홉 시가 넘도록 도착하지 않아 전화했더니 어제 처가에서 장인어른과 새벽까지 술을 마셨다는 것이다. 서너 해 전에 장인이 돌아가셨다고 부고 문자를 보내왔었다. 장례식장에는 가지 못하고 부조금만 보낸 기억이 있는데 그새 새장가를 간 모양이라 흘려버렸다. 하는 수 없이 수동 슈퍼 소형굴삭기이기도 한 내가 직접 나서 40미터쯤 되는 거리의 땅을 파고 전선을 매립하는 수밖에 없었다. 막노동하다보니 술이나 담배 시처럼 중독이 되는 듯하여 이것만 하고 그만두려 하지만 끊어내기 쉽지가 않다. 기진맥진해져 벤치에 앉아 있으니 또 술 생각이 고개를 쳐들었다. 나에겐 살아 돌아올 장인도 없으니 혼자 술 생각만 하다 줄담배를 피우는 수밖에 없었다. 삽 하나 딸랑 들고 괴물의 외과수술 집도를 끝내고 감쪽같이 봉합한 나는 미니굴삭기 기사의 전화번호를 차단할 수 있었다. 개구리밥 낀 우물에서 깨구락지가 울었다. 지난여름 장마철에 우물이 넘쳤다. 깨구락지들이 밭에 나와 뛰어다녔다. 밭에 물이 빠지고 가서 보니 전보다 많은 깨구락지가 노깡 우물에 들어차 우글거렸다.

늦봄

– 어린 참새는 성조가 될 때까지 부리의 기부_{肌膚}가 노랬다.

슬레이트 지붕 밑에 참새가 둥지를 틀었다.

슬레이트 골판 안에서 새끼참새 소리가 들렸다.

슬레이트 골판 안에서 지푸라기가 나와 있었다.

어미 참새가 먹이를 물어올 때마다 새끼들이

소리를 지르고 있었다. 뒤늦은 새싹 혀들이

활짝 열리지 않는 아가리 중심에 붙어

하염없이 떨리고 있었다.

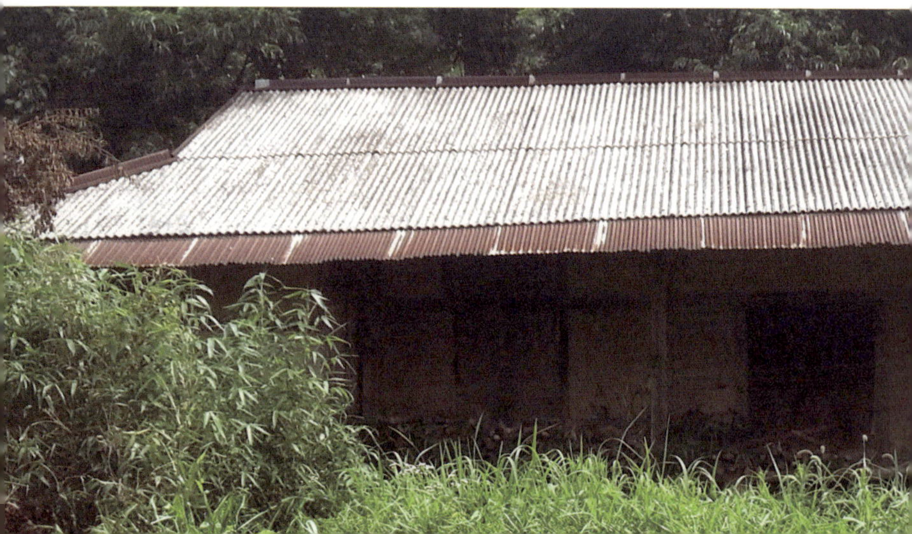

집 주위에 부모를 매장한 자식들
태어나 자란 집을 팔아먹고
도시로 떠났다.
부모 무덤에 뿌리내린 잡목들
서까래 굵기로 자랄 때까지
아무도 다녀가지 않았다.

폐가로 남겨진 집과 무덤의 잡목들
산불이 옮겨붙어 주저앉았다.

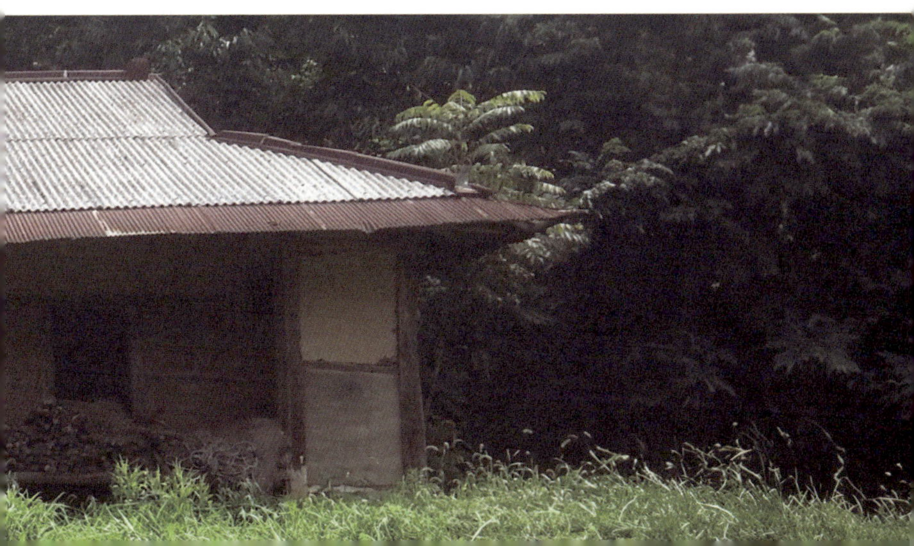

분홍낮달맞이

분홍낮달맞이 두 그루가 번갈아가며 한 송이씩 꽃을 피우고 꽃잎을 떨어뜨린다. 눈알을 쥐어짜면서 뭔가를 봐야 한다. 풀벌레들이 울고 반딧불이 갈등葛藤의 산비탈 상공을 비행한다. 비가 올 땐 바닥에 앉아 숨 쉬어가며 빛을 내놓는 별 흉내를 낸다. 나는 오늘 밤에도 뻑뻑한 눈에 인공 눈물 떨어뜨린다. 한순간에 옮겨지는 시 한 편 남겼으면 한다.

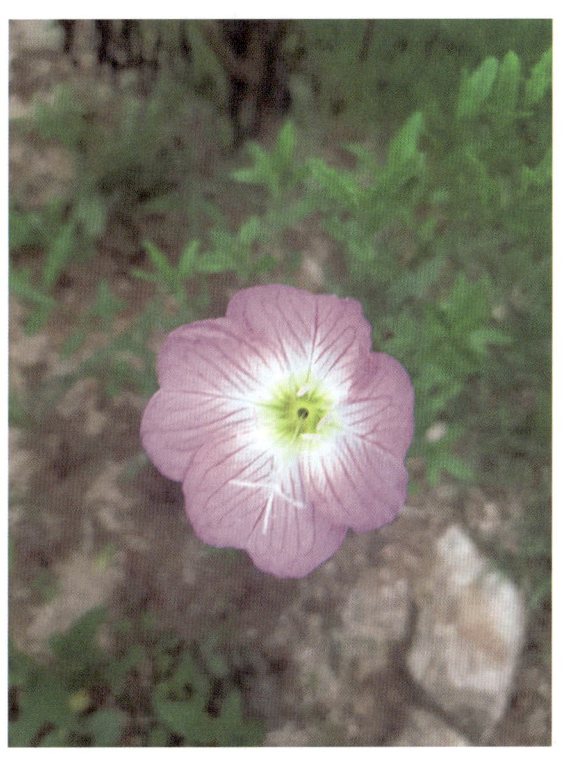

9°

만보기

치매로 요양병원 간 이 씨 할아버지가 젊은 시절 만들었다는 쓰임새 모호한 물건을 그의 아들로부터 얻어왔다. 해머로 내리쳐 땔감으로 쓰려는 걸 잠깐만 하고 외친 것이다. 사포로 닦고 에어건으로 불기를 반복했다. 내친김에 대추를 따고 땅콩을 마저 수확했다. 그러고는 들깨까지 털었다. 술을 안 마시니 엉덩이 무거울 일이 없어졌다.

동네 이발소까지 걸어가 짧은 커트를 했다. 야한 생각을 남들보다 곱절은 하고 있는지 머리카락이 잘 자랐다. 이발사 아저씨는 번번이 어디 사느냐 물었다. 이 씨 할아버지랑 같은 교회에 다니는 걸 알고 있어, 이 씨 할아버지 집 근처에 산다고 대답했다.

"아 맞다. 내가 또 깜박했어요. 교회 봉고차가 고장 나서, 제가 그 어른 모시러 간 적이 있어요."

잠깐 거울을 보니 그는 웃는 낯이었다.

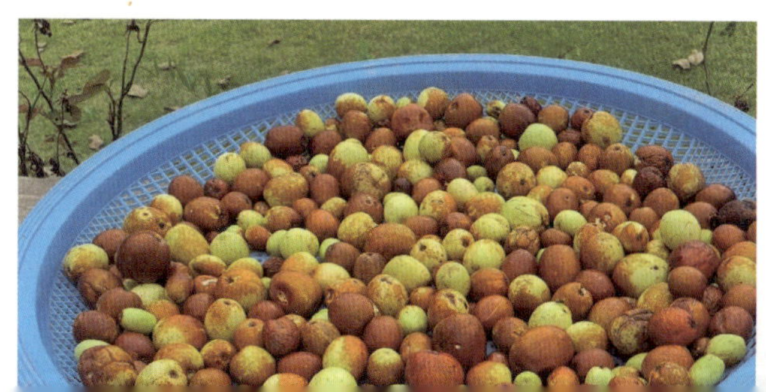

지난봄에 차를 돌리던 외지인이 내 집 우체통을 들이받아 쓰러뜨리고 그대로 내뺀 적이 있었다. 이제야 그 범인을 잡았다고 좋아하고 있는데, 그가 잽싸게 말을 이었다.

"그 어른 여기까지 걸어와 이발하고 간 게 엊그제 같은데, 결국 그리되었군요."

그의 안타까워하는 얼굴을 지켜보는데 쓰러진 우체통이 엑스레이 사진처럼 드러나 있었다.

"그 어른 참 영이 맑은 사람이죠. 그런데 그 어른이 농사는 자급자족할 만큼만 짓고 돈놀이했다는 게 의아하긴 해요. 마음이 약해 떼인 돈도 수두룩할 거예요. 몇 년 전엔 조금 있는 논밭도 팔아 자식들에게 나눠줬다고 하더라고요."

막걸릿병을 들고 내 집에 오는 이 씨 할아버지 모습이 생생했다. 눈물이 그렁한 눈으로 그는 먼저 간 부인 얘기를 늘어놓았다.

"바로 따라갔어야 했는데, 몇 년 지나니 이제는 엄두를 못 내겠어요."

이 씨 할아버지, 일부러 골 깊은 처가 동네 교회에 다녔다.

녹슨 종탑의 사라진 종과 줄

개 머리를 쓰다듬는다.

개가 쳐다보는 흐린 언덕

예전 개척교회 녹슨 종탑

개 혀가 늘어지고

개 침이 떨어진다.

개 턱주가리를 긁고

개 젖이 털에 가린

개 뱃살을 긁고

주둥이를 끌어다

입을 맞춘다.

개가 오줌을 지린다.

개 혀가 늘어지고

개 침이 떨어진다.

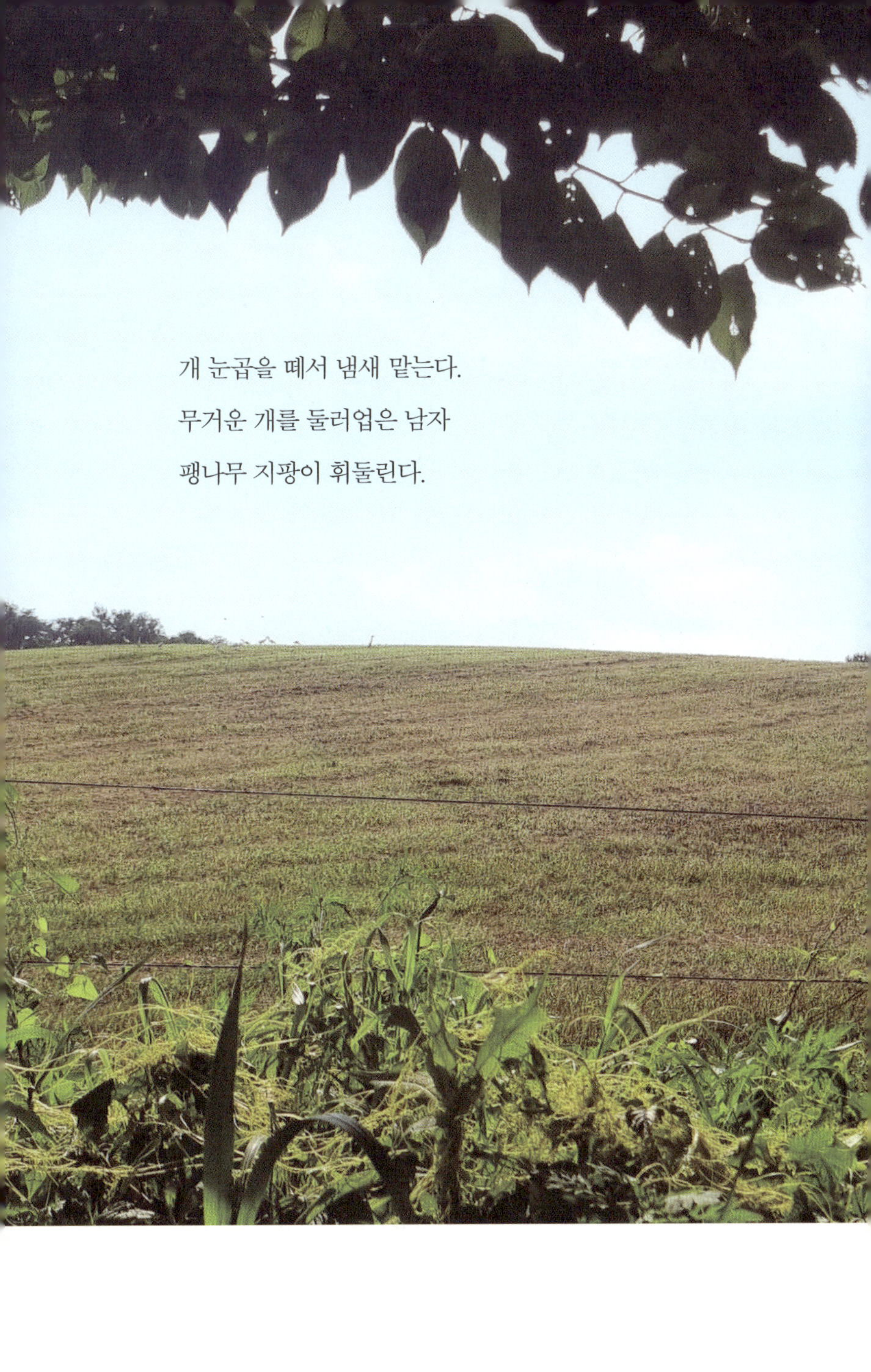

개 눈곱을 떼서 냄새 맡는다.
무거운 개를 둘러업은 남자
팽나무 지팡이 휘둘린다.

목감 牧甘*

포장을 말아 올린 채소 트럭이 지나갔다.
현대빌라 붉은벽돌 튀어나온 골목을 돌아
세원아파트를 끼고 튜브 바를 끌고 돌아갔다.

남양 3.4우유 배달기사
청단풍 아래 쪼그려 앉아
생활정보지를 뒤적거렸다.

자외선 차단 모자 차양을 눌러쓴 노년 부부
배드민턴 라켓을 둘러메고 앞만 보고
자전거 페달을 밟았다.

버스정류장을 통과한 시멘트 포장 골목길
줄지어 무궁화 피어 진딧물 뒤엉켰다.

젖은 머리 여중생 빌라 계단을 뛰어 내려와
철물점 뒤편 볼록거울에 여드름투성이

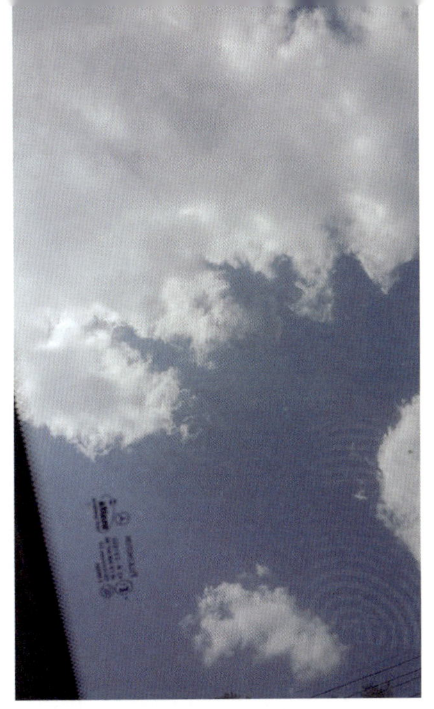

얼굴을 디밀고 고개를 갸웃거렸다.

전깃줄을 타고 맺힌 빗방울들 포개졌다.

전깃줄을 잡고 밤새 비 맞은 어린 참새

젖은 털을 부풀린 어린 참새

눈꺼풀을 내리깐 어린 참새

울음소리 뜸해졌다.

*경기도 시흥시 소재

옥상의 벤치

인격들이 너무 많은 그는 이어폰을 나눠 끼지 못한다. 손깍지를 힘주어 낀 채 예전에 쓴 노랫말과 소통하지 못한다. 인격들이, 그것도 한꺼번에 너무 많은 말을 하고 싶기에 그의 입은 닫힐 줄을 모른다. 빌라 옥상 벤치에 앉아 뒤꿈치를 띄우고 발을 구른다. 사력을 다해 깍지 낀 손을 흔든다. 사기 구슬로 변한 눈동자를 굴린다. 오늘 하루 자신에게 할당된 바다 위 융단길을 달린다. 어디론가 피신하기 위해 발을 구른다. 자신을 허공에 매단 태양빌라 분양 광고 애드벌룬을 끊기 위해 깍지 낀 손을 흔든다. 그는 한꺼번에 너무 많은 말을 요구하는 인격들의 유일한 대변인이다. 그의 입은 똑바로 다물어지지 않는다. 어금니를 금속으로 덮어씌운 그의 입안에서, 야간 비행하는 여객기 불빛들 항로를 따라 점멸을 거듭한다.

저녁의 가면

　　끈끈이에 붙은 쥐를 공터에 내다버리고 손바닥을 빗겨 치는 소리 들렸다. 너덜거리는 포장 속, 폐박스 더미에서 기어 나와 홀쭉한 배를 등으로 밀어올린 고양이가 다가가고 있었다. 가려운 얼굴을 긁어대던 남자가 제3경인고속도로를 바라보고 있었다. 붉은 줄을 친 광역버스가 공장 레일에 끌려가고 무성한 미루나무 이파리들이 거대한 폐肺를 열어놓고 소음공해를 걸러내고 있었다. 이마를 짚고 서성이던 남자 머리를 쓸어 넘기면서 박스공장으로 돌아가고 있었다. 쥐 울음소리를 듣고 고양이가 돌아오고 있었다. 끈끈이를 밟은 고양이가 입을 벌렸다. 새카맣던 쥐 눈깔 고양이 입에 가려 보이지 않았다. 끈끈이가 달라붙은 고양이 얼굴도 보이지 않았다. 끈끈이 가면을 벗으려고 발톱을 세운 고양이 자기 얼굴이 나올 때까지 할퀴었다. 폐암 말기 환자 최선을 다해 앓다 졸도하기를 거듭했다. 막내딸이 야생 양귀비 뿌리째 넣고 달여 온 양귀비 약그릇 둘러엎어 옆으로 기어가 방바닥 핥았다.

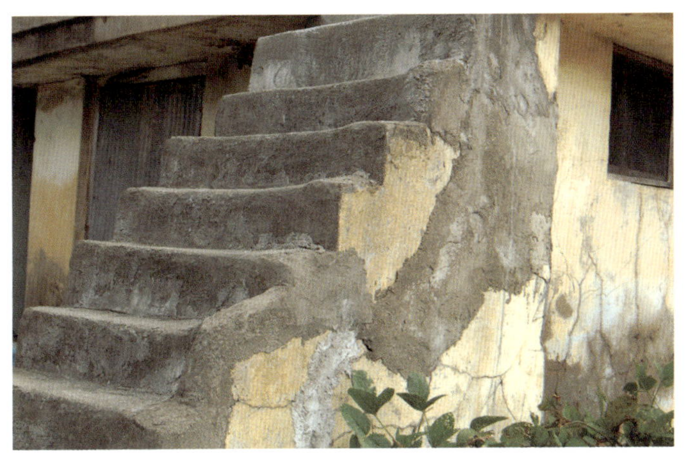

북방의 하늘

고향집 아래 사랑채 아궁이 무쇠솥 뚜껑은 금이 가 대청마루 밑에 처박아뒀다. 무쇠솥 뚜껑을 대신해 다리를 접은 오봉 밥상이 떡하니 자리 잡고 앉았다. 부모님은 심야 전기보일러가 들어오는 위채에서 자지 않았다. 동파되지 않을 정도로 보일러 틀어놓고 아래채 온돌방에서 겨울을 났다. 군불을 때고 몸을 지져야 제대로 잔 것 같다 하였다.

초저녁에 군불을 때고 스테인리스 요강을 들여 놓은 노부부가 뉴스 채널을 틀어놓고 잠이 든 겨울밤이었다 부뚜막에 올라간 고양이도 솥뚜껑 밑으로 퍼지는 수증기의 피식피식 웃는 소리와 떨어진 물방울이 타는 소리를 피해 몸을 말고 눈을 감고 가래를 끓이는 잠에 떨어졌다 아궁이의 불티가 토닥거리는 소리를 북방의 어느 별에서 움트는 싹이나 느지막이 피는 꽃이나 저공으로 나는 나비와 벌들의 날갯짓으로 차용해 사용했다 그런 새벽에는 어김없이 얼어버린 눈곱이 끼었다 부뚜막은 두

툼한 얼음으로 바뀌고 고양이는 아궁이로 들어가
폐가에서 뜯어낸 목재들의 미열과 소통했다 구부
러진 못들이 재를 덮고 식어가고 있었다 진폐증을
앓는 남자가 움켜쥔 주먹으로 입을 틀어막았다 그
는 붉게 다려진 못이었다가 마른기침이었다가 바
싹 마른 폐가의 나무토막이 되었다 식은 장판 바
닥을 더듬었다 마스크를 끼고 바깥으로 나온 그가
어제의 먹감나무에 걸린 북방의 별빛을 불러와 일
회용 라이터 불을 밤송이에 댕겼다 어제도 불에 그
슬린 고양이가 아궁이에서 튀어나와 먹감나무를
타고 올라갔다 북방의 별들이 고양이 울음에 깨어
나 희어진 연기의 광약을 찍어 발랐다 북방의 하늘
에는 녹과 그을음이 광목천에 묻어난 새벽별들이
걸리었다

시, 「아궁이」 전문

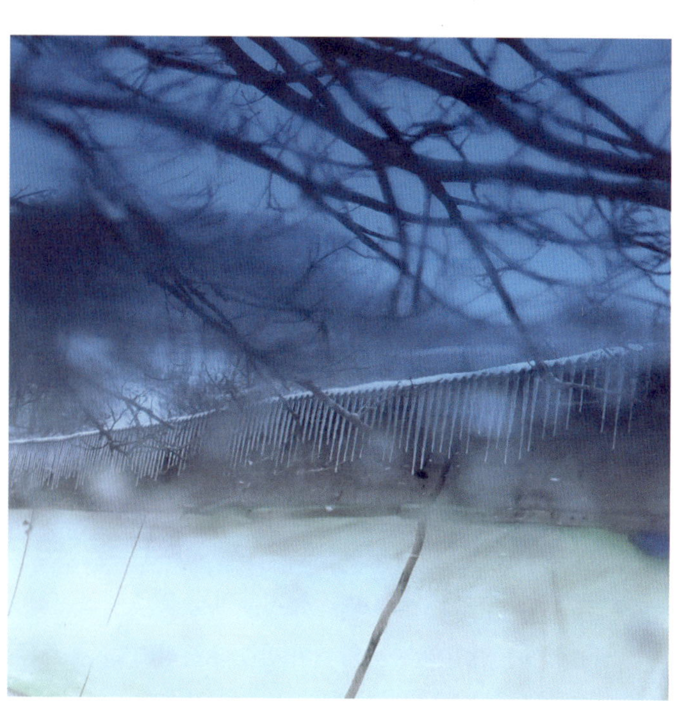

아버지가 생전에 듣던 카세트 라디오를 분해해 에어건으로 먼지를 불고 녹을 닦은 다음 조립했다. 겉껍데기 얼룩 때도 말끔히 벗겨내고 광약을 발랐다. 부러진 안테나를 새것으로 교체하고 라디오를 틀었다. 아버지가 눕던 자리 방향으로 누웠다. 폐 기능 10% 미만으로 숨 쉬던 말년의 아버지, 내 몸으로 비집고 들어와 같이 눕고자 했다. 바닥만 뜨뜻해 돌아눕지 않는 예전 식구들 입김이 쪽창 유리에 달라붙어 성에를 만들었다.

담배꽃밭

조금 비에 젖은 채 찾아온 시집 『99가지 기분과 나머지』를 차에 태우고 비 오는 지방도를 달렸다. 편의점 커피 두 잔을 사 폐다리로 갔다. 어떤 시집은 방심한 사이 낯선 골목으로 접어든 느낌을 선물한다. 내가 누구인지 잊은 채 신기해 시간 가는 줄 모르고 돌아다니게 된다. 커브를 돌 때마다 다른 골목이 나오는 시집. 막다른 골목이 없는 시집. 그곳의 노점에서 오렌지 두 개를 샀다. 아니 누군가가 슬쩍 내 주머니에 밀어넣어줬다. 오렌지는 주머니에서 손잡이가 되어주었다. 차창에 검은 그늘이 드리워지고, 우산 아래 덧니를 드러낸 사람이 나를 들여다보았다. 조만간 이 시집을 가방에 넣고, 피기 시작한 담배꽃을 구경하러 혼자 사는 그가 기거하는 외딴 농막에 다녀와야겠다.

그는 줄곧 게으른 농부로 살아온 터였다. 담배꽃 피기 전에 봉오리를 꺾을 겨를이 없었다. 담배 농사를 망쳐야 제대로 된 담배꽃밭을 만들 수 있었다. 곁가지를 쳐나간 작달막한 담뱃대 꽃단장하고 있었다. 전축을 틀어놓은 남자 노트북 자판을 두드렸다. 북유럽에 산다는 애인에게 메일을 쓰고 있었다. 만난 적 없고 만날 수 없는 애인은 연못 구름에 가린 한여름 태양이었다.

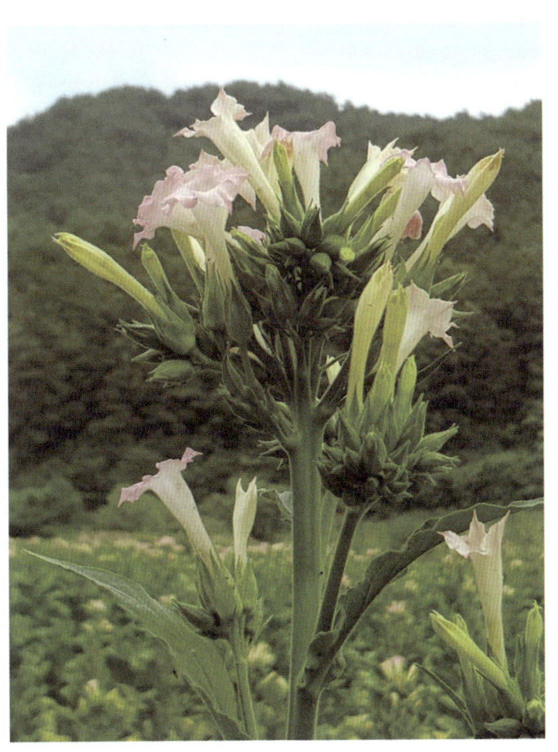

교정과 반영의 연속

폭우가 쏟아져 차 안에 갇힌 모양새였다. 졸음쉼터에 두 번 들러 쪽잠을 잔 뒤 가평의 컨테이너 작업실에 도착했다. 7개월 정도 금주禁酒 중이었는데 술독의 지배에서 완전 독립을 쟁취하기까지 끝이 보이지 않았다. 시도 때도 없이 졸음이 몰려오고 무기력에 때 없이 침몰당했다. 사람이 얼마나 바뀌기 어려운 존재인지 알 수 있었다. 폭우가 컨테이너를 쪼아먹었다. 페이스북에 10년 전에 올린 사진이 떠 있었다. 소래포구에 여럿이 놀러가서 대취한 기억이 되살아났다. 한동안 쪽팔렸다. 폭우가 지금이라도 정신 좀 차리라고 세숫대야에 미끈거리는 물을 한금 받아놓았다. 출간한 지 한 달이 되어 가는 산문집 『시를 써봐도 모자란 당신』을 집어 들고 틈을 두어 한 꼭지씩 읽었다. 얼른 얼굴 씻고 들어와 컵라면 몇 저범** 들어야지. 또 시작될 폭우가 세숫대야에 물을 채울 때까지 무작정 기다려야지… 얼마를 더 질타당해야 할지 나만 모르는 일이었다. 그만큼 정신 없이 살았다는 증거였다. 수백 번 프린트해 교정봤는데… 오타와 비문이 보일 때마다 드는 생각이었다. 번개가 치고 뒤이어

천둥이 울었다. 삶의 완성이 죽음이라 단정 짓지 않기로 하였다. 어떤 철옹성이라도 내부 분열로 어이없이 함락되고 허물어지고 흔적까지 사라질 테지만, 그곳에는 성문과 길이 있고 그보다 많은 골목과 집과 창문이 있었다. 아무도 다가가지 못한 텅 빈 하늘이 있었다.

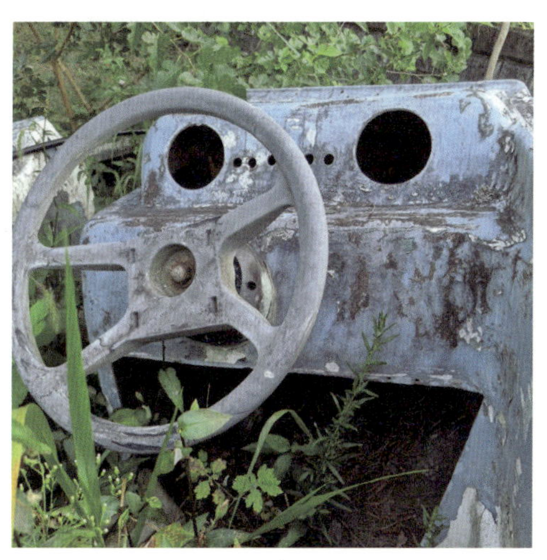

* 플로베르
** 젓가락

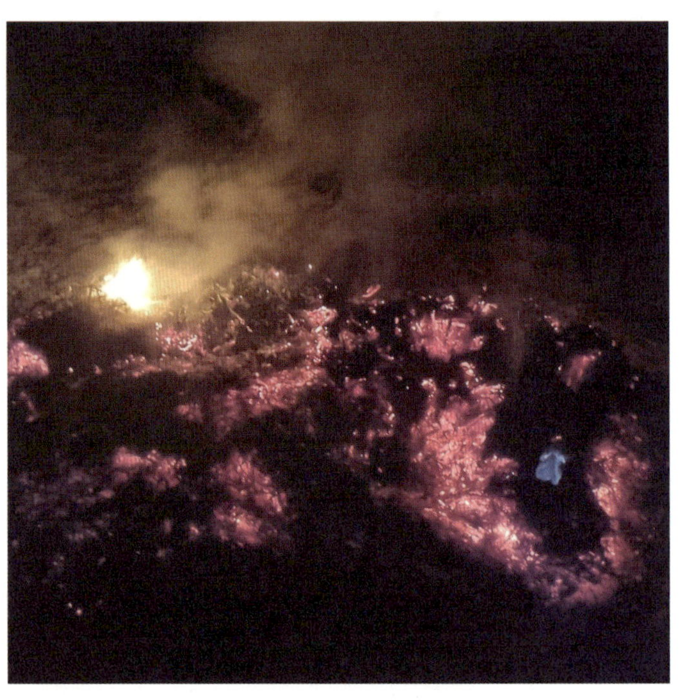

캠핑 가스난로

몇 년간 줄곧 유튜브 캠핑카 채널을 즐겨보았다. 캠핑 가스난로를 중간 불에 맞추고 에스프레소를 내려 마셨다. 20분에서 30분 후 가스난로는 저절로 꺼지고 나머지 가스 냄새를 방출한다. 그렇게 빈 통이 돼 못 구멍이 뚫려 버려진다.

몇 년 전에 쓴 시 한 편을 문예지에 발표했다. 온돌방 아궁이 불쏘시개로 쓰려던 걸 빼놓았다. 잘한 일인지 모르겠다. 내게로 와서 같이 산 이미지. 이틀에 걸쳐 묶어놓은 시집 원고를 호흡에 맞춰 또 읽었다. 되도록 짧은 시만 남기려는데 쉽지 않았다. 버리는 것이 남기는 것보다 어려운 일이 되고 말았다. 고작 잃기 전에 버리는 쪽을 택한 셈이었다. 더는 좋아지지 않을 원고부터 태우기로 하였다. 10년 전부터 손봐온 장편 동화 원고와 대학시절 소설 습작 노트와 원고지도 같이 태웠다. 이곳을 떠날 즈음이면 승용차 트렁크에 노트북만 남는 바람 가져보았다.

오늘도 캠핑카를 타고 떠날 날을 상상해보았다. 집이 없는 삶. 그때야 온전히 여행이 외박이 되지 않을 것이었다.

가시

폭우가 지나갔다. 80년 만의 기록적인 폭우라고 했다. 컨테이너를 난타하는 밴드 공연을 즐겼다. 폭우가 그친 잠시 밖에 나가 근처를 맴도는 흰 괭이 일곱 마리를 보았다. 서로를 지켜보다 내가 안으로 들어오면 가까이 다가왔다. 커튼을 살짝 들추고 반질반질 날씬한 흰 괭이들을 지켜보았다.

사진을 찍어보면 똥배가 나왔나 확인할 수 있다는 친구 말이 생각나 그리 해보았다. 똥배는커녕 어디서 빌어먹다 돌아온 중년 남자가 어디서 협찬받은, 어디서 둘러붙었는지 모를, 먼지가 돋보이는 검은 남방을 입은 채 뻐기고 있었다. 내가 어쩌다 저런 몰골의 남자 몸에 들어가 무기징역을 살게 됐는지, 그게 가능키나 한 일인지, 누구에게 에둘러 물어볼 수도 없는 노릇이었다. 지금까지 빠져나갈 기회가 많았는데… 미적거렸다. 움켜쥔 머리를 어쩌지 못하는 남자, 여전히 내 존재를 의식하지 못했다. 손에 가시가 잘 박히는 남자였다. 네가 거기서 어디까지 버티나 보겠다. 남자는 가시를 파내는 대신 곪아 터져 스스로 나올 때를 기다리는 편이었다.

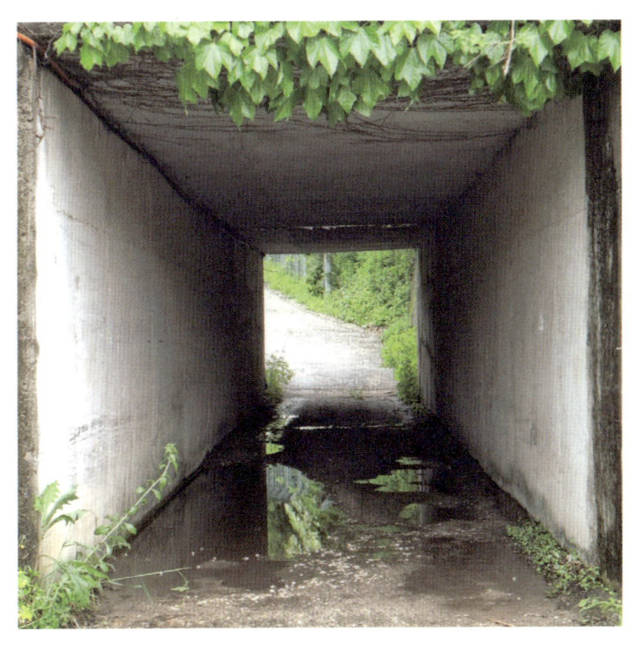

언제나 나에게 독기를 불어넣어 주는 고통이여,

나를 비껴가지 말아라

터진 둑은 다시 터진다, 홍수는 지나간다

시, 「진흙탕 속의 말뚝을 위하여」 중

태백

날이 저문다. 집 입구에 무덤 두 기가 있고 비석이 삐뚜름하게 서 있다. 1급 강원공업사 앞이다. 키 낮은 벚나무 껍질이 절반 벗겨져 있다. 춥다고 할 수 없다. 염수 마른 자국 희멀건 아스팔트 바닥에 담뱃불 비벼 끄고 가야지. 무덤 아닌 곳 어디나 천국의 겨울, 사글세 단칸방 냉골이었다.

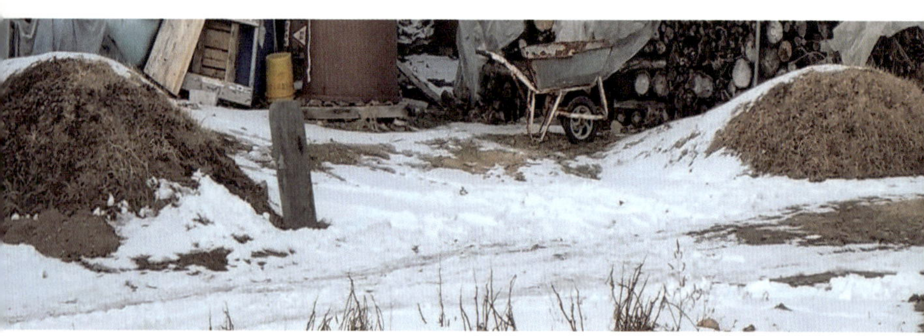

봄 상추밭으로

아버지와 졸업 사진 찍는 내내 친구와 팔짱 끼고 주위를 맴
돌던 봄 상추 같던 그녀 얼굴 희었다. 또 한겨울을 자전거 타고
봄 상추밭으로 가야 할 것 같았다. 지나고 나면 아무것도 아니
게 되는 일은 없었다. 봄 상추밭으로 자전거 타고 가도 가도 희
어진 그녀 얼굴 볼 수 없을 것 같았다. 장롱 깊이 넣어둔 검은
물 들인 야상을 꺼내 입고 체인집 찌그러진 자전거 페달을 실
어 도착한 곳, 대단위 아파트 단지가 들어와 있었다. 수증기 물
방울 맺힌 희뿌연 하우스 단지로 무작정 갈 수도 멈출 수도 없
었다. 검은 뿔테 안경 낀 그녀의 눈은 여전히 나를 향해 있고 산
수유 꽃망울에 안긴 작은 얼음 알갱이 녹아내리고 있었다. 노
후화된 전철이 신세 한탄하며 강변을 지나 짧은 터널로 진입하
고 모아쥔 손에 입김 부는 사람 등이 오므라들었다. 어느 시집
의 펼친 면을 끌어안았다.

우리는 그때, 서로에게 커브길의 연속이었지 새
벽의 볼록거울에 낀 성에였지 짱돌에 까인 자리가
먼저 녹아내려 거울을 씻는 물이 되었지 우리의

가출은 주인이 들르지 않는 밤의 하우스, 페루의
별, 물방울 아래 짓눌린 스펀지를 깔았지

한 쌍의 발바리가 종탑 밑에 살았지 우리는 눈곱
이 퍼진 개들의 눈을 외면했지 우리에겐 늙어 죽거
나 얼어 죽지 않을 거란 확신이 있었지 멀찍이 떨
어져 서로의 빛나는 서리 길을 걸었지 맞잡은 적
없는 손의 온기를 그리워하였지

얇은 비닐의 상추를 꺼내 쌈을 싸 먹는 꿈을 꾸
었지 서로의 입을 틀어막는 상상을 하였지 우리는
최대한 덜 어지러운 보폭으로 걸었지 연탄난로 녹
슨 연통 고드름을 깨물었지 우리는 희뿌연 연기
피어오르는 하우스 젖은 구두 양말을 갈아 신고
걸었지

우리는 봄이 오기 전 졸라맨 하우스 폴대 서로의
갈빗대 안에 숨어 살았지 풋풋한 상추를 상상하였
지 우리는 무녀리 개를 앞세우고 얼굴까지 덮이는
비닐봉투 인큐베이터, 각자의 쌕에 넣어다녔지

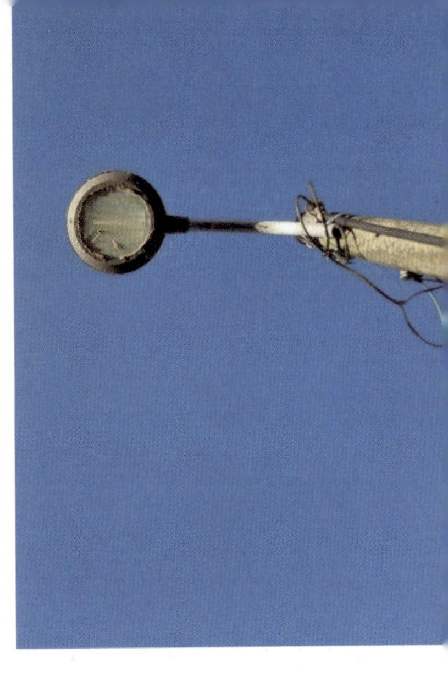

그해 겨울, 우리는 하우스 단지를 떠돌았지 봄 상추밭으로 걸었지 우리의 입은 돌아가지 않았지 모종보다 심하게 떨리는 연약한 몸이었지 병든 모종을 솎아 짠 녹즙을 마시고 우리는 봄 상추밭으로 걸었지

시, 「우리는 봄 상추밭으로 걸었지」 전문

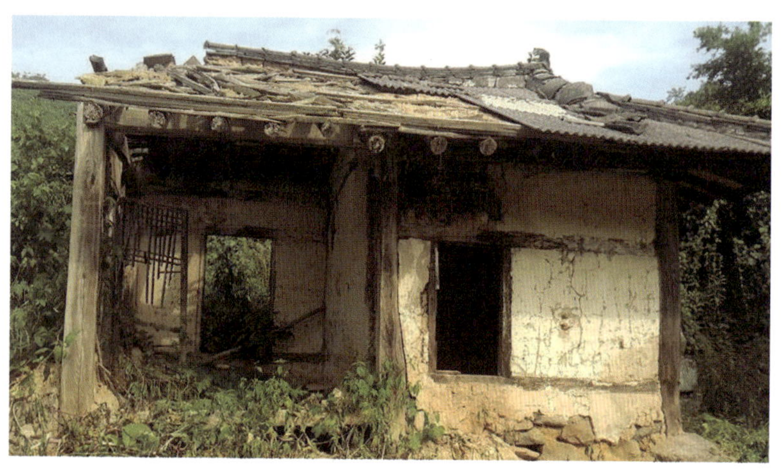

수목원 근처

비가 새는 집에 방이 몇 개였다. 작년엔 그냥 넘어갔는데 올핸 집중호우가 반복돼 천장과 벽까지 흠뻑 젖었다. 곰팡이와 얼룩이 즐비했다. 보수에 보수를 더해야 근근이 살아갈 수 있었다. 주차장 겸 작업실 건물 2층 옥상의 아스팔트 싱글에 급한 대로 방수제를 칠했다. 대대적으로 확장한 무허가 펜션에서 돼지고기 굽는 노린내가 퍼졌다. 폭우가 또 쏟아진다는데 이번에는 이 골짜기를 휩쓸어 북한강 지류로 몰아넣으면 속 시원하겠다 싶었다.

새벽까지 답답해하다 집을 나와 도착한 대성리 강변 물안개, 그때 강물은 거대한 기포 발생기이기도 했다. 그때 강물에 뛰어들면 물컵에서 기포를 일으키며 녹아나는 독일산 비타민제처럼 분해될 수 있을 것 같았다.

다시, 시작하자. 싹 다 뒤엎어버리자. 생각은 그리 명쾌한데 실천은 늘 뒷전이었다. 힘들여 고치느니 공들여 짓는 편이 나았다. 허물어 기초공사하고 새로 짓자. 맘에 들 때까지 그까짓 거 반복하자.

등

시린 이에 바람을 들이던 사람
잠바를 벗고 효자손을 집어넣어
등골을 긁었다.

멧돼지들 진흙 웅덩이에서 뒹굴었다.
리기다소나무 밑동에 등을 긁고
몰려 돌아간 길 뺀질뺀질하였다.

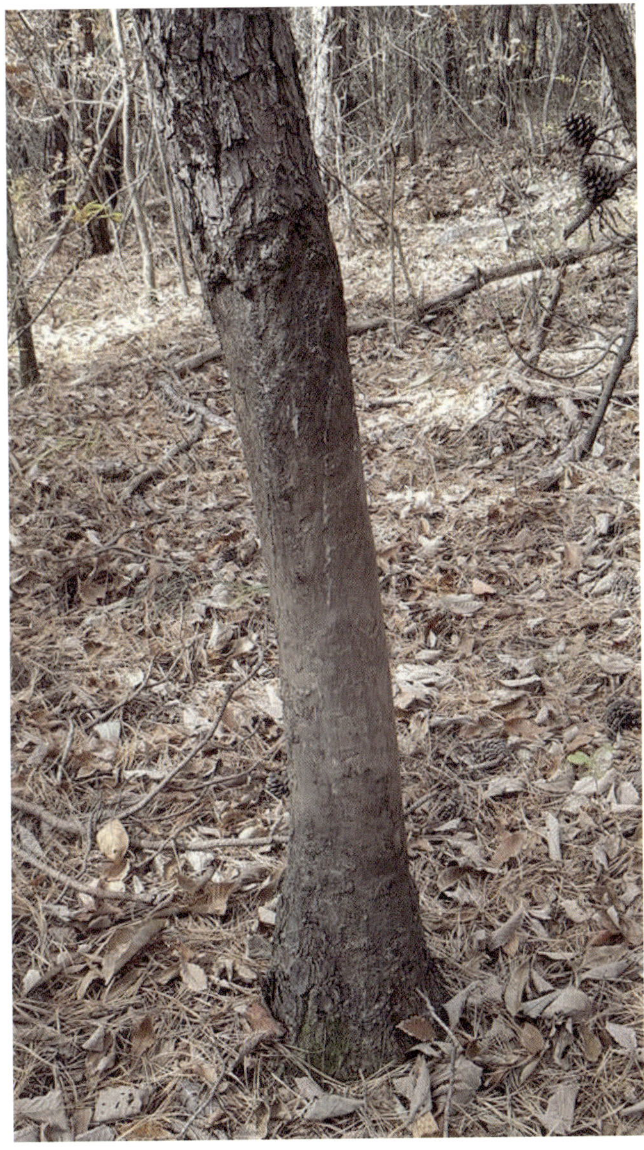

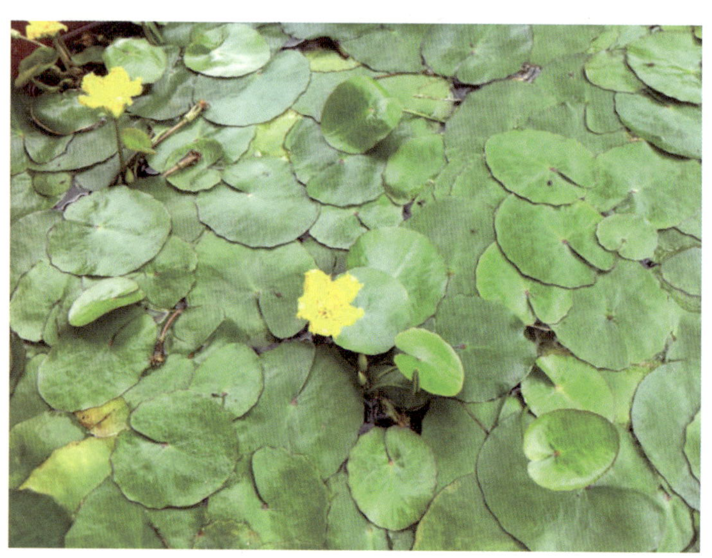

포옹

작년에 자란 연蓮대들 연못의 얼음이 풀리자 흐물흐물 녹아
내렸다. 연방蓮房들 수면으로 내려앉았다. 정자 앞에 르노 마스
터 캠핑카 며칠째 정차해 있었다. 후드티 입은 연인 정자 난간
에 커피잔 놔두고 연못의 개구리알 두꺼비알 도룡뇽알을 바라
보았다. 천 리 밖에 사는 사람 못질 진동 연못에 물결들 몰려왔
다. 기슭의 쑥이 새순을 밀어올리고 척박한 땅 냉이가 꽃을 피
웠다. 생강나무인지 산수유인지 노랑 꽃이 멀리 피어 잎을 기다
렸다. 후드티 입은 연인 서로의 어깨 살짝 감싸안고 입맞춤 끝
내지 못하였다. 아이유가 부르는 '옛사랑' 연못에 파문을 불러
왔다. 나만 끌어안고 이렇게 늙을 줄 나만 몰랐다.

12월, 어느 저녁

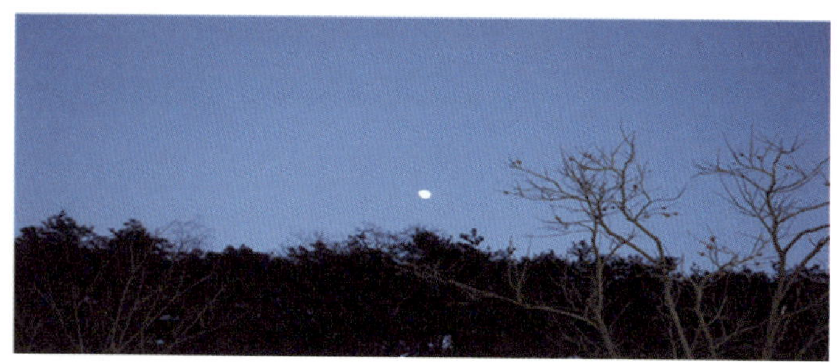

　이곳 산촌엔 조그만 동산이 있어 해와 달이 떠오르는 게 더딥니다. 그래도 아주 어둡기 전에 떠오른 달이 반가워 데크에 서서 한참을 바라보았습니다. 누구보다 겁이 많은 어머니. 늙어가는 어머니. 안아드리지 못한 어머니. 어머니 생각이 나는 저녁입니다.

　이파리 하나 붙어 있지 않은 감나무 가지에
　무슨 흉터마냥 꼭지들이 붙어 있다

먹성 좋은 열매들의 입이

실컷 빨아먹은 감나무의 젖꼭지

세차게 흔드는 가지를

떠나지 않는 젖꼭지들

나무는,

아무도 만지지 않는

쪼그라든 젖무덤들을

흔들어댄다

누군가를 떠나보낸

저 짝사랑의 흔적들을

시, 「꼭지들」 전문

점*

　탁자를 만들 요량으로, 산판 작업 현장에서, 덤프트럭을 불러 괴물 참나무를 실어다 묵정밭에 부려놓은 지 2년 하고도 서너 달이 지났다. 장마 오기 전에 껍질 벗겨낸 괴물 참나무 토막에서 버섯이 나왔다. 웬만큼 말랐다 싶어 카고크레인을 불러 제재소로 운반해 켜야겠는데 들여놓을 공간이 마땅찮았다. 저걸 들여놓으려면 아파트로는 80평은 되어야 할 것이다. 괴물에게 치이지 않으려면 기죽지 않으려면. 켤 수도 안 켤 수도 도끼로 패서 땔감으로 쓸 수도 없는 괴물들아, 너희는 어쨌으면 좋겠느냐? 쓸데없는 버섯만 키우지 말고 100점이 넘는 큰 토막 네가 대표로, 속엣말을 시원하게 뱉어내보시라.

* 지름

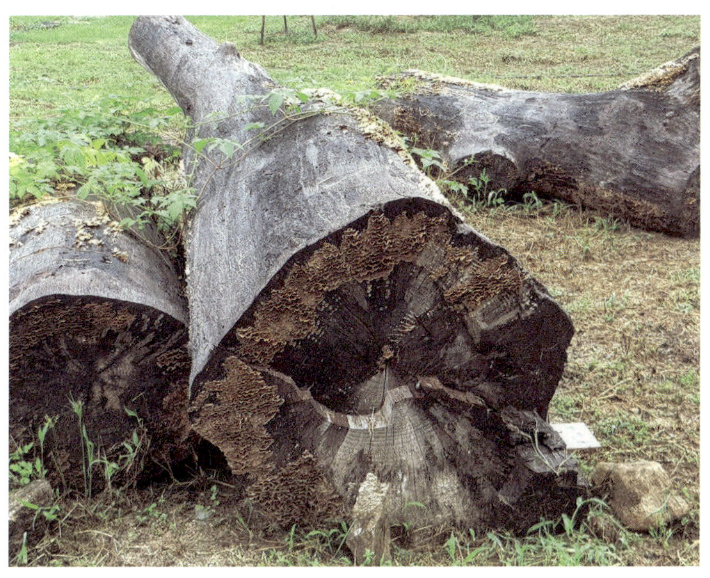

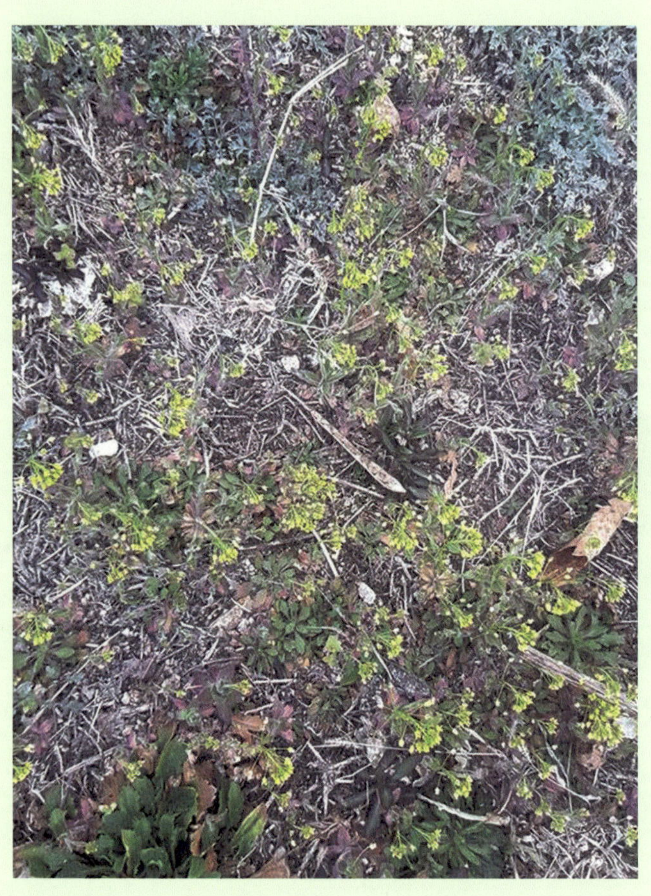

꽃다지

군데군데 듬성듬성 피어난 꽃다지를 보았다. 저렇게 먹고 사는 식물성. 당뇨도 없고 공황장애도 없고 시력도 없이 부드러운 바닥에 서둘러 꽃 피운 식물성. 어딜 가도 먹고살 걱정 없다던 사람. 느지막이 재혼해 십몇 년 눈치 보며 놀고먹으며 멍때린 사람. 밥걱정 되어 일자리 찾아 나선 사람. 나이배기 개가 혼자 남아 집 주위를 돌아다닌다.

혼밥

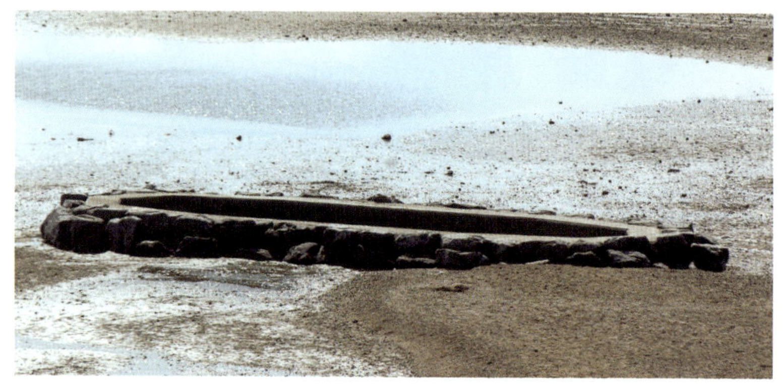

오랜만에 집에 들러 마당 쓸다보니 멀대 같은 해바라기 수십 그루 꽃봉오리 벌어진다. 거기서 보면 뭐가 잘 보이니. 가을 태풍 북상 중이라는데, 불안하면 지금 나에게 키 10cm 정도만 각출해 나눠주면 안 되겠니. 아궁이에 젖은 삭정이 쑤셔 넣고 토치 불을 붙인다. 편의점에서 사 온 도시락 전자레인지에 넣고 돌린다. 거미 없는 거미줄에 편안한 자세로 걸려든 사마귀 조만간 눈이 붓겠다.

숨2

가시를 피해 앉은 노랑할미새
꼬랑지를 내두르다 물결무늬 안으며 날았다.

여기는 벌써 붉은 매화가 피었다.
거기도 지금쯤 피지 않았냐.
그에게서 처음 문자가 온 게
엊그제였다.

저녁 댓바람
그의 부고 문자를 읽었다.

김 양식장에서 뜯어 온 물김
수동 파쇄기가 올려졌던 소나무
기둥이 박혔던 곳에 서 있었다.

그 대신,
성냥골로 귀지를 파 불어 날렸다.

°7

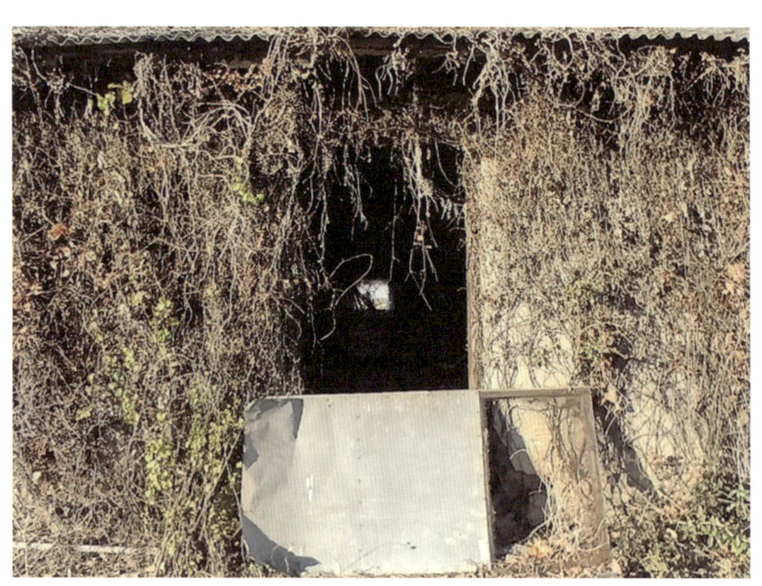

노르웨이숲 고양이

흰 고양이들이 길어진 털을 늘어뜨리고 집 주위를 활보할 시간이었다. 수만 씨는 국자로 고양이 사료를 퍼주고 스테인리스 찜통 뚜껑에 묵직한 돌을 올렸다. 그렇게 해놓지 않으면 녀석들이 어떻게든 뚜껑을 열어젖히고 사료가 담긴 찜통을 엎질러 놓기 때문이다. 아랫마을 기도원 옆집에 살던 할머니가 키우던 고양이의 후손들이었다. 할머니가 요양병원으로 들어가고 남겨진 고양이가 번식을 거듭한 것이었다. 작년에 중성화 수술을 시켜 개체수가 더 이상 불지는 않게 되었다. 뱀과 쥐를 잡는 것 말고는 사람에게 도움이 되지 않는다지만 수만 씨의 생각은 남달랐다. 고양이의 눈을 바라보면 알 수 없는 설렘을 느낀다는 것이었다. 고양이 눈 속의 약간 흐린 붉은빛은 아침 태양의 기운으로 자신의 몸과 정신을 일깨운다는 것이다. 하여튼 그는 웃으면서 고양이 밥을 주고 다시 휘파람을 불면서 염소 방목장으로 출근한다. 저물녘에 왕초를 따라 산으로 올라간 염소 무리가 돌아오기 전에 사료와 물을 주려면 새벽 네 시에는 방목장 우리로 올라가야 했다.

오래전 대학을 간신히 졸업한 수만 씨는 건설 현장 막일로

모아둔 돈으로 화전민이 떠난 돌집을 사들였다. 단짝 친구 권림 씨와 대학 신입생 시절부터 배낭을 짊어지고 다니던, 화전민이 떠난 오지 마을이었다. 이상하게 그곳에만 가면 번잡스러운 마음이 평온을 찾았다. 계곡물을 세 번 건너야 하는 고바우* 소로는, 사륜구동 트럭이 간신히 기어오를 수 있는 폭이었다. 삐거덕거리는 중고 트럭에 방목해 키울 작정으로 암컷 염소 열 마리와 수컷 두 마리를 싣고 떠났다. 그는 그곳에서 신선놀음 했다고 자랑했다. 스피커가 찢기도록 전축을 틀고 멀리에서도 음악을 들었다. 기타를 치면서 되지도 않는 노래를 불렀다. 한밤에 불을 끈 채 천장을 보고 누우면 양옆에 형체 없는 귀신이 느껴졌다. 그가 돌아누우면 귀신들은 잽싸게 등 뒤로 돌아가서는 말을 붙였다. 하는 수 없이 마루에 불을 켜놓았지만, 다시 잠들 만하면 밖으로 쫓겨난 귀신들이 방문을 흔들어댔다. 몇 달째 밤잠을 설친 그는 주정뱅이가 되었다고 했다. 소변을 보러 밖에 나가기도 두려워 요강을 들여놓았지만, 다시 잠들 수 없어 수면제를 복용하기에 이르렀다. 신경쇠약에 걸린 그는 울힘도 남지 않은 상태가 되었는데, 이대로 있다간 피가 말라 죽을 것 같았다고 했다. 간신히 일어난 그는 기어서 미닫이문을 머리로 밀고 밖으로 나가 배가 부르도록 샘물을 퍼먹고는 벌렁 누워 트림하면서 하늘을 보았다. 아버지로부터 중3 때 생일 선물로 받은 천체망원경이 생각났다. 밤이 되기를 기다려 별을 관찰하면서 백과사전을 펼쳐 별의 이름과 탄생의 비밀을 알아가던 시절의 설렘을 떠올렸다. 자신이 얼마나 자신에게 함몰되어 있는지를 알았다고 하였다. 기력을 회복한 그는 지붕에 올라가 하늘 창을 내었다. 방에 누워 하늘을 보면서 귀신에게 시달리는 일에서 벗어났다. 노르웨이숲 고양이들 하늘 창이 난 지붕을 수시로 오르내렸다.

*언덕

해감

　지금은 메워졌지만, 농로에서 스무나무 걸음걸이에 우물이 있었다. 다섯 집이 물을 길어 먹거나 빨래하거나 설거지하기도 한 우물, 닭 오리 돼지 염소를 잡고 내장 손질하는 곳이었다. 아버지와 나는 대용량 페인트통을 오려 만든 바가지에 네 개의 줄을 묶어 우물물을 퍼냈다. 기껏 1.5미터가 될까 말까 한 우물물을 푸는데 각삽과 세숫대야, 대빗자루, 바가지, 철 거름망이 달린 둥근 나무 체까지 가져갔었다. 본래 목적은 물고기를 잡아 매운탕을 끓이는 것이나, 이끼가 끼고 진흙이 가라앉아 혼탁해진 우물을 청소한다는 명분을 앞세웠다. 가물 때는 물을 퍼 논에 대기도 했다. 우물은 우리 집 소유였으니 청소도 우리가 도맡아 해야 했다. 물을 거의 푸면 바닥에 소금쟁이와 방개와 참붕어와 미꾸라지와 피라미가 우글거렸다. 나무 체로 물고기를 수습해 세숫대야에 담았다. 가끔 뱀을 닮은 웅어熊魚도 보

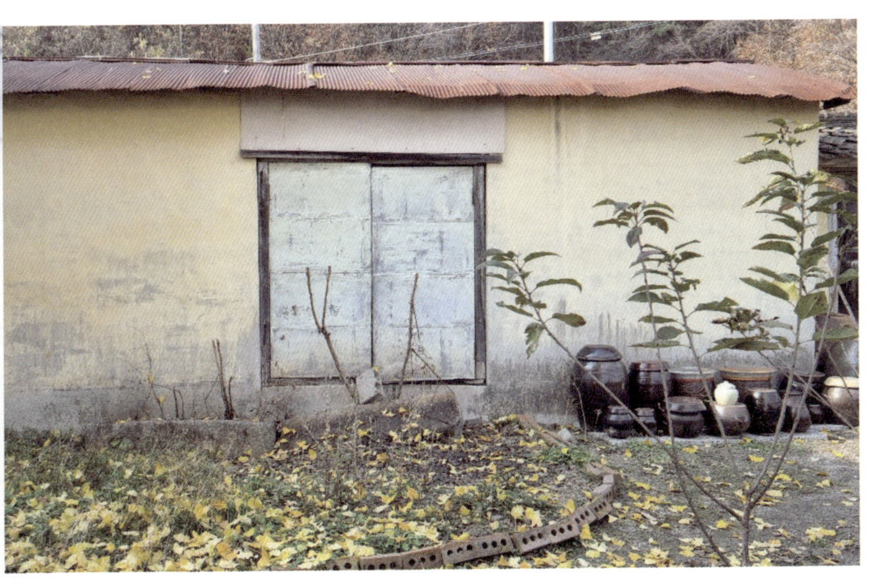

였다. 물이 빠지면 돌 틈에 숨은 물고기가 기어 나왔다. 딱 한 번이었지만 장어를 잡은 적도 있었다. 바닥의 이끼와 물풀을 긁어내고 진흙을 퍼냈다. 그런 다음 석축의 물때를 빗자루로 쓸고 물을 뿌렸다. 바닥에 고인 물을 마저 퍼내면 우물 청소가 끝났다. 아버지는 비위가 약해 물고기 손질은 내 담당이었다. 대야에 펌프질 우물물을 퍼 물고기를 쏟았다. 어머니가 "너는 누굴 닮아 비위가 그렇게 좋으냐."라고 물었다. "너희 할아버지도 드실 줄만 알았지, 물고기 배는 따지 못했는데….." 나는 싱긋 웃으며 속으로 대답했다. '내가 나를 닮았지 누굴 닮았겠슈.' 어느 정도 물고기가 펄을 뱉어내면 나는 대야의 물을 갈아주었다. 아버지가 이제 그만하면 되었다, 라고 말할 때까지 해감을 계속했다. 죽은 붕어와 피라미도 세숫대야로 옮겨 해감했다. 비늘을 벗기고 배를 따 내장을 깨끗이 긁어냈다. 그런 다음 몇 번이고 맑은 물에 헹궈냈다. 비늘, 내장 실내끼, 핏물이 보이면 아버지는 매운탕을 거들떠보지 않았다. 매운탕 담당은 어머니 였다. 매운탕을 끓이는 동안 나는 타조처럼 구멍가게로 내달렸 다. 학 그림이 붙은 선양 소주 4홉을 사 들고 집을 향해 휘도는 길을 질주했다. 해 질 녘 굴뚝 연기 휘어 야산 밤나무 숲을 감았 다. 끓는 매운탕에서 거품을 걷어낸 아버지, 부뚜막에 글라스잔 올려놓은 아버지, 불덩이가 되어 부엌문 앞에 정지한 아들의 얼굴을 보면서 웃었다. 뒤로 감춘 소주병을 아버지에게 보여주 기 위해 반 바퀴를 돌았다. 아버지를 놀래주려고 술병을 떨어 뜨리는 척했지만, 웃음을 멈추지 않았다.

검은 칠이 벗겨진 대문

카스텔라— 너를 볼 때면 먼저 목이 맥히지. 부스러기를 쪼는 앞뜰 허상의 새 한 마리— 언제 카스텔라를 원형 그대로 복원해놓지. 너도 거들고 싶다고 말해줬으면 좋겠어. 카스텔라— 너는 부스러기를 빗겨 턴 손을 공손히 모으고 오늘은 앞서간 사람과 밀당을 즐겼으면 해. 그런 건 상의 없이 해도 되겠니. 택배 상자를 뜯어 달걀 듬뿍 카스텔라를 사 등분해 한쪽을 부스러뜨렸지.

골목 끝집 한 채 남은 재개발 폐촌의 해거름. 정신머리가 온전하지 못한 노인네는 오늘 새벽에도 보도블록 사이에 쇠말뚝을 박고 마루턱에 졸아든 궁둥이를 붙이고는 배뱅이굿을 불렀지. 장구 소리 없이, 어디 갔느냐 애들아. 노인네는 골프 연습 채를 들고 월남의 밀림에서 눈 감고도 총검술을 재현하고 한동안 하늘에 씩스틴을 난사했다는 것. 명중한 별들은 내부의 불덩이로 한참 지나 빛나겠지. 침을 튀겼는데 어느새 탄피가 바닥으로 쏟아졌다는 것. 쎄가 빠지게 애들을 불러들이던 저녁의 골목길, 마누라도 중상을 입고 지팡이 내두르며 내뺀 골목길, 애초에 나 혼자였던 게 아닐까. 나도 아직 애인데, 왜 밥 먹으러 들어오라고 아무도 부르지를 않는 거야. 여기가 집인 거야 집 밖인 거

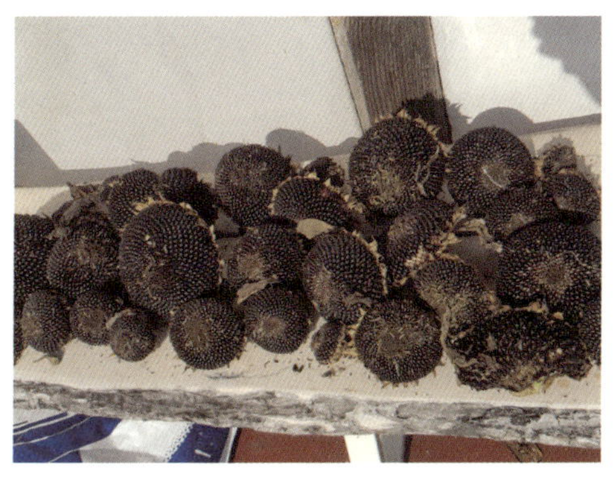

야. 내가 죽은 거야 사람들이 전멸한 거야. 현관 앞에서 우는 검은 고양이. 문이 열리기 전에 식겁하고 대문 밑으로 내뺐다. 잔금이 번진 튜브 바 용케도, 검은 칠이 벗겨진 대문의 쪽문과 담장의 녹슨 콘크리트 못을 당긴다. 설익은 고갈비를 들고 뜯는데 노인네 붉은 눈알 베어링 쇠구슬처럼 윤활유 막을 둘렀다.

　　안○○ 개또라이,

　　그만 뒈졌으면 우리는 정말 행복해지겠다.
　　―상속 대기인 일동

　　빈 화분이 널린 집 밖 담장에는, 막바지 흑장미들이 고혈을 짜내 한 자 한 자 쓴 새로운 현수막이 내걸렸을지도 몰랐다.

쥐색 콤비

안동의 산촌으로 이사하고 컨테이너 창고에 짐을 처박아뒀다. 정리할 엄두가 나지 않아 그때그때 필요한 물건을 찾아 쓰고, 쓰지 않는 물건을 쌓아두었다. 여름날 컨테이너 안은 불가마였다. 임시방편으로 대형 차광막을 둘러쳤지만 효과는 미미했다. 지붕을 올리려고 기초 용접 기술을 배우고 용접기까지 장만했지만, 그 또한 엄두가 나지 않았다. 꾀를 내어 담쟁이넝쿨을 올리려고 미국 담쟁이 포트를 열 개 구매해 컨테이너 둘레에 심었다. 3년이 지나자, 담쟁이는 벽면을 덮었다. 하지만 한낮에 불덩이가 되는 지붕은 덮지 못했다. 담쟁이 또한 그곳으로 진입할 엄두를 내지 못하는 거였다. 컨테이너 지붕에 사다리를 놓고 올라가 방부목 마루를 깔 생각도 했었다. 그렇지만 이런저런 평계를 만들어 차일피일 미뤘다. 창문 셋을 열어놓고 비가 올 때면 닫는 게 고작이었다. 큰맘 먹고 컨테이너 정리를 시작했다. 물건을 들어낸 다음 앵글 책꽂이를 벽에 고정하고 버릴 것과 남길 것을 구분했다. 십 년도 더 지난 화장품 세트가 있었다. 몇 번 쓰지 않은 것인데 이삿짐 상자로 쓸려 들어갔었다.

　한옥에 살 때의 일이었다. 장맛비가 퍼붓는데 대문 두드리는 소리가 들렸다. 문학 행사에서 한 번 본 남자가 찾아왔다. 나와 연배가 비슷한 남자는 집에 안 가고 며칠을 내 방에서 죽쳤다. 뜬금없이 찾아와 시를 가르쳐달라는 거였다. 그러기 전에는 절대로 돌아가지 않겠다 생떼를 썼다. 내가 당신에게 감각을 가르쳐줄 수 있겠냐고 항변했지만, 그는 요지부동이었다. 아무리 급해도 병아리 감별사가 되기 위해 감별사의 지문을 오려 붙일 수는 없잖아요. 그 남자 낮엔 줄곧 잠만 자고 밤에 일어나 문밖에 내놓은 고슴도치를 방에 들이고 붉은 눈을 들여다봤다. 새벽 네 시만 되면 고슴도치 쳇바퀴에 올랐다. 피가 나는 데도 쳇바퀴 돌리기를 멈추지 못했다. 그는 고슴도치를 지켜보면서 뭐라는지 중얼거렸다. 식품회사 대리점을 운영한다는 남자는 부도를 내고 잠적한 건지 핸드폰을 꺼놓았다. 가끔 핸드폰을 켜 문자와 음성 메시지를 확인하고는 했다. 남자가 핸드폰을 놔두고 밖에 있는 화장실에 갔을 때 전화가 걸려왔다. 빚쟁이일 거라 생각하고 받아보았는데 뜻밖에 그의 아내였다. 자기가 아무개 씨 부인인데 아무개가 이혼하자면서 잠적해 대리점이 문을

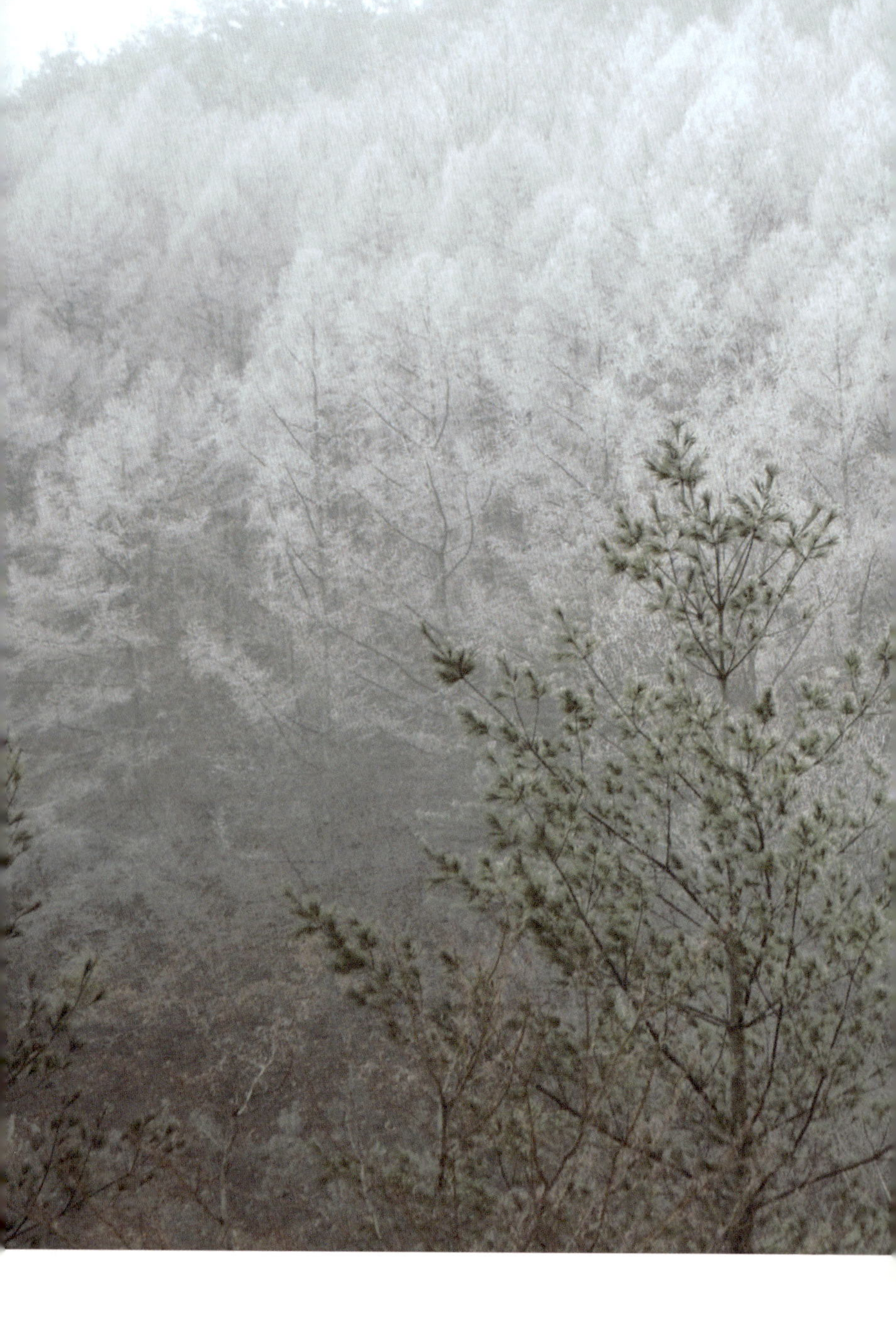

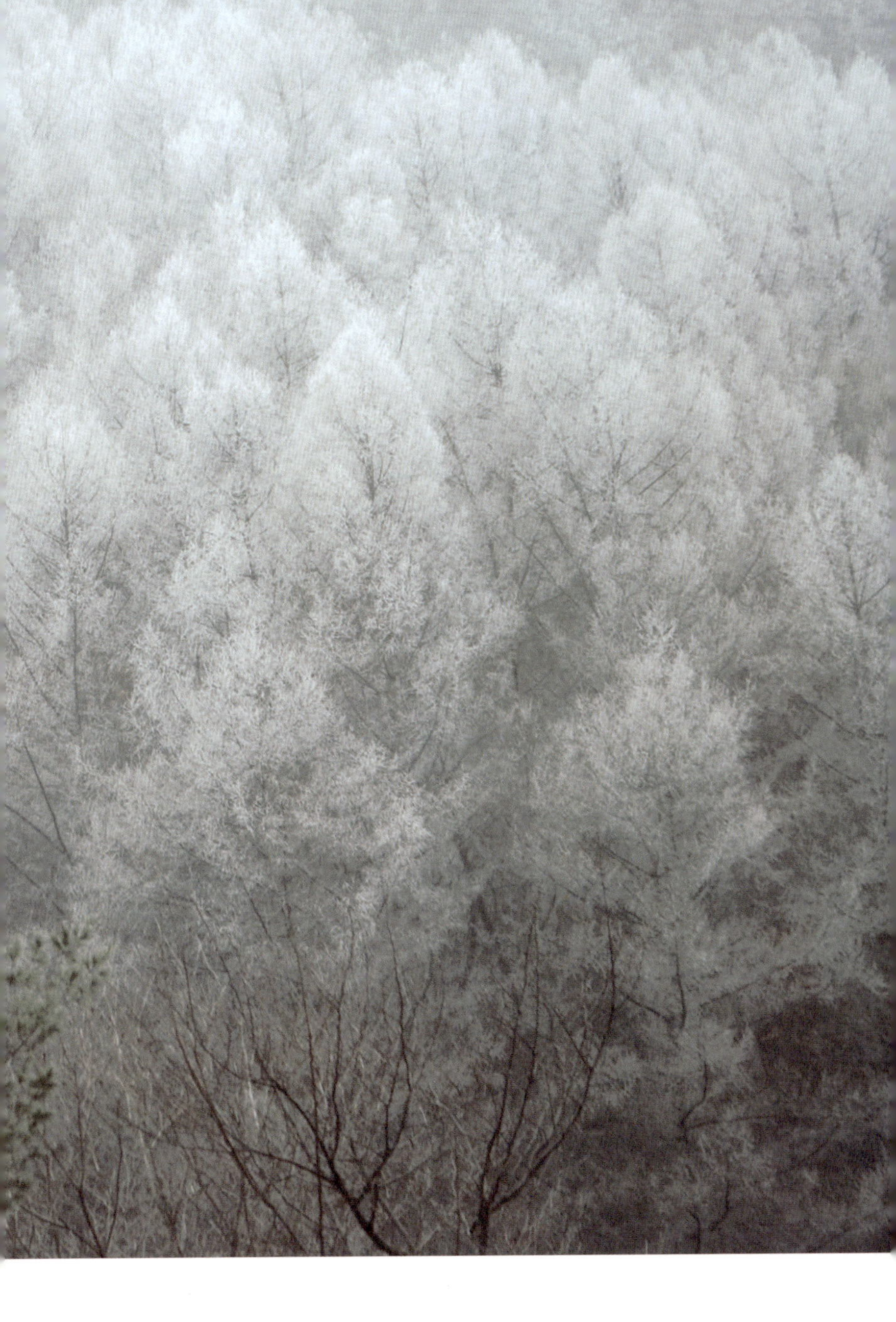

닿을 지경에 몰렸다고 하소연했다. 그의 행적을 묻는 말에 전화 왔었다고 전하겠다 말하고는 급히 전화를 끊었다. 그런 다음 한옥의 주소를 찍어 전송했다. 그에게 넌지시 물어보았더니 애인이 생겨 그만 이혼하고 싶은데 도장을 찍어주지 않는다고 개탄했다. 사업이고 나발이고 다 때려치우고 애인과 함께 오피스텔에서 사는 게 목표랬다. 부잣집 고명딸인데 그녀만이 자기 존재를 구원해줄 유일한 여신이랬다. 다음 날 그는 문자를 확인하고 모임에 다녀왔다. 쇼핑백 가득 담아 온 화장품을 형수에게 선물하라고 내밀었다. 친구가 백화점에서 팔던 건데 매장을 정리했다고 하였다. 간신히 그를 집밖으로 밀어낸 나는 열어보지 않은 쇼핑백을 애 엄마에게 전달했다. 다음 날 저녁, 나는 애 엄마에게 욕을 바가지로 얻어먹었다. 화장품의 유통기한이 1~2주밖에 남지 않은 거였다. 심지어 어떤 건 유통기한이 지나 있었다. 사람을 뭐로 알고 이딴 걸 떠넘기냐고. 그녀는 마당 수돗가에 쭈그려 앉아 내용물을 비운 화장품 용기를 물로 씻었다. 재활용하기 위함이었다. 화장품 용기가 내게 날아들까, 슬그머니 대문을 밀고 나왔다.

더는 쓸모가 없다 싶은 물건을 정리하다 그만두었다. 8년 가까이 처박혔던 쥐색 콤비를 좀이 갉아 먹은 것을 보았기 때문이다. 내 팔목을 잡은 그녀가 나를 이끌고 복합상가 의류 판매장으로 들어갔다. 그녀는 쥐색 콤비를 콕 집어 내게 입히고는 계산대로 향했다. 30여 년 전 한여름 일요일 대낮에 그녀의 요청대로 겨울 콤비를 입고 밖으로 나와 걸었다. 그녀는 웃는 얼굴로 다행히 더위를 덜 타는 내게 말했다.

"한겨울이면 오늘의 우리가 생각날 거예요. 그렇다고 촌스러운 내 이름을 부르며 울지는 말아주세요."

드라이클리닝해 행거에 걸어둔 쥐색 콤비 비닐 커버 부스러졌다.

사랑해요

가평 컨테이너 작업실에 도착했다. 지지난주에 왔을 땐 따기 일러 보였는데 그새 비바람을 견디지 못한 매실들 떨어져 있었다. 최선을 다해 사랑한 사람이 마지막으로 기를 모아 "사랑해요."라고 말하는 것 같았다.

매실의 향기를 맡았다. 오래전 통화 녹음을 다시 들었다. 그 사람 "사랑해요."라고 말하고는 전화를 끊었다. 아직 떨어지지 않은 매실에서도 "사랑해요."라는 말이 들리는 것 같았다.

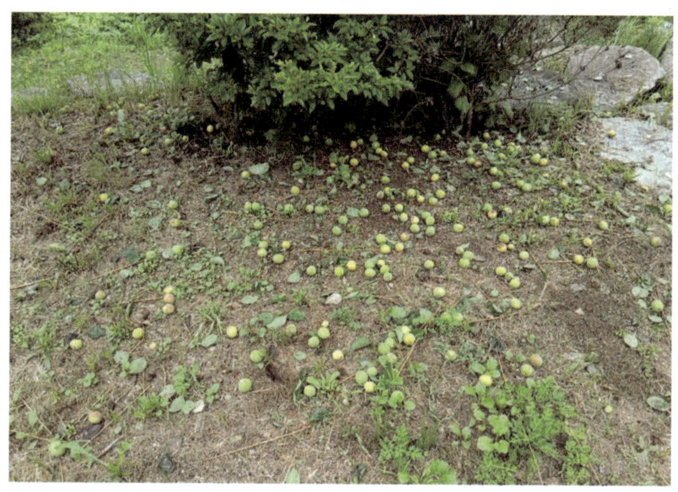

2년여 방치한 탁상용 컴퓨터를 켰다. 전원은 들어오는데 구동이 되지 않았다. 컨테이너에 처박아뒀으니 그럴 만도 하였다. 수리점에 가져갔더니 하드가 망가졌다고 했다. 11년밖에 안 됐는데 컴퓨터를 이따위로 만들어. 은근히 약이 올랐다. 게임은 머리가 나빠 못 하고 바이러스에 감염될까 봐 인터넷 연결도 거의 하지 않았는데 억울해지기까지 하였다. 이럴 줄 알았으면 인터넷 고스톱이라도 열심히 쳐놓는 것인데. 하는 수 없이 차에서 노트북을 꺼내왔다.

십여 년 전부터 써오던 장편소설 한글 파일을 열었다. 최선을 다해 고쳐놓고 마지막에 "사랑해요."라고 속으로 말하고는 잊히고 싶었다.

마가리*

머리가 덜 떨어진 바퀴벌레가 자기 몸을 갉아 먹으며
그럭저럭 버티는 동안 손깍지를 껴 오두막을 뒤로 감은
갱고랑**에 닭의장풀 꽃 피었다. 그간 처삼촌 회사
사내이사 자리에 이름을 올리고 골프 치러 다녔다.
주말마다 바람 쐬러 다녀왔다고 둘러댔다. 적당히
신을 믿고 죄를 짓는 일에 동참했다고 흘려 말했다.
방바닥을 기는 무당벌레를 눌러 죽인 오른 중지 지문에
침 발라 책장을 넘기는 동안 멧비둘기 울었다.
아랫동네 펜션의 고기 굽는 그릴에서 노린내
피어올랐다. 드론 동호회에서 강퇴당한 남자가
띄운 멀티콥터 옛 방송중계탑 상공에 머물렀다.
노지 딸기밭에서 낮술에 꼬라 주접을 떤 주정뱅이
코를 골았다. 우리의 분신 우리가 버린 기억이
미아로 떠돌았다. 제대로 된 가정에 입양돼 성인이
되기를 바랐다. 돌 불판에 목살 삼겹살 구워 먹고

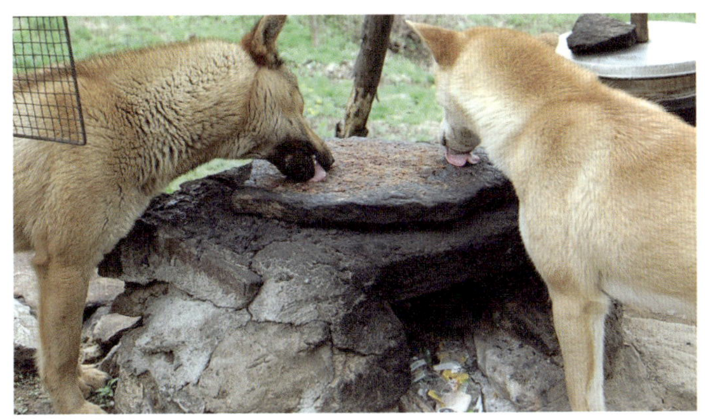

떠난 손님들, 돌판에 눌어붙은 양념과 고기를 핥는
한 쌍의 성견, 해거름 등진 그의 그림자 주차장
시멘트 골을 따라 불개미 행렬 이어졌다.

* 오막살이
** 개울

우리는 언제 한 몸이었지

골바람 세찬 혹한의 한나절

어린 곤줄박이 마루 구석에 몰려 시렸다.

언 채 쪼라던 걸레 그물을 깁던 바늘로

옛 마루 틈새 먼지를 파던 야산 밑

서북향집 남자 장長장화를 벗어놓고 떠났다.

횟집 새조개 손질을 끝내고 돌아온 여자

군불을 지피고 매운 눈 비볐다.

가빠 뒤집어쓴 시멘트 기와지붕

아직 녹슬 곳이 많은 접시안테나

휘둘려 쫓기는 굴뚝 연기

바람 주머니를 단 깃발 풍향계

먼지에 즉각 반응하는 태양광

주백색 쌍 센서 등

곤줄박이를 들고 방에 들어간 여자
우리는 언제 한 몸이었지
이불 밑에 깔아놓은 탄소 매트
붉은 점 전원을 켜놓았다.

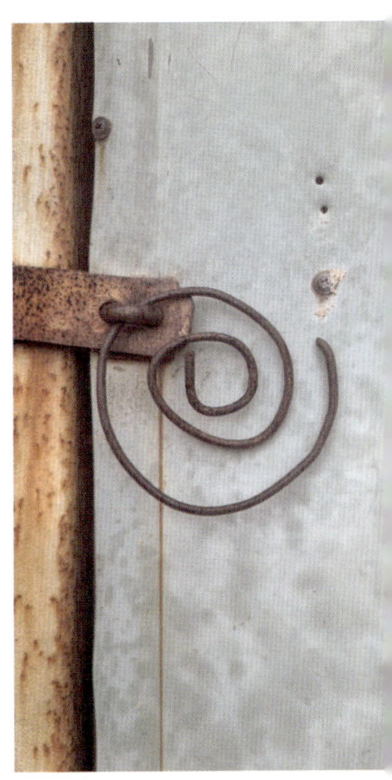

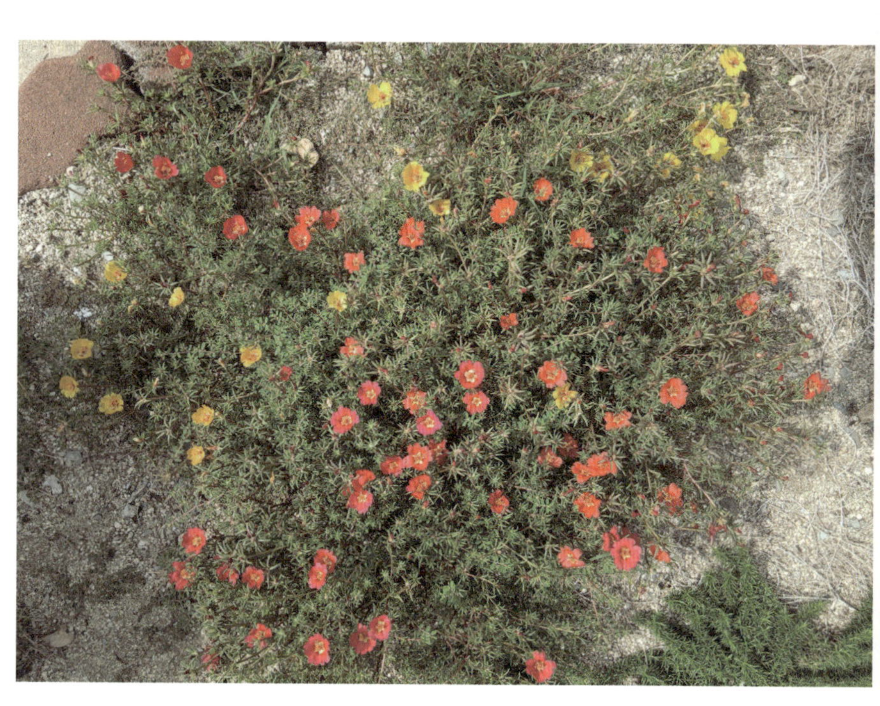

채송화

마트 앞 화단에 핀 채송화를 보고는 걸음을 멈추었다. 이어폰을 나눠 끼고 걷던 인천의 호박 덩굴이 철조망을 감은 골목길. 다락방에서 컵라면을 나눠 먹으며 떠들던 여고생 아이들. 보들레르와 이성복의 시를 읽던 날들. 첫눈이 내리는 날 현관 앞에서 둘이 누벅 가죽 구두의 눈을 털어내는 소리. 첫눈이 남긴 누벅 가죽 구두코의 얼룩들. 붉은 눈으로 들어온 아이가 학원 강의실 책상에 엎드려 한참을 더 울었다. 가장 친한 친구가 자살했다. 보육원에서 나와 살던 그 친구를 뿌리고 돌아왔다. 채송화를 보고는, 그 아이 이름이 떠올랐다. 오래 잊고 있었다. 컨테이너에 처박아둔 상자 어딘가에는, 그 무렵에 신던 세무 구두가 들어 있을 것이다. 첫눈의 흔적, 언뜻 봐선 표 안 나는 얼룩이 세무 구두코 주변에만 모여 있었다.

처서 處暑

　버려진 길로 접어들어 중앙선에 차를 세웠다. 문짝 넷과 파노라마 선루프까지 열어놓았다. 그러고는 운전 중에 걸려 와 양해를 구하고 끊은 전화를 걸었다. 바닷가 횟집에 몰려 들어가 거나하게 취한 목소리들이 끼어들었다. 나이와 직업이 같은 치들이 몰려다니며 놀았다. 내가 술을 끊었다는 소문을 한참 지나들은 모양이었다. 너의 고향 바다에 왔더니 불쌍한 네가 생각나 전화했다. 부러우면 얼른 달려와라. 직선으로 펴지는 길을 볼 때면 머지않아 인간들 내장도 그리되는 건 아닐지 괜한 걱정하기에 이른다. 마른 옥수숫대가 저희끼리만 아는 말로 속닥거리고 있었다. 자기 소문은 자기만 모르는 게 정상이었다. 저 남자 말이야 죽을병에 걸려 술을 끊었다는데 왜 아직 멀쩡한지 모르겠네. 죽을병 걸린 지 꽤 되었는데 왜 자꾸 혈색이 좋아지는지 당최 모르겠어. 한적한 곳에 차를 세운 김에 커피 얼룩진 가죽 가방에서 박형준 시집 『불탄 집』을 꺼내 집중해 다시 읽는데… 옥수숫대 마른 잎들이 끊임없이 누군가의 지난 뒷담화를 따라 했다. 처서가 지나면 모기 입도 삐뚤어진댔다.

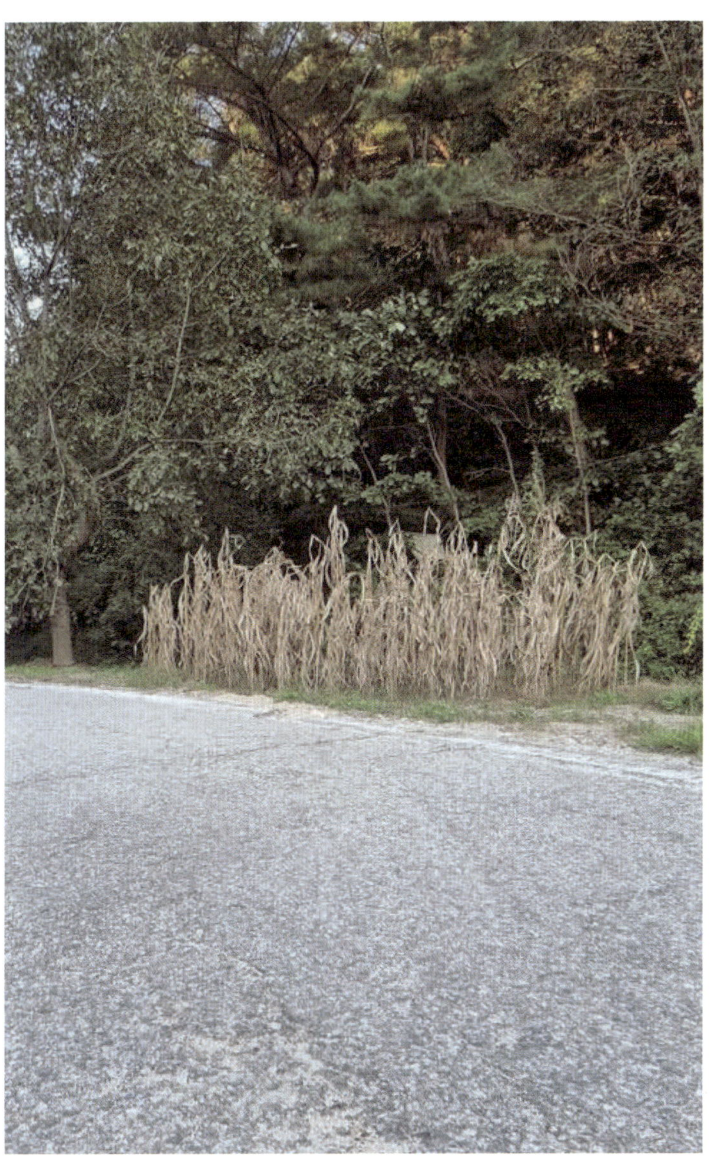

오래된 물 조루

　적어도 30년은 되었다는 물 조루를 가져와 자랑하던 남자가 돌아가신 아버지 생각에 잠겨 울적해졌다. 문을 열어놓은 창고 안을 기웃대던 남자가 어렵사리 말을 꺼냈다. 아직 술은 한 방울도 안 마셨죠? 앵글 책꽂이에 빼곡한 사삼주 산도라지주 창출주 산마주 하수오주 중 한 병 줬으면 하는 눈치였다. 옻 삼계탕 끓였는데 안주로 삼아 마시면 제격이겠다, 라고 했다. 하는 수 없이 물 조루 구경값으로 사삼주를 내주었다. 홀짝홀짝 마신 사삼주가 그를 잡아먹은 모양이었다. 마귀로 변한 그는 울고불고하더니 욕 사전의 어휘를 절절히 활용해 명문장을 만들었다. 자기 전에 한 잔씩 마시면 약이 될 거라고 했더니 대체 얼

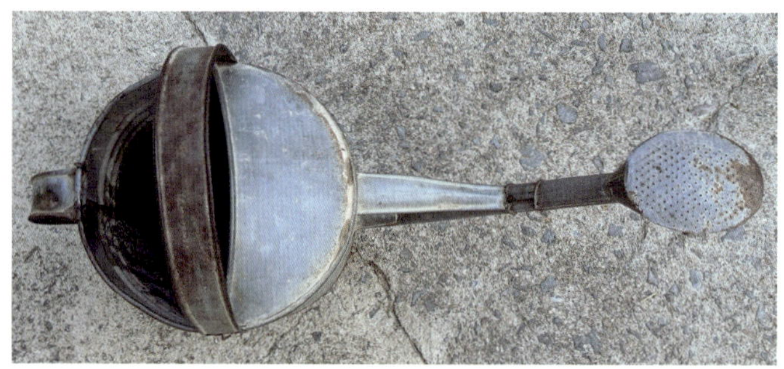

마나 마신 것이야. 며칠 머리가 쪼개지고 간이 녹아날 것인데 대신 아파줄 수도 없는 노릇이고. 담금주를 밥그릇에 따라 진탕 마시고는 공동묘지를 구르며 소리소리 지르던 대낮의 주정뱅이가 떠올랐다. 나 지금 입만 살았으니 앰뷸런스 좀 불러달라던 남자의 목소리가 이어 들렸다. 꿀물을 타줄 아내도 부모도 자식도 이웃도 없는 사람이 방바닥을 치면서 울었다. 독일차를 타고 온 큰아들 부부 앞에서 나도 차 바꿔달라고 콘크리트 바닥에 주저앉아 두 발을 내두르며 난동을 부리던 여인의 목소리도 무당의 넋두리처럼 들렸다.

반딧불이

새벽에 겨우 잠들려고 했다. 아름다운 발광체가 침대 커버를
기었다. 그리운 사람에게서 문자 메시지가 온 줄 알았다. 핸드
폰을 더듬어 찾았다. 핸드폰은 먹통이 되었다. 간신히 일어나
불을 켰다. 반딧불이었다. 그토록 나를 저주하더니 이혼하러 간
법정에서, 내 손 부여잡고 눈물 콧물 짜던 전처의 분신이었다.

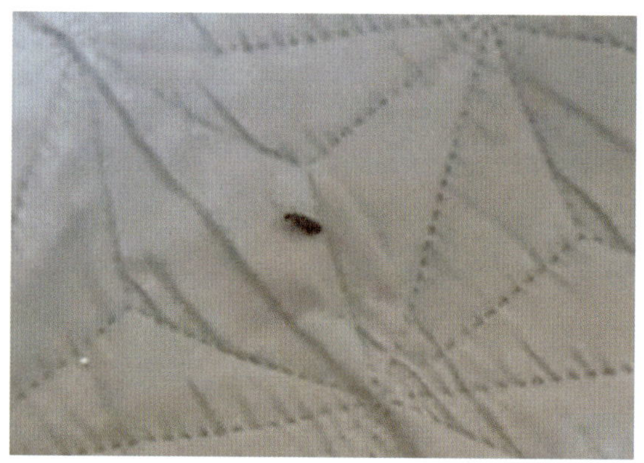

네게 안 맞는 건 나쁜

저녁,
소나기 그치고
잠깐 새소리
천둥소리

침대 모서리 보풀
핸드폰 무음 불빛

참대 숲을 마주한 쪽창
선풍기 미풍을 반출한다.

슬쩍

슬쩍 배꽃을 보았다. 나를 보고는 깜짝 놀란 사람들의 눈이 아직 멈춘 그대로인 것 같았다. 나 이제 술 안 마신 지 2년 5개월째야. 이제 놀랄 일 더는 안 만들 테니 그만 웃어도 된다니까 왜 그래. 오늘 시집 『곁에 머무는 느낌』 본문 교정지 나온다고 했는데 너희들 혹시 이번 시집 교정지 먼저 뽑아보고 다들 놀라서 그러고 있는 거였어?

술 취한 나를 보면 오던 길 급히 돌아간 사람들. 고개를 돌리고 모른 척 지나간 사람들. 딱 마주치면 갑자기 약속이나 급히 처리할 일이 생겨난 사람들. 그때도 배꽃이 피어 슬쩍 배꽃을 보았다.

마산으로 시집가 아직 거기서 살지 싶은 여후배에게 시집이 나오니 한 권 사보라는 문자를 보냈다. 그녀에게서 돌아온 답은 이랬다.

"곁에 머무는 사람은 아무도 없어 그저 스쳐 지나갈 뿐이지"

뜨끔했지만, 정신을 가다듬고는 답문을 보냈다.

"그래도 한 권 사줘."

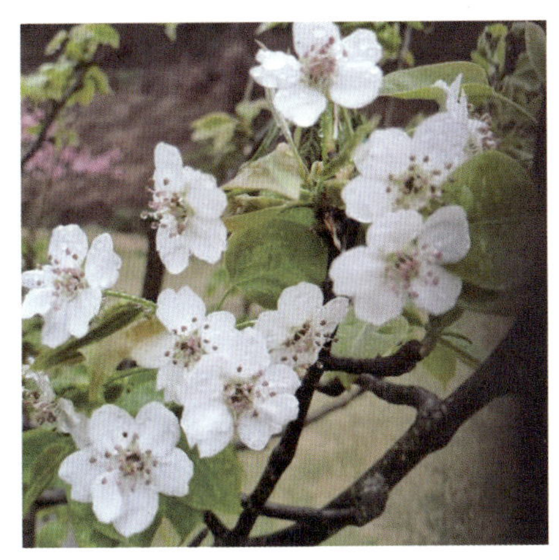

　　며칠 후 돌아온 그녀의 답문은

"네~"

였다. 하지만, 어느새 인증샷 같은 건 기대하지 않게 되었다. 들
판을 가로지르는 복선의 철길, 두 대의 기차가 교차하면서 기
나긴 기적이 울렸다.

수퇘지 씨

수퇘지라고 불리던 사내가 있었다. 그와는 무관한 폐돈사廢豚舍가 눈에 띄어 걸어가 사진 몇 장을 찍었다. 좁은 골목 맨드라미 시드는 화단 담벼락에 등을 댄 마른 체형의 사내가 뭐하냐고 물었다. 뜬금없이 수퇘지가 생각나 사진을 찍었다고 대답했다. 개조한 경운기 짐칸에 수퇘지 두세 마리를 싣고 수정하러 다니는 사내의 고속주행 경운기 소리가 들려왔다. 인공수정에 밥그릇을 빼앗긴 수퇘지는 지금 기업형 돈사豚舍의 사장이 되었다. 찬바람이 불고 눈물흘림증이 시작되었다. 차 세워둔 곳에 다다랐을 때 마른 체형의 사내가 쫓아오면서 소리쳤다.

"혹시, 이윤학 씨 아니세요?"

순간, 그가 수퇘지가 아닌가 싶었다. 어리둥절한 상태로 그렇다고 대답했다.

"아, 묵정밭에 카드를 흘리고 갔어요."

그는 사람 좋은 웃음을 흘리고는 돌아섰다. 좁은 골목으로 접어든 그의 걸음이 휘청거렸다. 수퇘지는 기가 센 마누라와 살았다. 거품을 문 채 경운기 짐칸에 실려 비포장길을 달리던 수퇘지가 떠올랐다. 인근의 돈을 싹쓸이하러 다니는 그의 경운기

고속이었다. 먼지를 많이 먹어 갈수록 살이 빠지는 그와는 반대로 마누라의 몸은 비대해졌다. 그의 야트막한 돈사 안에는 수퇘지뿐이었다. 하대하는 그를 향해 눈을 부라리면 바로 존칭으로 바뀌던 수퇘지 씨의 말 웅얼거렸다. 마누라 지청구를 듣다 울상이 되어 밖으로 나온 수퇘지 씨, 삐딱한 버스정류장 표지판 기둥 아래 쭈그려 앉아 눈 껌벅이다 눈물 훔쳤다. 회초리를 들고 수퇘지를 몰 때 내는 소리 쩟쩟 쩟쩟쩟만이, 그의 입에서 나오는 정확한 발음이었다.

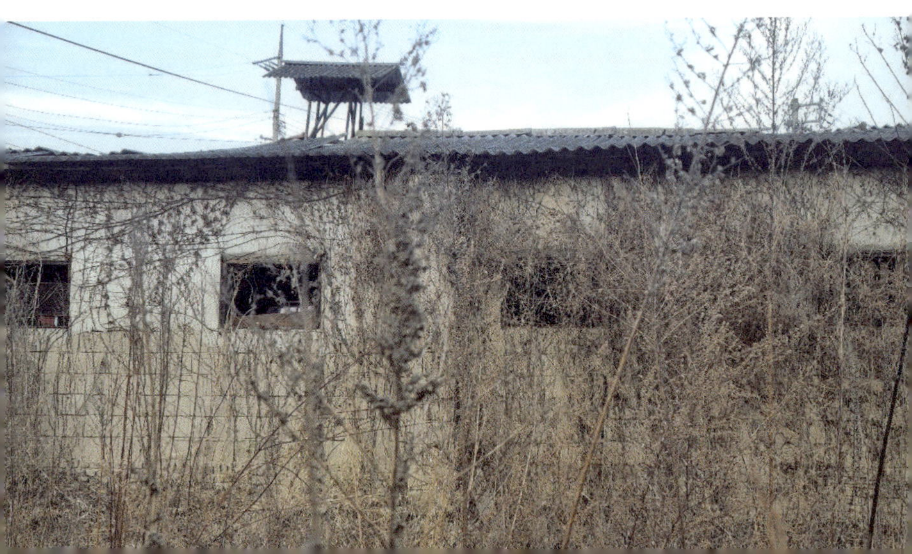

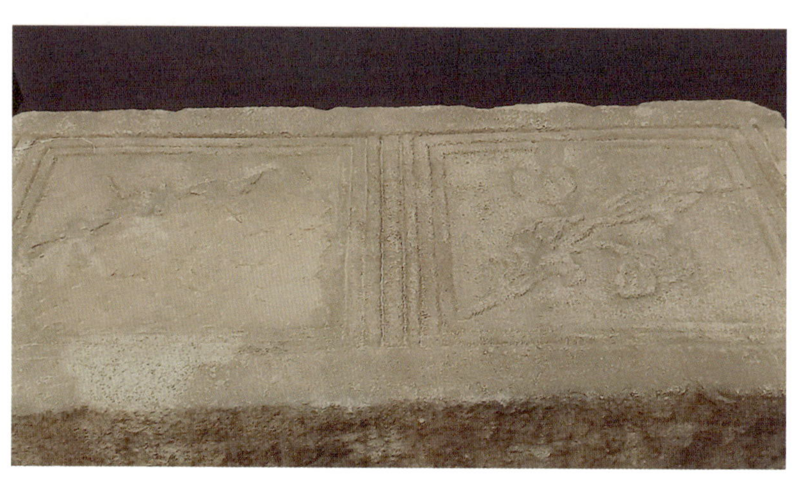

킨츠기金継ぎ*

　한때 열아홉 가구가 살았다는 산골에 갔었다. 그때의 우물은 훗날의 까마득한 눈동자였고 세상의 빛이 가장 멀리 갈 수 있는 곳에 외눈박이 소녀가 움푹한 한쪽 눈을 가리고 살았다. 찔레를 꺾어줄 말더듬이 소년을 기다렸다. 그녀는 올해 100세가 되었다고 했다. 생일잔치를 크게 해준다는 소년의 꼬임에 또 속아 외출한 그녀의 빈집 앞에 도착해 소쩍새 옮겨 다니며 우는 소리를 들을 수 있었다. 폐사지廢寺址 한 귀퉁이에 대충 벽돌을 쌓은 다음 지붕을 올린 농막에서 사철 기거하는 배불뚝이 홀몸 노인 다리를 가늘게 떨며 인터넷 맞고를 치는 소리도 들렸다. 세상에 올라온 우물물 탁해 아직 칠하지 않은 거울의 뒷면 도료塗料를 보는 것과 진배없었다. 찔레 덩굴 아래 사금파리 꽃잎 떨어지고 잎이 나왔다.

* 일본에서 유래한 도자기 수리 기법

화성의 푸른 노을

나는 한 줄 수평의 끝 간 데 없는, 그대에게로 미치는 섬광이라
서 그대의 영혼까지 스캔으로 떠서 순간을 저장하기에 이르렀다.

한낮의 그대를 한 쌍의 눈동자로 짐짓 바라볼 수도 있었다.

검은 고양이들이 물 먹은 침목의 계단과 띠 잔디를 밟고 올
랐다.

완숙의 보리수 열매 빗물에 씻기는 정원을 지나

신축 단층 주택 처마 밑 배식 코너로 몰려들었다.

너희들 눈에 주입한 푸른빛을 너희들은 끝내 볼 수가 없고,

반사면의 유리섬유 강화 플라스틱 투명 패드. 경도체 전해질
용액을 발랐다.

터보 라이터 불빛과는 격이 다른 화성의 푸른 노을.

천문대에 가자, 서른 해를 미뤄온 푸른 노을 보러

화성의 저녁으로 직행하자.

검은 고양이 일곱 마리 개봉 전 간장게장

투명 용기 안에 노란 꽃게알 게워놓고

짧게 울었다. 서로의 눈을 외면했다.

…천문대에 가는 날엔 꼭 흐리거나 비가 왔다. 지난 토요일에도 어제도 그랬다. 내가 보고자 하는 것은 먼 별이 아니니 흐려도 비가 와도 상관없다. 내가 보고 싶어 하는 별과 언젠가 그려내고 싶은 별 모두 내 안에 있는데… 나는 천문대에 가서 천체망원경으로 문 닫힌 하늘을 보고 돌아왔다.

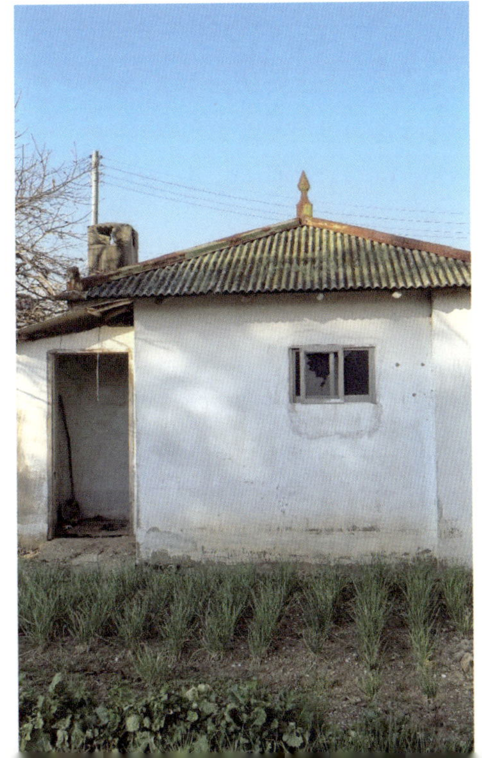

김 모시기씨

　이웃집으로 폐기물을 집어 던지는 노인네가 웬일인지 배를 움켜쥐고 찾아왔다. 뭘 잘못 먹었는지 얼굴이 허옜다. 어젯밤에는 썩은 복숭아를 잔디마당으로 날린 대기만성형 투수 유망주이기도 한 노인네가 심하게 배탈이 난 모양이라 여겼다. 액상 소화제를 내주려는데, 노인네가 내 소매를 붙잡았다. 세상 불쌍한 얼굴을 한 그는 응급실까지 차 태워달라고 애원했다. 낮잠을 자고 일어났는데 배가 아팠다고 했다.

　"위 틀니는 그대로인데 아래 틀니가 감쪽같이 없어진 걸 보니 입 벌리고 자다 그만, 틀니를 삼킨 것 같다."

라고 울먹이며 말했다. 곧이어

　"이사장, 나 이제 죽는 거예요."

라고 물어왔다.

　그를 앞세우고 그의 집에 가보았다. 마루의 마른걸레를 들췄더니 거기서 그의 아래 틀니가 나왔다. 보아하니, 마른걸레질하고 답답해 빼놓은 아래 틀니 위로 던져놓은 모양이었다. 아래 틀니를 들고 수돗가로 가더니만, 세숫대야 물에 헹궈 끼운 그는 낯빛을 싹 바꾸었다.

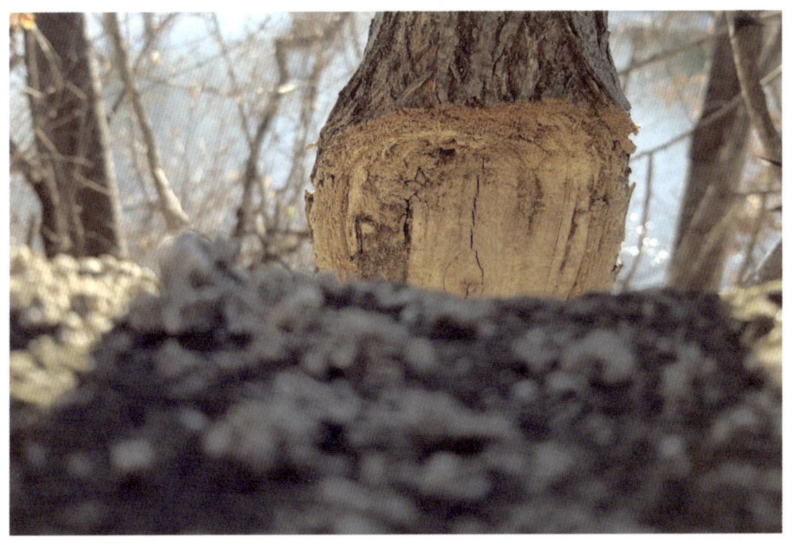

수년 전 집수리할 때였다. 노인네가 찾아와서는 보일러가 고장 났다고 고쳐달라고 뗑깡을 부렸다. 보일러 as를 부르라고 거듭 말했는데 막무가내였다.

"보일러가 오래돼 사람 부르면 돈 들어가잖아요. 잠깐 보일러 고쳐주고 와서 일하면 되잖아요. 보일러 고쳐주면 아들이 나 먹으라고 갖다준 꼬량주 드릴게요."

보다 못한 정 목수가 냅다 핀잔을 주었다.

"우리 일당 대신 준다면 가볼게요."

그는 남의 말은 듣지 못하고 자기 말만 하는 귀머거리였다. 하는 수 없이 일을 마치고 목수 세 명과 보일러를 보러 갔다. 17년이 된 기름보일러는 아무리 봐도 작동 불능이었다. 노인네는 고량주의 모가지를 비틀어 쥐고는 솜방망이 처분을 기다렸다. 오야지 목수가 고개를 가로젓자, 노인네는 바로 고량주를 들고 나가서는 상자에 넣고 뚜껑을 닫았다. 다음 날부터 찾아온 노인네는 오야지 목수에게 귀엣말로 속삭였다.

"이 집 우리 집보다 좋게 고쳐주지 말아요."

그이는 슬그머니 건축자재 목재 자투리를 집어 가고는 하였다.

일을 마친 목수들이 아궁이에 숯불을 피우고 고기를 굽는데 노인네는 헛기침하면서 부산하게도 마당을 돌아다녔다. 귀가 어두운 노인네는 목수의 부름은 용케도 알아들었다. 달그락거리는 노인네의 틀니 마찰음 주위를 숙연하게 만들었다. 어중간한 하늘에 불빛 씨앗을 뿌리는 여객기 지나갔다.

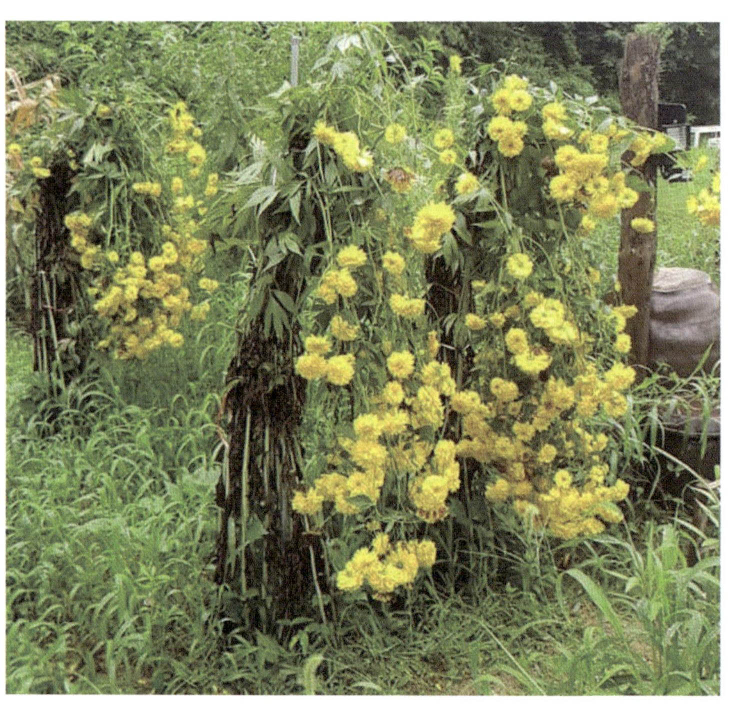

연습 없이 살기

가평 컨테이너 작업실에 페인트칠하였다.

노란색을 유별나게 좋아하는 딸내미를 생각했다.

시너를 탄 노란 페인트 냄새 때문에 어질어질하였다.

대낮에 대취해 어느 낯선 골목을 하염없이 헤매는 느낌이었다.

페인트 붓과 롤러로 벽을 짚고라도

아이가 어렸을 때 같이 살던

지금은 헐린 종암동 한옥을 찾아가고 싶었다.

갑자기 소나기가 퍼붓는데 커피를 타 지붕으로 올라갔다.

꽃만 보고 싶어 심은 배나무에 배가 여섯 개 열렸다.

담뱃불 붙이고 시너 뚜껑을 여는 사람처럼 살았다.

늦장마 지나가고 다시 이곳에 올 일 있을 것이다.

시너에 담가둔 붓과 롤러를 털어 작업실 지붕을 마저

노랗게 칠해놓을 것이다.

비 오는 날 반자동 오픈카 뚜껑을 열어둔 채

달리는 사람이었다.

상강霜降

참깨를 벨 때가 지났는데 마지막 꽃이 질 때까지 기다리기로 했다. 털린 참깨를 비둘기들 수시로 날아와 쪼았다. 참깨 대를 베면 지금 핀 꽃은 열매를 맺지 못한다. 농부라면 마땅히 참깨가 떨어지기 전에 베어야 했다. 그러나 나는 게으르고 흉내만 내는 농부였다.

작년 이맘때였다. 낫을 갈아 참깨를 베고 있는데 불시에 두 집 살림하는 건달이 찾아왔다. 그는 실실 웃는 낯으로 말하였다.

"홀아비가 참깨 털어 얻다 쓰려고요."

비닐봉지에 들고 온 씨야시 잘된 소주병 부대끼는 소리가 났다. 그 옛날 차단기 내려진 건널목 종소리처럼 날카로웠다. 그동안 술 생각만 해도 오금이 저리는 신세가 되었다.

느지막이 참깨꽃 다시 피었다. 제때 털지 않은 참깨알 비둘기들 배를 불리고 빵빵하게 살을 찌웠다. 비둘기가 놓친 참깨알 싹을 틔워 기어이 꽃을 피운 것이다. 절기상 씨앗을 맺지 못할 참깨꽃을 보면서 첫 시집을 펴낼 무렵, 나와 한 약속을 상기했다. 시를 열심히 써서 죽을 때까지 시집 열세 권은 내놓겠다.

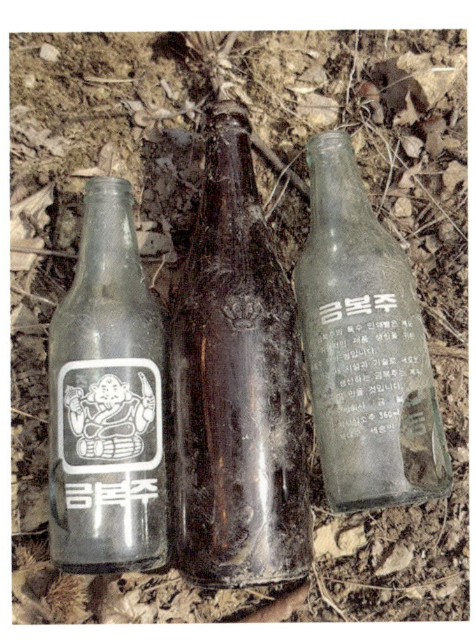
금복주
금복주

비둘기 묘

마땅히 먹을 것이 없을 것인데 살진 밉상덩이 비둘기가 왕겨 깔아둔 생강밭에 날아와 웅크려 앉고는 했었다. 가까이 다가가면 마지못해 날아올라 산고랑 안을 선회했다. 비둘기가 날아간 자리에 알을 낳을 둥지처럼 반들반들한 웅덩이가 만들어졌다. 알은 안 보이고 보드라운 가슴털이 빠져 가늘게 떨었다.

지난봄에 서리태를 심는데 느낌이 이상해 고개를 들고 허공을 보았다. 바로 위 통신선에 앉은 비둘기 두 마리가 나를 지켜보았다. 웬만해선 날아가지 않는 놈들이었다. 동그란 눈을 굴리며 먹이를 숨기는 하수를 지켜볼 뿐이었다. 놈들은 멧비둘기가 아니라 강남에서 내려온 귀촌 비둘기 같았다. 보랏빛 콩꽃을 보는 게 1차 목표인 내 콩 농사의 최대 훼방꾼은 비둘기였다. 떼로 몰려든 놈들이 심어놓은 콩을 쏙쏙 빼먹었다. 싹이 나올 때까지 보초를 서야 하는데 그러지 못했다. 가끔 나가 찌그러진 양은솥단지라도 두드리거나 반짝이 줄이라도 얼기설기 쳐놓아야 하는 것인데….

생강밭에 물을 뿌리다 죽어 있는 비둘기를 발견했다. 그때야 비둘기가 날아와 그곳에 머물렀는지 알 수 있었다. 작년에 심은 대추나무 옆 땅을 파고 죽은 비둘기를 내려놓았다. 비둘기가 날아와 앉아 있던 웅덩이 근처였다. 밤이 되어 헤드랜턴을 켜고 죽은 비둘기를 덮으러 나갔다. 흩어진 비둘기 깃털을 모아 작은 묘에 꽂았다. 반딧불이 날았다.

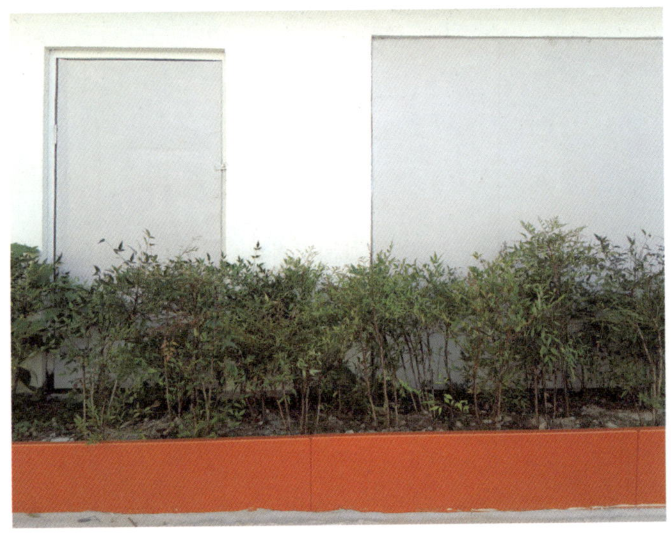

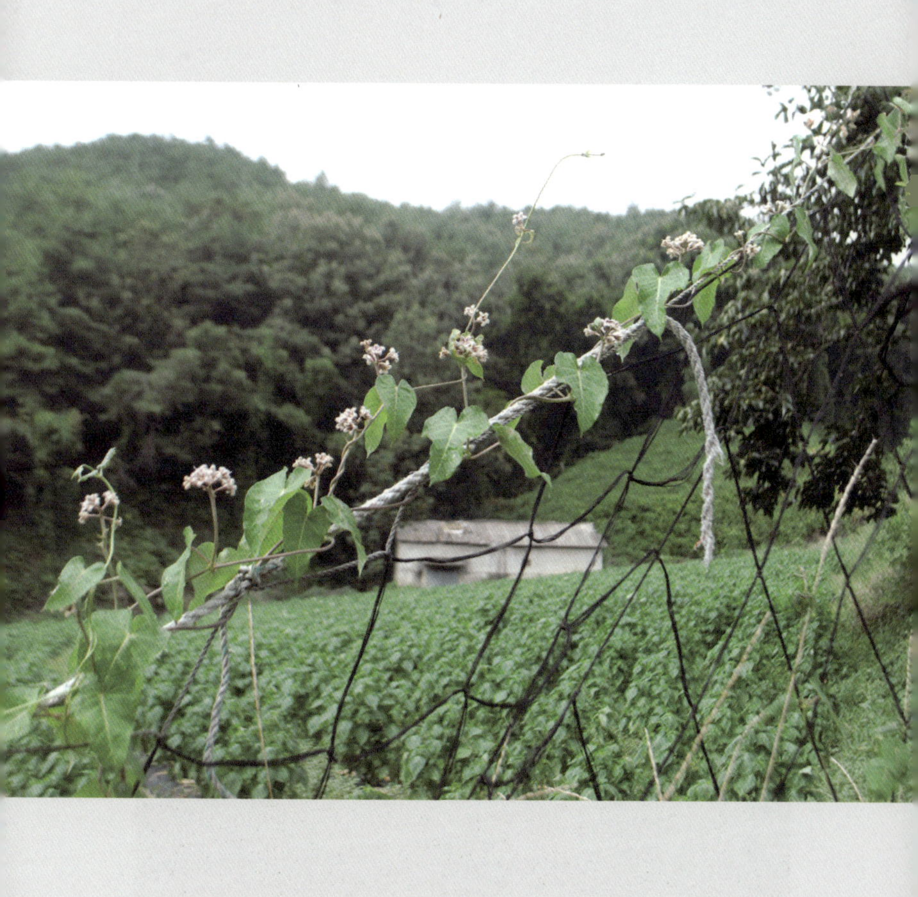

박주가리

가던 길 멈추고 박주가리 꽃을 보았다.

20여 년 전 계룡산 다녀오는 길에 본 박주가리들

벌어져 신비한 날개를 펼치고 있었다.

그 아름다운 순간,

슬그머니 손을 잡고 우나 안 우나

내 눈을 확인하려던 사람 생각이 났다.

나는 그 사람에게

우는 눈 안 들키려고

요리조리 피해 다녔다.

당신과 함께 있는 느낌

초판 1쇄 발행 2025년 11월 11일

지은이 이윤학
마케팅 진수지, 김윤정
디자인 행복한 물고기Happyfish
제 작 제이오
펴낸이 유윤희
펴낸곳 오늘산책

출판등록 2017년 7월 6일(제 2017-000141호)
주 소 서울 종로구 종로 227-5, 2층
전 화 010.7748.5369
팩 스 02.6442.5392
이메일 oneul71@naver.com
ISBN 979-11-93703-10-6 03810